O FIM DA INFÂNCIA

ARTHUR C. CLARKE
O FIM DA INFÂNCIA

TRADUÇÃO
Carlos Angelo

O FIM DA INFÂNCIA

TÍTULO ORIGINAL:
Childhood's End

TRADUÇÃO DO CONTO "ANJO DA GUARDA":
Carlos Orsi

CONSULTORIA DE TRADUÇÃO:
Lizbeth Ager

COPIDESQUE:
Carlos Orsi

REVISÃO:
Angela Maisonnette
Mônica Reis
Hebe Ester Lucas

CAPA:
Mateus Acioli

PROJETO GRÁFICO E DIAGRAMAÇÃO:
Desenho Editorial

DADOS INTERNACIONAIS DE CATALOGAÇÃO NA PUBLICAÇÃO (CIP)
(CÂMARA BRASILEIRA DO LIVRO, SP, BRASIL)

C597f Clarke, Arthur C.
O fim da infância / Arthur C. Clarke ; traduzido por Carlos Angelo. - 3. ed. - São Paulo : Aleph, 2019.
320p.; 14 cm x 21 cm

Tradução de: Childhood's End
ISBN: 978-85-7657-457-6

1. Literatura inglesa. 2. Ficção científica. I. Angelo, Carlos. II. Título.

2019-1162   CDD 823.91
                                 CDU 821.111-3

ELABORADO POR VAGNER RODOLFO DA SILVA - CRB-8/9410

ÍNDICES PARA CATÁLOGO SISTEMÁTICO:
Literatura inglesa : Ficção científica 823.91
Literatura inglesa : Ficção científica 821.111-3

CHILDHOOD'S END © ROCKET PUBLISHING COMPANY LTD, 1953
COPYRIGHT © EDITORA ALEPH, 2010
(EDIÇÃO EM LÍNGUA PORTUGUESA PARA O BRASIL)

TODOS OS DIREITOS RESERVADOS.
PROIBIDA A REPRODUÇÃO, NO TODO OU EM PARTE, ATRAVÉS DE
QUAISQUER MEIOS.

Rua Bento Freitas, 306 - Conj. 71 - São Paulo/SP
CEP 01220-000 • TEL 11 3743-3202
www.editoraaleph.com.br

 @editoraaleph
 @editora_aleph

SUMÁRIO

07| *Nota à nova edição brasileira*
09| *Prefácio do autor*
13| *O fim da infância*
279| *Extras*
    • *Capítulo 1 – Versão revisada pelo autor (1989)*
    • *Anjo da Guarda (conto que deu origem ao livro)*

NOTA À NOVA EDIÇÃO BRASILEIRA

Escrito por Arthur C. Clarke, um dos mestres da literatura de ficção científica, *O fim da infância* – editado pela primeira vez em 1953 – é considerado um dos livros mais importantes do gênero.

Nesta nova edição brasileira, além de uma nova tradução, a Editora Aleph oferece ao leitor dois textos extras nunca antes integrados à obra: uma nova versão do primeiro capítulo, atualizada por Clarke em 1989 e que acabou sendo abandonada pelo autor, que preferiu manter o texto original; e o conto *Anjo da Guarda*, originalmente escrito em 1946 e, anos mais tarde, em 1952, expandido para se tornar a primeira parte do livro.

A publicação total desse material é inédita no mundo e foi especialmente autorizada pela família do autor em 2008 para esta edição.

PREFÁCIO DO AUTOR

O fim da infância foi escrito entre fevereiro e dezembro de 1952, e então amplamente revisado na primavera de 1953. A primeira seção é baseada em um conto anterior, "Anjo da Guarda", publicado em 1950, depois de um bocado de edição criativa por parte de James Blish.

Menciono as datas para pôr a narrativa em perspectiva histórica, já que a maioria dos leitores de hoje sequer tinha nascido quando a primeira edição saiu pela editora Ballantine, em 24 de agosto de 1953. O primeiro satélite da Terra ainda estava quatro anos no futuro, embora nem mesmo o mais otimista dos entusiastas do espaço sonhasse que estivesse tão perto; "pelo fim do século" era o máximo que ousávamos esperar. Se alguém tivesse me dito que, antes do final da década seguinte, eu estaria a dez quilômetros da primeira nave espacial a decolar para a Lua, eu teria rido dessa pessoa.

A despeito disso, este livro já tinha dezesseis anos de idade quando Armstrong e Aldrin pousaram no Mar da Tranquilidade e a corrida entre Estados Unidos e União Soviética foi definitivamente vencida. Em 1989, eu atualizei a abertura para levar a narrativa adiante para o próximo século; estava no meio do trabalho quando, no vigésimo aniversário do pouso da Apollo 11, o presidente Bush anunciou que Marte seria a próxima meta do programa espacial americano. Tratou-se de uma meta que, infelizmente, foi logo esquecida.

Para esta edição, reverti à abertura original, mas também ofereço a de 1989 como um apêndice, em parte por razões sentimentais. Há cinco anos, tive o privilégio de visitar a Cidade das Estrelas, um dos primeiros ocidentais a fazê-lo, graças à influência do meu amigo, o cosmonauta Alexei Leonov. Estive diante daquela famosa estátua e visitei o escritório de Yuri Gagarin, onde o relógio está parado na hora de sua morte.

Quando este livro foi escrito, no início dos anos 1950, eu ainda estava muito impressionado pelos indícios do que era chamado, genericamente, de paranormal, e o usei como um dos temas principais deste romance. Quatro décadas depois, após gastar alguns milhões de dólares dos fundos da Yorkshire Television em pesquisas para os meus programas *Mundo misterioso* e *Estranhos poderes*, tornei-me um cético quase total. Vi alegações demais dissolverem-se no ar, e um número excessivo de demonstrações serem desmascaradas como fraudes. Foi um aprendizado longo e, às vezes, embaraçoso.

Quando *O fim da infância* apareceu pela primeira vez, muitos leitores ficaram estupefatos com a advertência de abertura: "As opiniões expressadas neste livro não são as do autor". Isso não foi, de todo, uma brincadeira: um ano antes, eu havia publicado *A exploração do espaço*, e pintado um quadro otimista de nossa futura expansão pelo Universo. Agora, havia escrito um livro que dizia que "as estrelas não são para o Homem", e não queria que ninguém pensasse que havia mudado repentinamente de ideia.

Hoje, eu gostaria de mudar o alvo da advertência para cobrir 99% do "paranormal" (não pode ser tudo bobagem... ou pode?) e 100% dos chamados "encontros" com ovnis. Eu ficaria muito infeliz se este livro viesse a contribuir ainda mais para a sedução dos ingênuos, hoje cinicamente explorados por todos os meios de comunicação. Livrarias, bancas de jornais e o espectro eletromagnético estão todos poluídos com um esgoto de fazer apodrecer a mente a respeito de ovnis, poderes psíquicos, astrologia, energias das pirâmides, mediunidade... escolha o nome e alguém estará comercializando isso, em um arroubo final de decadência *fin-de-siècle*...

Isso significa que *O fim da infância* (que trata tanto do paranormal quanto de visitantes do espaço) não tem mais nenhuma relevância? De jeito nenhum; é um trabalho de ficção, céus! Ainda podemos apreciar *A guerra dos mundos*, a despeito do fato de que os marcianos não reduziram Woking a churrasquinho em 1898, ou, por falar nisso, Nova Jersey, em 1938. E, como já repeti mais vezes do que consigo me lembrar, duvido pouco de que o Universo esteja repleto de vida. A SETI (a busca por inteligência extraterrestre) é agora uma área plenamente aceita da astronomia. O fato de que se trata, ainda, de uma ciência sem um objeto de estudo não deve ser surpreendente e nem causa de desapontamento. Apenas durante metade da duração de uma única vida humana é que tivemos a tecnologia para ouvir as estrelas.

Logo após a publicação, *O fim da infância* foi vendido para o cinema; desde então, passou por inúmeras mãos, e foi adaptado por incontáveis roteiristas. Por algum tempo eu colaborei com um refugiado da vergonhosa era McCarthy, Howard Koch, mais conhecido por *Casablanca* e *Apenas uma mulher*, estrelado por Keir Dullea, de *2001*! Adorei quando Howard vendeu, por uma bela soma de seis dígitos, o notório roteiro de rádio com o qual ele e Orson Welles aterrorizaram os Estados Unidos (refiro-me a *A guerra dos mundos*, explicado no parágrafo anterior).

Segundo a mais recente informação dos gulags de Hollywood, o preço atual de *O fim da infância* é várias centenas de vezes a remuneração perfeitamente satisfatória que recebi em 1956. E, mesmo que nunca chegue à tela grande, milhões de pessoas assistiram a uma versão bem impressionante da abertura, no estouro de bilheteria *Independence day*.

Então, quando/se *O fim da infância* finalmente chegar ao cinema, a turma da pipoca certamente vai pensar que estamos plagiando *Independence day*. No entanto, Theodore Sturgeon obteve o copyright da ideia há muito tempo. Lá em 1947 (sim, 47!) ele escreveu um conto com o título e a última linha inesquecíveis: "O céu estava cheio de naves".

Meia década antes do conto de Ted, eu de fato testemunhei uma cena assim. Não, não fiquei de repente maluco de tanto escrever ficção científica...

Era um belo anoitecer de verão em 1941, e eu ia de carona para Londres com meu melhor amigo, o falecido Arthur Valentine Cleaver, o engenheiro-chefe da Divisão de Foguetes da Rolls-Royce e, como eu, um membro entusiástico da Sociedade Interplanetária Britânica.

O Sol se punha às nossas costas, e a cidade estava trinta quilômetros adiante. Chegamos ao alto de uma colina e lá havia uma vista tão incrível que Val parou o carro. Era, ao mesmo tempo, belo e amedrontador, mas nenhuma futura geração jamais verá a cena de novo: a tecnologia a superou, para o bem ou para o mal.

Dezenas, centenas de brilhantes balões de barragem prateados estavam ancorados no céu sobre Londres. Enquanto suas formas de torpedo atarracado capturavam os últimos raios do Sol, realmente parecia que uma frota de naves alienígenas estava suspensa sobre a cidade. Por um longo momento sonhamos com o futuro distante e expulsamos todos os pensamentos a respeito do perigo imediato contra o qual aquela cerca aérea fora erguida para guardar a cidade.

Talvez, naquele instante, *O fim da infância* tenha sido concebido.

ARTHUR C. CLARKE
Colombo, Sri Lanka
17 de junho de 2000

O FIM DA INFÂNCIA

Para Marilyn,
por me deixar ler as provas em nossa lua de mel.

I

A TERRA E OS SENHORES SUPREMOS

1

"O vulcão que erguera Taratua das profundezas do Pacífico já dormia há meio milhão de anos. Ainda assim, muito em breve", pensou Reinhold, "a ilha seria banhada por um fogo muito mais intenso do que as chamas que testemunharam seu nascer." Olhou em direção à plataforma de lançamento, e seu olhar escalou a pirâmide de andaimes que ainda cercava a *Colombo*. Sessenta metros acima do solo, a proa da nave apanhava os últimos raios do Sol poente. Esta seria uma das últimas noites que ela veria: logo estaria flutuando no dia eterno do espaço.

Aqui, debaixo das palmeiras, no alto da crista rochosa da ilha, imperava o silêncio. O único som do Projeto era o queixume esporádico de um compressor de ar, ou o grito indistinto de um dos operários. Reinhold aprendera a gostar destas palmeiras amontoadas: ao anoitecer, quase sempre vinha ali para contemplar o seu pequeno império. Entristecia-o pensar que elas seriam reduzidas a átomos quando a *Colombo* se erguesse para as estrelas, em meio a uma fúria flamejante.

A dois quilômetros dos recifes, o *James Forrestal* com seus holofotes vasculhava as águas escuras. O Sol agora já desaparecera de todo, e a rápida noite tropical vinha correndo do leste. Reinhold imaginava, com um leve sarcasmo, se o porta-aviões esperava encontrar submarinos russos tão perto da costa.

Pensar na Rússia fez com que se lembrasse, como sempre, de Konrad e daquela manhã na desastrosa primavera de 1945. Mais de trinta anos se passaram, mas a memória daqueles últimos dias, quando o Reich se desintegrava sob as ondas do Leste e do Oeste, nunca se desvanecera. Ainda conseguia ver os olhos azuis cansados de Konrad, e a barba dourada por fazer em seu queixo, quando apertaram as mãos e se despediram na cidadezinha prussiana arruinada, enquanto uma torrente ininterrupta de refugiados passava por eles. Fora uma despedida que simbolizava tudo o que acontecera desde então com o mundo: a divisão entre o Leste e o Oeste, pois Konrad escolhera a estrada para Moscou. Reinhold o considerara um tolo, mas agora não tinha tanta certeza.

Por trinta anos, imaginara que Konrad estivesse morto. Apenas na semana passada o coronel Sandmeyer, da Inteligência Técnica, havia lhe dado a notícia. Reinhold não gostava de Sandmeyer, e tinha certeza de que o sentimento era mútuo. Contudo, nenhum deles deixava que isso interferisse no trabalho.

– Sr. Hoffmann – o coronel começara, em seu melhor tom oficial –, acabo de receber algumas informações alarmantes de Washington. É claro que são extremamente secretas, mas resolvemos revelá-las para o pessoal de engenharia, para que compreendam a necessidade da pressa. – Fez uma pausa dramática, gesto que não surtiu efeito em Reinhold. De algum modo, já sabia o que viria a seguir.

– Os russos estão quase empatados conosco. Conseguiram um tipo de propulsão atômica. Pode até ser mais eficiente do que a nossa. E estão construindo uma nave às margens do Lago Baikal. Não sabemos até onde chegaram, mas a Inteligência acredita que ela possa ser lançada este ano. O senhor sabe o que *isso* significa.

"Sim", pensou Reinhold, "eu sei. A corrida começou... e podemos perder."

– Sabe quem é o chefe da equipe deles? – havia perguntado, sem esperar de fato uma resposta. Para sua surpresa, o coronel Sandmeyer empurrara sobre a mesa uma folha datilografada e, no alto dela, estava o nome: Konrad Schneider.

– O senhor conheceu muitos desses homens em Peenemünde, não foi? – perguntou o coronel. – Isso pode nos dar uma ideia dos métodos que usam. Gostaria que o senhor me preparasse notas sobre o maior número deles que puder: as especialidades, as ideias brilhantes que tiveram e assim por diante. Sei que estou pedindo muito, depois de todo esse tempo... Mas veja o que pode fazer.

– Konrad Schneider é o único que importa – Reinhold respondera. – Ele era brilhante. Os outros, apenas engenheiros competentes. Só Deus sabe o que ele pode ter feito em trinta anos. Não se esqueça de que ele deve ter visto cada um dos nossos resultados, e nós não vimos nenhum dos dele. Com isso, tem uma tremenda vantagem sobre nós.

Não pretendera, com aquilo, criticar a Inteligência, porém, por um momento, pareceu que Sandmeyer ficaria ofendido. Mas então o coronel deu de ombros.

– Tem suas vantagens e desvantagens, como o senhor mesmo me disse. O nosso livre intercâmbio de informações significa um progresso mais rápido, mesmo se deixamos escapar alguns segredos. Os departamentos de pesquisa russos não devem saber o que seu próprio pessoal faz durante metade do tempo. Vamos mostrar pra eles que a democracia pode chegar primeiro à Lua.

“Democracia... Besteira!”, pensou Reinhold, mas não era louco de dizer. Um Konrad Schneider valia um milhão de eleitores. E o que Konrad já teria feito a esta altura, com todos os recursos da URSS por trás dele? Quem sabe, neste mesmo instante, sua nave já estivesse se afastando da Terra...

O Sol que desertara Taratua ainda estava alto sobre o lago Baikal quando Konrad Schneider e o Comissário-assistente de Ciência

Nuclear afastaram-se, caminhando lentamente, da plataforma de teste do motor. Seus ouvidos ainda pulsavam, doloridos, embora os últimos ecos ensurdecedores tivessem morrido no lago dez minutos antes.

– Por que essa cara? – perguntou, de súbito, Grigorievitch. – Deveria estar feliz agora. Em um mês estaremos a caminho, e os ianques vão ficar se mordendo de raiva.

– Você é um otimista, como sempre – disse Schneider. – Mesmo com o motor funcionando, não é tão fácil. É verdade que não consigo ver nenhum obstáculo sério agora... Mas estou preocupado com os informes de Taratua. Eu disse como Hoffmann é bom, e tem bilhões de dólares por trás dele. As fotografias da nave dele não estão muito nítidas, mas parece não faltar muito para terminar. E sabemos que testou o motor faz cinco semanas.

– Não se preocupe – riu Grigorievitch. – *São eles* que vão ter uma grande surpresa. Não se esqueça de que não sabem nada de nós.

Konrad Schneider imaginou se isso seria verdade, mas decidiu que era muito mais seguro não expressar dúvidas. Poderia fazer com que a mente de Grigorievitch começasse a explorar canais tortuosos demais e, se tivesse havido um vazamento de informação, seria bem difícil provar a própria inocência.

O guarda fez continência no momento em que Schneider retornou ao edifício administrativo. "Havia quase tantos soldados aqui", pensou, mal-humorado, "quanto técnicos." No entanto, era assim que os russos faziam as coisas, e desde que se mantivessem fora do caminho, estava tudo bem por ele. No geral, com algumas exceções irritantes, as coisas haviam se saído praticamente como esperado. Apenas o futuro poderia dizer quem, entre ele e Reinhold, havia feito a melhor escolha.

Ele já estava trabalhando em seu relatório final quando foi perturbado pelo som de vozes gritando. Por um momento sentou-se imóvel à mesa, não conseguindo imaginar que possível circunstância seria capaz de perturbar a rígida disciplina do campo. Então caminhou para a janela e, pela primeira vez em sua vida, soube o que era o desespero.

As estrelas estavam em toda a sua volta quando Reinhold desceu o morro. Lá no mar, o *Forrestal* ainda vasculhava as águas com seus dedos de luz, enquanto, mais perto da praia, os andaimes em torno da *Colombo* haviam se transformado em uma árvore de natal iluminada. Apenas a proa saliente da nave era como uma sombra escura, ocultando as estrelas.

Um rádio alto tocava música dançante nos alojamentos e, sem perceber, os pés de Reinhold se aceleravam de acordo com o ritmo. Havia quase alcançado a estrada estreita que beirava a areia quando uma premonição, um movimento apenas vislumbrado, fez com que parasse. Perplexo, desviou o olhar da terra para o mar, e do mar para a terra. Passou-se algum tempo antes que pensasse em olhar para o céu.

Nesse momento, Reinhold Hoffmann soube, ao mesmo tempo que Konrad Schneider, que havia perdido a corrida. E soube que a perdera não por poucas semanas ou meses, como vinha temendo, mas por milênios. As sombras enormes e silenciosas que se moviam entre as estrelas, mais quilômetros acima de sua cabeça do que se atrevia a imaginar, superavam sua pequena *Colombo* tanto quanto ela superava as canoas de tronco do homem paleolítico. Por um momento, que pareceu durar para sempre, Reinhold observou, da mesma maneira que todo o planeta estava fazendo, enquanto as grandes naves desciam em sua avassaladora grandiosidade, até que, por fim, pôde ouvir o grito indistinto de sua passagem pelo ar rarefeito da estratosfera.

Não lamentou que o trabalho de uma vida tivesse se perdido. Batalhara para levar os homens às estrelas e, em seu momento de triunfo, as estrelas, distantes e indiferentes, tinham vindo até ele.

Este era o momento em que a história prendia a respiração, e o presente se destacava do passado da mesma forma que um iceberg se rompe dos despenhadeiros gelados que lhe dão origem para navegar pelo oceano, solitário e orgulhoso. Tudo o que as gerações passadas haviam conquistado era, agora, como nada. Um único pensamento se repetia na mente de Reinhold:

"A raça humana não estava mais só".

2

O Secretário-geral das Nações Unidas mantinha-se imóvel junto à grande janela, os olhos fixos no trânsito que se arrastava pela Rua 43. Às vezes, se questionava se era bom que um homem trabalhasse em tal altura, tão acima de seus semelhantes. Distanciamento era aceitável, mas seria fácil demais transformá-lo em indiferença. Ou estaria simplesmente tentando racionalizar a sua aversão a arranha-céus, que em nada diminuíra, mesmo depois de vinte anos em Nova York?

Ouviu a porta se abrir às suas costas, mas não se virou quando Pieter Van Ryberg entrou. Houve a inevitável pausa enquanto Pieter olhava, com desagrado, para o termostato, pois não era de hoje que se brincava que o Secretário-geral gostava de viver em uma geladeira. Stormgren aguardou até que o assistente se juntasse a ele na janela, e só então se obrigou a desviar os olhos do panorama familiar, mas sempre fascinante, abaixo. Disse:

– Estão atrasados. Wainwright devia ter chegado há cinco minutos.

– A polícia acabou de avisar. Ele está com um verdadeiro cortejo, o que engarrafou o trânsito. Deve chegar a qualquer momento.

Van Ryberg fez uma pausa e então acrescentou, abruptamente:

– *Ainda* acha mesmo que é uma boa ideia falar com ele?

– Receio que agora seja um pouco tarde para recuar. Afinal de contas, eu concordei. Embora você saiba que a ideia não partiu de mim.

Stormgren caminhara até a mesa e ficou mexendo com seu famoso peso de papel de urânio. Não se sentia nervoso, apenas indeciso. Também estava satisfeito por Wainwright estar atrasado, já que isso lhe daria uma pequena vantagem moral quando a reunião começasse. Trivialidades assim desempenhavam um papel muito mais importante nas questões humanas do que gostaria qualquer pessoa apegada à lógica e à razão.

– Aí estão eles! – disse Van Ryberg, de repente, encostando o rosto na janela. – Estão vindo pela avenida. Mais de três mil, eu diria.

Stormgren pegou o bloco de notas e voltou para junto do assistente. A quase um quilômetro dali, uma multidão pequena, mas decidida, movia-se, devagar, na direção do Edifício do Secretariado. Carregavam faixas que eram ilegíveis àquela distância, mas Stormgren já conhecia muito bem a mensagem. Logo pôde ouvir, elevando-se acima do barulho do trânsito, o ritmo ameaçador de vozes em coro. Sentiu uma onda repentina de aversão tomar conta de si. Certamente o mundo já tivera o bastante de turbas em marcha e frases inflamadas!

A multidão chegara à frente do edifício. Deviam saber que o Secretário-geral os observava, pois aqui e ali, de um modo um tanto tímido, punhos agitavam-se no ar. Não se tratava de um desafio a Stormgren, embora não houvesse dúvida de que os manifestantes desejassem que o gesto fosse visto por ele. Como pigmeus ameaçando um gigante, os punhos irados se erguiam contra o céu, cinquenta quilômetros acima de suas cabeças: contra a cintilante nuvem prateada que era a nave capitânia da frota dos Senhores Supremos.

"Com certeza", pensou Stormgren, "Karellen assistia a tudo e se divertia imensamente, já que a reunião nunca ocorreria se não tivesse sido instigada pelo Supervisor."

Era a primeira vez que Stormgren se reunia com o dirigente da Liga da Liberdade. Deixara de se perguntar se isso seria prudente, pois os planos de Karellen muitas vezes eram sutis demais para a mera compreensão humana. Na pior das hipóteses, Stormgren não via como algum dano adicional poderia ser feito. Caso tivesse se recusado a ver Wainwright, a Liga teria usado o fato como munição contra ele.

Alexander Wainwright era um homem alto e elegante, de quase cinquenta anos. Era, Stormgren sabia, honesto de cabo a rabo e, por conseguinte, duplamente perigoso. Contudo, a sua sinceridade óbvia tornava difícil não gostar dele, quaisquer que fossem as opiniões que se tivesse sobre a causa que defendia... e sobre alguns dos seguidores que atraía.

Stormgren não perdeu tempo após as apresentações, breves e um pouco tensas, feitas por Van Ryberg.

– Presumo que o principal objetivo de sua visita seja registrar um protesto formal contra o projeto da federação. Estou correto?

Wainwright fez que sim com a cabeça, sério.

– Esse é o meu principal protesto, senhor Secretário. Como sabe, durante os últimos cinco anos temos procurado despertar a raça humana para o perigo a que está exposta. A tarefa tem sido difícil, já que a maioria das pessoas parece satisfeita em deixar que os Senhores Supremos governem o mundo como melhor lhes convêm. No entanto, mais de cinco milhões de patriotas, em todos os países, assinaram nosso abaixo-assinado.

– Não é um número muito impressionante, em uma população de dois bilhões e meio.

– É um número que não pode ser ignorado. E, para cada pessoa que assinou, há muitas que têm sérias dúvidas quanto à sensatez, para não falar da justiça, desse plano da federação. Mesmo o Supervisor Karellen, com todos seus poderes, não pode apagar mil anos de história com uma canetada.

– O que é que alguém sabe dos poderes de Karellen? – retrucou Stormgren. – Quando eu era menino, a Federação Europeia era um sonho. Mas, quando cresci, ela se tornara realidade. E *isso* foi antes da chegada dos Senhores Supremos. Karellen está apenas concluindo o trabalho que começamos.

– A Europa era uma entidade cultural e geográfica. O mundo, não. Essa é a diferença.

– Para os Senhores Supremos – replicou Stormgren, sarcástico –, a Terra deve ser muito menor do que a Europa parecia aos nossos pais. E a visão deles, eu diria, é mais madura do que a nossa.

– Não discordo, necessariamente, da federação como um objetivo *final*, embora muitos de meus simpatizantes possam não concordar. Só que deve partir de dentro, e não ser imposta de fora. Precisamos tentar resolver nosso próprio destino. Não deve haver mais interferência nos assuntos humanos!

Stormgren suspirou. Já ouvira tudo aquilo uma centena de vezes, e sabia que só podia dar a velha resposta que a Liga da Liberdade se recusava a aceitar. Tinha fé em Karellen, e eles, não. Essa era a diferença fundamental, e não havia nada que pudesse fazer a respeito. Felizmente, tampouco a Liga podia fazer qualquer coisa.

– Deixe-me fazer algumas perguntas – disse Stormgren. – Pode negar que os Senhores Supremos trouxeram segurança, paz e fartura ao mundo?

– É verdade. Só que nos tiraram a liberdade. Nem só de pão...

– ...vive o homem. Sim, eu sei. Mas esta é a primeira época em que todos os homens têm a certeza de conseguir, pelo menos, isso. De qualquer maneira, quanta liberdade perdemos em comparação com a que os Senhores Supremos nos deram, pela primeira vez na história da humanidade?

– A liberdade de controlar as nossas próprias vidas, guiados por Deus.

“Finalmente”, pensou Stormgren, “chegamos ao ponto. No fundo, trata-se de um conflito religioso, por mais que se tente disfarçá-lo. Wainwright nunca deixa ninguém esquecer que já foi sacerdote. Embora já não usasse mais o colarinho clerical, de algum modo sempre deixava a impressão de que ele ainda estava ali."

– No mês passado – observou Stormgren – uma centena de bispos, cardeais e rabinos assinou uma declaração conjunta dando apoio à política do Supervisor. As religiões do mundo estão contra o senhor.

Wainwright balançou a cabeça, em uma negação indignada.

– Muitos dos líderes estão cegos. Foram corrompidos pelos Senhores Supremos. Quando perceberem o perigo, poderá ser tarde demais. A humanidade já terá perdido a iniciativa, e se tornado uma raça de vassalos.

Houve um instante de silêncio. E então Stormgren respondeu:

– Daqui a três dias vou me reunir de novo com o Supervisor. Vou explicar a ele suas objeções, visto que é meu dever representar os pontos de vista do mundo. Mas isso não vai mudar nada, posso garantir.

– Há uma outra questão – falou Wainwright, devagar. – Temos muitas objeções aos Senhores Supremos, mas, acima de tudo, abominamos essa insistência em se ocultarem. O senhor é o único ser humano que já falou com Karellen e, mesmo assim, nunca o viu! É de se admirar que duvidemos dos motivos dele?

– Apesar de tudo o que ele tem feito pela humanidade?

– Sim, apesar disso. Não sei o que nos ofende mais: a onipotência de Karellen ou sua reclusão. Se não tem nada a esconder, por que nunca se mostra? Da próxima vez que falar com o Supervisor, sr. Stormgren, faça-lhe essa pergunta!

Stormgren ficou em silêncio. Não havia nada que pudesse dizer. Nada que convenceria o outro. Às vezes Stormgren não tinha certeza se ele mesmo realmente se convencera.

Era, obviamente, apenas uma operação muito pequena, do ponto de vista deles, mas, para a Terra, era o maior acontecimento da história. Não houvera nenhum aviso antes de que as grandes naves se precipitassem das profundezas desconhecidas do espaço. O dia fora descrito inúmeras vezes, em ficção, mas ninguém havia realmente acreditado que chegaria. Agora, por fim, esse dia nascera: as formas cintilantes e silenciosas, suspensas sobre todas as terras, simbolizavam uma ciência que o Homem não poderia ter a esperança de igualar por séculos. Por seis dias flutuaram, imóveis, sobre suas cidades, sem dar a entender que sabiam de sua existência. Mas não era preciso: não seria apenas por coincidência que as poderosas naves teriam parado tão precisamente sobre Nova York, Londres, Paris, Moscou, Roma, Cidade do Cabo, Tóquio, Camberra...

Antes mesmo do fim desses dias aterradores, alguns homens tinham adivinhado a verdade. Não se tratava do primeiro e hesitante contato de uma raça que nada sabia da humanidade. Dentro das naves silenciosas e imóveis, mestres da psicologia estudavam as reações da humanidade. Quando a curva de tensão atingisse o máximo, eles agiriam.

E no sexto dia, Karellen, Supervisor para a Terra, fez-se conhecer pelo mundo em uma transmissão que se sobrepôs a todas as frequências de rádio. Falou em um inglês tão perfeito que a controvérsia que iniciou assolaria os dois lados do Atlântico por uma geração. Mas o contexto do discurso foi ainda mais surpreendente do que a forma. Por quaisquer padrões, era a obra de um gênio insuperável, mostrando um domínio completo e absoluto dos assuntos humanos. Não poderia haver dúvida de que sua erudição e virtuosismo, os vislumbres tentadores de um conhecimento ainda inexplorado, haviam sido concebidos de caso pensado para convencer a humanidade de que estava na presença de um poder intelectual esmagador. Quando Karellen terminou, as nações da Terra souberam que seus dias de soberania precária haviam terminado. Os governos locais, internos, ainda conservariam seus poderes, mas, no campo mais amplo dos assuntos internacionais, as decisões supremas haviam deixado as mãos humanas. Discussões, protestos... tudo era inútil.

Dificilmente se poderia esperar que todas as nações do mundo se submetessem, de maneira dócil, a uma tal limitação de seus poderes. No entanto, a resistência ativa apresentava dificuldades desconcertantes, pois a destruição das naves dos Senhores Supremos, mesmo que fosse possível, aniquilaria as cidades abaixo delas. Apesar disso, uma das grandes potências fizera uma tentativa. Talvez os responsáveis esperassem matar dois coelhos com um só míssil atômico, já que o seu alvo flutuava sobre a capital de uma nação vizinha e hostil.

Enquanto a imagem da grande nave se expandia na tela do televisor na sala de controle secreta, o pequeno grupo de autoridades e técnicos deve ter sentido diversas emoções contraditórias. Se tivessem sucesso, que ação as naves restantes iriam adotar? Poderiam também ser destruídas, deixando a humanidade voltar a seu próprio caminho? Ou Karellen desfecharia uma terrível vingança sobre os agressores?

A tela ficara subitamente vazia quando o míssil se destruiu com o impacto, e a imagem passou de imediato para uma câmera aérea, a muitos quilômetros de distância. Nessa fração de segundo, a bola de fogo já deveria ter se formado e estar enchendo o céu com suas chamas solares.

Contudo, não acontecera absolutamente nada. A grande nave pairava incólume, banhada pela luz bruta do Sol, na fronteira do espaço. Não apenas a bomba falhara em tocá-la, mas também ninguém jamais conseguiria chegar a uma conclusão sobre o que acontecera ao míssil. Além do mais, Karellen não tomara qualquer medida contra os responsáveis, ou sequer demonstrara ter se dado conta do ataque. Ignorara-os com desdém, deixando que se preocupassem com uma vingança que nunca viria. Havia dispensado um tratamento muito mais eficiente, e muito mais desmoralizante, do que qualquer medida punitiva. Algumas semanas depois, o governo responsável se esfacelara completamente em meio a recriminações mútuas.

Houve também alguma resistência passiva à política dos Senhores Supremos. Quase sempre, Karellen era capaz de lidar com isso deixando os envolvidos fazer o que quisessem, até descobrirem que só prejudicavam a si mesmos com a recusa em cooperar. Apenas uma vez tomara medidas diretas contra um governo recalcitrante.

Durante mais de cem anos, a República da África do Sul havia sido o centro de rivalidades raciais. Homens de boa vontade, de ambos os lados, haviam tentado construir uma ponte, mas em vão: os temores e preconceitos tinham raízes profundas demais para permitir qualquer cooperação. Os sucessivos governos só haviam diferido no grau de intolerância. O país estava envenenado pelo ódio e pelas consequências da guerra civil.

Quando se tornou claro que nenhuma tentativa seria feita para pôr fim à discriminação, Karellen dera seu aviso. Apenas especificara uma data e um horário; nada mais. Houve apreensão, mas pouco medo ou pânico, pois ninguém acreditava que os Senhores Supremos adotariam uma medida violenta ou destrutiva que atingisse tanto inocentes quanto culpados.

E não adotaram. Tudo o que aconteceu foi que, no momento em que passava pelo meridiano da Cidade do Cabo, o Sol desapareceu. Apenas um fantasma pálido e arroxeado, que não fornecia calor nem luz, continuou visível. De alguma forma, no espaço, a luz do Sol fora polarizada por dois campos transversais, de modo que nenhuma radiação pudesse passar. A área afetada tinha quinhentos quilômetros de diâmetro, e era perfeitamente circular.

A demonstração durou trinta minutos. Foi o suficiente: no dia seguinte, o governo da África do Sul anunciou que direitos civis plenos seriam restituídos à minoria branca.

Exceto por incidentes isolados, a raça humana aceitara os Senhores Supremos como parte da ordem natural das coisas. Em um tempo surpreendentemente curto, o choque inicial desapareceu e o mundo voltou a seguir seu curso. A maior mudança que um Rip van Winkle recém-desperto teria notado seria certa esperança silenciosa, uma atitude mental de apreensão e expectativa, enquanto a humanidade aguardava que os Senhores Supremos se mostrassem e descessem de suas naves cintilantes.

Cinco anos depois, ainda aguardava. "Isso", pensou Stormgren, "era a causa de todos os problemas."

Havia o habitual círculo de curiosos, com as câmeras prontas, quando o carro de Stormgren entrou no campo de lançamento. O Secretário-geral trocou algumas palavras de última hora com o assistente, apanhou a maleta e passou pelo meio da roda de espectadores.

Karellen nunca o deixava esperando muito. Houve um súbito "Oh!" da multidão e uma bolha prateada expandiu-se no céu com uma velocidade de tirar o fôlego. Uma rajada de ar agitou as roupas de Stormgren quando a minúscula nave pousou a cinquenta metros de distância, flutuando, com suavidade, alguns centímetros acima do solo, como se temesse ser contaminada pela Terra. À medida que avançava lentamente, Stormgren viu o casco metálico inteiriço vincar-se de modo familiar e, logo a seguir, teve diante de si a abertura que tanto desconcertara os melhores cientistas do mundo. Entrou por ela no único compartimento da nave, suavemente iluminado. A entrada se fechou como se nunca tivesse existido, bloqueando todo som e toda luz vindos de fora.

Voltou a se abrir cinco minutos depois. Não houvera sensação de movimento, mas Stormgren sabia que estava, agora, cinquenta quilômetros acima da Terra, bem no interior da nave de Karellen. Estava no mundo dos Senhores Supremos: à sua volta, eles cuidavam de seus negócios misteriosos. Chegara mais perto deles do que qualquer outro homem. Não sabia, porém, mais sobre sua natureza física do que os milhões de habitantes do mundo abaixo.

A pequena sala de reuniões, ao final do pequeno corredor de ligação, não era mobiliada, exceto por uma cadeira e uma mesa sob a tela do visor. Como esperado, não dizia absolutamente nada a respeito das criaturas que a construíram. A tela do visor estava vazia agora, como sempre estivera. Às vezes, em sonhos, Stormgren imaginava que ela de repente se acendia, revelando o segredo que atormentava todo o planeta. No entanto, o sonho nunca se tornara realidade: por trás do retângulo de escuridão, ocultava-se um mistério completo. Contudo, havia também poder e sabedoria. E, talvez o principal, um afeto imenso e bem-humorado pelas criaturinhas que rastejavam no planeta abaixo.

Da grade oculta veio a voz calma e nunca apressada que Stormgren conhecia tão bem, embora o mundo só a tivesse ouvido uma vez na história. Sua profundidade e ressonância davam a única pista que existia a respeito da natureza física de Karellen, pois deixavam uma impressão marcante de puro *tamanho*. Karellen era grande. Talvez muito maior que um homem. Era verdade que alguns cientistas, após terem analisado a gravação da sua única fala, tinham sugerido que a voz era a de uma máquina. Isso, porém, era algo em que Stormgren jamais poderia acreditar.

– Sim, Rikki, eu estava ouvindo a sua pequena reunião. A que conclusão chegou sobre o sr. Wainwright?

– É um homem honesto, mesmo que muitos de seus simpatizantes não sejam. O que vamos fazer? A Liga em si não é perigosa, mas alguns de seus extremistas estão pregando a violência abertamente. Estive pensando se deveria pôr uma guarda em casa. Mas espero que não seja preciso.

Karellen esquivou-se do assunto como, às vezes, de modo irritante, fazia.

– Os detalhes da federação mundial já foram divulgados há um mês. Houve um aumento substancial nos sete por cento que não me aprovam, ou nos doze por cento de indecisos?

– Ainda não. Mas isso não tem importância. O que *realmente* me preocupa é um sentimento generalizado, mesmo entre seus simpatizantes, de que já é hora de essa reclusão acabar.

O suspiro de Karellen foi tecnicamente perfeito, embora, de certa maneira, lhe faltasse convicção.

– Também acha isso, não é?

A pergunta era tão retórica que Stormgren não se deu ao trabalho de responder.

– Pergunto-me se realmente compreende – prosseguiu, sem meias palavras – como este estado de coisas dificulta meu trabalho.

– Não que ajude o meu – replicou Karellen, com certo vigor. – Gostaria que as pessoas parassem de pensar em mim como um ditador e se lembrassem de que sou apenas um funcionário público, tentando pôr em prática uma política colonial de cuja formulação não participei.

Isso, pensou Stormgren, era uma descrição bem interessante. Queria saber o quão verdadeira ela era.

– Não pode pelo menos nos dar algum motivo para a sua reclusão? Porque não conseguimos entendê-la, ela nos aborrece e gera um boato atrás do outro.

Karellen deu aquela sua gargalhada, intensa e profunda, um pouco ressonante demais para ser completamente humana.

– O que acham que sou agora? A teoria do robô ainda é a principal? Preferiria ser uma massa de válvulas eletrônicas do que algo como uma centopeia. Ah, sim, vi a charge no *Chicago Tribune* de ontem! Estou pensando em solicitar o original.

Stormgren contraiu os lábios visivelmente. "Havia momentos", pensou, "em que Karellen tratava seus deveres de modo leviano."

– Isto é *sério* – disse Stormgren, em tom de reprovação.

– Meu caro Rikki – Karellen retrucou –, é só por *não* levar a raça humana a sério que consigo manter os vestígios que ainda possuo de meus outrora consideráveis poderes mentais!

Mesmo sem querer, Stormgren sorriu.

– Isso não me ajuda muito, não é? Tenho que descer lá e convencer meus semelhantes de que, embora você não vá se mostrar, não tem nada a esconder. Não é trabalho fácil. A curiosidade é um dos traços mais marcantes da humanidade. Não vai poder afrontá-la para sempre.

– De todos os problemas com que nos defrontamos quando viemos para a Terra, esse foi o mais difícil – admitiu Karellen. – Vocês têm confiado em nossa sabedoria em outros assuntos. Com certeza também podem confiar neste!

– *Eu* confio – disse Stormgren –, mas Wainwright não, e nem os simpatizantes dele. Pode mesmo culpá-los se interpretam mal a sua relutância em se mostrar?

Houve silêncio por um momento. Então Stormgren ouviu o som fraco (seria um *estalido*?) que poderia ter sido causado pelo Supervisor movendo ligeiramente o corpo.

– Sabe por que Wainwright e os outros como ele têm medo de mim, não sabe? – perguntou Karellen. Sua voz era sóbria agora, como um grande órgão soltando notas da nave alta de uma catedral. – Vai achar homens desses em todas as religiões do mundo. Sabem que representamos a razão e a ciência e, apesar da confiança que têm em suas crenças, temem que derrubemos seus deuses. Não necessariamente por um ato deliberado, mas de uma maneira mais sutil. A ciência pode destruir a religião ignorando-a, tanto quanto refutando suas doutrinas. Ninguém jamais demonstrou, ao que eu saiba, a inexistência de Zeus ou de Thor, só que eles têm poucos seguidores hoje. Os Wainwrights também temem que saibamos a verdade sobre a origem de suas fés. Perguntam-se: Por quanto tempo estivemos observando a humanidade? Será que vimos Maomé começar a Hégira, ou Moisés dando as leis aos judeus? Será que sabemos tudo o que há de falso nas histórias em que acreditam?

– E *sabem*? – murmurou Stormgren, meio para si mesmo.

– Esse, Rikki, é o medo que os atormenta, embora jamais o reconheçam abertamente. Creia-me, não temos nenhum prazer em destruir as fés dos homens, só que as religiões do mundo não podem estar *todas* certas, e eles sabem disso. Cedo ou tarde, o homem vai ter que saber a verdade; mas o momento ainda não chegou. Quanto à nossa reserva, que você acusa corretamente de agravar nossos problemas, é uma questão que está além do meu controle. Lamento a necessidade desta reclusão tanto quanto você, mas há razões suficientes para isso. No entanto, vou tentar conseguir uma declaração dos meus... superiores... que talvez o satisfaça e, quem sabe, acalme a Liga da Liberdade. Agora, podemos voltar à nossa pauta e recomeçar a gravação?

– Bem? – perguntou Van Ryberg, ansioso. – Teve sorte?

– Não sei – respondeu, cansado, Stormgren, enquanto atirava as pastas de arquivo sobre a mesa e se deixava cair na cadeira. – Karellen está consultando os superiores *dele* agora, sejam quem, ou o quê, forem. Não quis fazer promessas.

– Escute – disse Pieter, abruptamente –, acabo de pensar em algo. Que motivo temos para acreditar que haja alguém acima de Karellen? E se *todos* os Senhores Supremos, como os apelidamos, estiverem bem aqui na Terra, nas naves? Quem sabe não tenham para onde ir, mas escondem isso da gente.

– É uma teoria bem bolada – sorriu Stormgren. – Só que vai de encontro ao pouco que sei, ou penso que sei, sobre o passado de Karellen.

– E quanto você sabe?

– Bem, ele sempre fala da posição dele aqui como algo temporário e que não o deixa se dedicar ao seu verdadeiro trabalho, que deve ser algum tipo de matemática. Uma vez, mencionei a citação de Acton sobre o poder corromper e o poder absoluto corromper absolutamente. Queria ver qual seria a reação dele. Ele deu uma daquelas risadas cavernosas e disse: "Não há perigo de acontecer comigo. No primeiro caso, quanto antes terminar meu trabalho aqui, mais cedo vou poder voltar para o meu lugar, a muitos anos--luz. No segundo, não tenho poder absoluto, de jeito nenhum. Sou apenas um... Supervisor". É claro que podia estar me enganando. Nunca vou ter certeza.

– Karellen é imortal, não é?

– Sim, pelos nossos padrões, embora haja algo no futuro que parece temer. Não consigo imaginar o que seja. E isso é mesmo tudo o que sei sobre ele.

– Não é muito conclusivo. Minha teoria é que a flotilha dele se perdeu no espaço e está procurando um novo lar. Não quer que a gente saiba que seus camaradas são poucos. Quem sabe todas as outras naves são automáticas, e não tem ninguém nelas. Quem sabe são só uma fachada imponente.

– Você – disse Stormgren – anda lendo ficção científica demais.

Van Ryberg sorriu sem graça, um pouco embaraçado.

– A "invasão do espaço" não saiu bem como o previsto, não é? Minha teoria certamente explicaria por que Karellen nunca se mostra. Não quer que a gente saiba que não tem nenhum outro Senhor Supremo.

Stormgren sacudiu a cabeça, discordando, bem-humorado.

– A sua explicação, como quase sempre, é bem bolada demais para ser verdade. Embora só tenhamos como inferir sua existência, deve haver uma grande civilização por trás do Supervisor. E uma que sabe a respeito da humanidade há muito tempo. O próprio Karellen deve ter nos estudado por séculos. Veja o seu domínio do inglês, por exemplo. Ele *me* ensinou a usar expressões idiomáticas!

– Você já descobriu *alguma coisa* que ele não sabe?

– Ah, sim, muitas... mas só coisas triviais. Acho que tem uma memória absolutamente perfeita, mas tem certas coisas que não se importou em aprender. Por exemplo, o inglês é a única língua que entende com perfeição, embora nos últimos dois anos tenha aprendido bastante de finlandês, só pra me atazanar. E não se aprende finlandês correndo! Ele consegue citar grandes trechos do *Kalevala*, enquanto tenho vergonha de dizer que só conheço alguns versos. Também sabe as biografias de todos os estadistas vivos e, às vezes, consigo identificar as referências que ele usou. O conhecimento dele de história e de ciência parece completo. Você sabe o quanto já aprendemos com ele. No entanto, tomados um de cada vez, não creio que seus dotes intelectuais estejam muito além do alcance das conquistas humanas. Só que nenhum homem conseguiria fazer *todas* as coisas que ele faz.

– Essa é mais ou menos a conclusão a que já cheguei – concordou Van Ryberg. – Podemos discutir eternamente sobre Karellen, mas no final sempre voltamos à mesma pergunta: por que o diabo não se mostra? Até que ele apareça, vou continuar fazendo teorias e a Liga da Liberdade vai continuar berrando.

Ergueu um olho rebelde para o teto.

– Numa noite escura, sr. Supervisor, espero que um repórter pegue um foguete para sua nave e suba pela porta dos fundos com uma câmera. Que furo *isso* seria!

Se Karellen estava escutando, não deu sinal. Mas, é claro, nunca dava.

No primeiro ano de sua chegada, o advento dos Senhores Supremos causara menos mudanças na estrutura da vida humana do que seria de se esperar. A sombra deles estava em toda parte, mas era uma sombra discreta. Embora houvesse poucas cidades grandes na Terra onde os homens não pudessem ver uma das naves prateadas resplandecendo no zênite, após algum tempo elas começaram a ser vistas como parte tão integrante da paisagem quanto o Sol, a

Lua ou as nuvens. A maioria das pessoas provavelmente tinha apenas uma vaga consciência de que o seu padrão de vida cada vez melhor se devia aos Senhores Supremos. Quando paravam para pensar nisso, o que era raro, percebiam que as naves silenciosas haviam trazido paz para todo o mundo pela primeira vez na história, e ficavam devidamente gratas.

No entanto, esses eram benefícios por exclusão e não espetaculares, aceitos e logo esquecidos. Os Senhores Supremos permaneciam distantes, escondendo seus rostos da humanidade. Karellen poderia despertar respeito e admiração, mas não conquistar nada mais profundo enquanto prosseguisse com sua política atual. Era difícil não sentir rancor contra os Olimpianos que se dirigiam à humanidade apenas por meio dos circuitos de radioteletipo na sede das Nações Unidas. O que ocorria entre Karellen e Stormgren nunca vinha a público e, às vezes, o próprio Stormgren se perguntava por que o Supervisor considerava as reuniões necessárias. Talvez sentisse a necessidade de contato direto com pelo menos um ser humano. Talvez percebesse que Stormgren precisava dessa forma de apoio moral. Se essa era a explicação, o Secretário-geral ficava grato. Não se importava que a Liga da Liberdade o chamasse, com desprezo, de "office-boy de Karellen".

Os Senhores Supremos nunca se envolveram com países e governos individuais. Haviam tomado a Organização das Nações Unidas como a encontraram, dado instruções para a instalação do equipamento de rádio necessário e emitido suas ordens pela boca do Secretário-geral. O delegado soviético observara, com propriedade, longa e repetidamente, que o procedimento não estava de acordo com a Carta da ONU. Karellen não parecia preocupado.

Era assombroso como tantos abusos, loucuras e males podiam ser desfeitos por aquelas mensagens do céu. Com a chegada dos Senhores Supremos, as nações souberam que não precisavam mais temer umas às outras, e adivinharam (antes mesmo de experimentar) que as armas existentes certamente seriam inúteis contra uma civilização capaz de atravessar o abismo entre as estrelas. Dessa maneira, o maior obstáculo individual à felicidade da raça humana fora removido de imediato.

Os Senhores Supremos pareciam bastante indiferentes a formas de governo, desde que não fossem opressivas ou corruptas. A Terra ainda tinha democracias, monarquias, ditaduras benevolentes, comunismo e capitalismo. Isso foi motivo de grande surpresa para muitas almas simples, que estavam completamente convencidas de que o seu era o único modo de vida possível. Outros achavam que Karellen apenas esperava para introduzir um sistema que iria varrer do mapa todas as formas existentes de sociedade e, por isso, não se incomodava com reformas políticas menores. Isso, porém, como todas as outras suposições a respeito dos Senhores Supremos, era pura especulação. Ninguém sabia os motivos deles. E ninguém sabia para que futuro estavam conduzindo a humanidade.

3

Stormgren vinha dormindo mal nas últimas noites, o que era estranho, já que em breve estaria pondo de lado as inquietações do cargo para sempre. Servira à humanidade por quarenta anos, e aos senhores dela por cinco. Poucos homens poderiam olhar para trás e contemplar uma vida com tantas ambições conquistadas. Talvez fosse esse o problema: nos anos de aposentadoria, não importando quantos fossem, não teria novas metas para dar gosto à vida. Desde a morte de Martha, e depois que os filhos constituíram as próprias famílias, seus laços com o mundo pareciam ter se enfraquecido. Podia ser, também, que estivesse começando a se identificar com os Senhores Supremos, distanciando-se, assim, da humanidade.

Esta era mais uma daquelas noites insones em que seu cérebro continuava a girar como uma máquina cujo regulador estivesse quebrado. Sabia que não adiantava mais tentar dormir e, relutante, saiu da cama. Vestindo rapidamente o roupão, foi dar uma volta no jardim do terraço de seu modesto apartamento. Não havia um só de seus subordinados diretos que não tivesse alojamentos muito mais luxuosos, mas o lugar era mais do que suficiente para as necessidades de Stormgren. Chegara a uma posição em que nem posses materiais, nem cerimônias oficiais podiam acrescentar algo à sua estatura.

A noite estava quente, quase sufocante, mas o céu estava claro e uma Lua brilhante pendia baixa, a sudoeste. A dez quilômetros dali, as luzes de Nova York ardiam no horizonte como uma aurora congelada no ato de irromper.

Stormgren ergueu os olhos acima da cidade adormecida, escalando novamente as alturas a que apenas ele, dentre os homens vivos, ascendera. Embora estivesse muito longe, podia ver o casco da nave de Karellen reluzindo ao luar. Ficou imaginando o que o Supervisor estaria fazendo, pois não acreditava que os Senhores Supremos sequer dormissem.

Muito acima, um meteoro forçou sua lança brilhante através da abóbada celeste. A trilha luminosa brilhou fraca por algum tempo, e então definhou, deixando apenas as estrelas. Um lembrete brutal: dali a cem anos, Karellen ainda guiaria a humanidade rumo à meta que só ele podia ver, mas em quatro meses outro homem seria o Secretário-geral. Não que Stormgren se importasse muito. Mas isso queria dizer que lhe restava pouco tempo se desejava descobrir o que havia por trás da tela reforçada.

Só nos últimos dias ousara admitir que a reclusão dos Senhores Supremos começava a obcecá-lo. Até há pouco, sua fé em Karellen o mantivera livre de dúvidas. Agora, porém, pensou com certa ironia, os protestos da Liga da Liberdade estavam começando a afetá-lo. Era verdade que a propaganda sobre a escravização do Homem não passava de propaganda. Poucas pessoas acreditavam mesmo nisso, ou desejavam, de fato, voltar aos velhos tempos. Os homens tinham se acostumado ao governo imperceptível de Karellen. Todavia, estavam ficando impacientes para saber quem os governava. E quem podia culpá-los?

Embora fosse de longe a maior, a Liga era apenas uma das organizações que se opunham a Karellen e, por conseguinte, aos humanos que cooperavam com os Senhores Supremos. As objeções e políticas desses grupos variavam muito: alguns assumiam o ponto de vista religioso, enquanto outros apenas expressavam um sentimento de inferioridade. Sentiam-se, com toda a razão, mais ou menos como um indiano culto do século dezenove deveria ter se sentido ao contemplar o Raj do Império Britânico. Os invasores haviam trazido paz e fartura à Terra. No entanto, a qual custo? A história não era tranquilizadora: mesmo os contatos mais pacíficos entre povos de níveis culturais muito diferentes tinham resultado, quase sempre, na destruição da sociedade mais atrasada. Nações, assim como pessoas, podiam perder o gosto pela vida quando encaravam um desafio do qual não davam conta. E a civilização dos Senhores Supremos, embora envolta em mistério, era o maior desafio que o Homem já enfrentara.

O fax na sala adjacente emitiu um clique suave ao ejetar o resumo de notícias enviado, de hora em hora, pela *Central News*. Stormgren voltou para dentro e folheou as páginas, sem muita atenção ou entusiasmo. Do outro lado do mundo, a Liga da Liberdade inspirara uma manchete não muito original. "MONSTROS GOVERNAM O HOMEM?", perguntava o jornal, e prosseguia com a citação: "Discursando em um comício hoje em Madras, o dr. C. V. Krishnan, presidente da Divisão Oriental da Liga da Liberdade, disse: 'A explicação para o comportamento dos Senhores Supremos é muito simples. A sua forma física é tão alienígena e repugnante que não se atrevem a se mostrar à humanidade. Desafio o Supervisor a negar isso.'"

Stormgren jogou a folha no chão, aborrecido. Mesmo que a acusação fosse verdade, que importava? A ideia era velha, mas nunca o preocupara. Não acreditava que houvesse uma forma biológica, por mais estranha, que ele não pudesse aceitar com o tempo e, quem sabe, até achar bela. A mente, não o corpo, era tudo o que contava. Se pudesse convencer Karellen disso, os Senhores Supremos talvez mudassem suas diretrizes. Com certeza não chegavam nem perto do horror dos desenhos muito criativos que haviam enchido os jornais logo após sua chegada à Terra!

No entanto, Stormgren sabia que não era apenas consideração por seu sucessor o que o deixava ansioso para ver o fim desse estado de coisas. Era honesto o bastante para admitir que, em última análise, seu principal motivo era simples curiosidade humana. Passara a reconhecer Karellen como pessoa, e nunca ficaria satisfeito até que descobrisse também que tipo de criatura ele poderia ser.

Quando Stormgren não chegou no horário habitual na manhã seguinte, Pieter Van Ryberg ficou surpreso e um pouco incomodado. Embora o Secretário-geral muitas vezes fizesse algumas visitas antes de ir para o escritório, sempre deixava um aviso. Nesta manhã, para piorar as coisas, havia várias mensagens urgentes para Stormgren. Van Ryberg ligou para meia dúzia de departamentos tentando localizá-lo, e então desistiu, nervoso.

Ao meio-dia já estava alarmado, e enviou um carro até a residência de Stormgren. Dez minutos depois, foi apanhado de surpresa pelo uivo de uma sirene, enquanto um carro de patrulha vinha correndo pela Roosevelt Drive. As agências de notícias deviam ter amigos naquela viatura, pois ao mesmo tempo em que Van Ryberg observava a aproximação, o rádio dizia ao mundo que ele não era mais apenas Assistente, mas, sim, Secretário-geral em Exercício das Nações Unidas.

Se Van Ryberg tivesse menos problemas nas mãos, teria achado interessante estudar as reações da imprensa ao desaparecimento de Stormgren. No mês anterior, os jornais do mundo haviam se dividido em dois grupos bem definidos. A imprensa ocidental, no geral, aprovava o plano de Karellen de tornar os homens cidadãos do mundo. Os países do Oriente, por outro lado, estavam passando por violentos, embora altamente artificiais, espasmos de orgulho patriótico. Alguns tinham sido independentes por pouco mais de uma geração, e agora se sentiam ludibriados. As críticas aos Senhores Supremos eram generalizadas e vigorosas: depois de um período inicial de extrema cautela, a imprensa logo descobrira que podia ser tão grosseira com Karellen quanto desejasse, que nada aconteceria. Agora, estava se excedendo.

A maior parte dos ataques, embora sem papas na língua, não representava a grande massa dos povos. Ao longo das fronteiras que, em breve, desapareceriam para sempre, as guarnições tinham sido redobradas, mas os soldados fitavam-se com uma cordialidade ainda muda. Os políticos e os generais podiam gritar e berrar, mas os milhões que aguardavam em silêncio achavam que, muito em breve, um capítulo longo e sangrento da história chegaria ao fim.

E agora Stormgren se fora, e ninguém sabia para onde. O ruído diminuiu de repente, quando o mundo se deu conta da perda do único homem por meio de quem os Senhores Supremos, por suas próprias e estranhas razões, falavam com a Terra. Uma paralisia pareceu assaltar os comentaristas da imprensa e do rádio, mas em meio ao silêncio podia-se ouvir a voz da Liga da Liberdade, ansiosamente protestando inocência.

Estava escuro como breu quando Stormgren acordou. No início, sentia tanto sono que não se dava conta de como isso era estranho. Então, quando a consciência plena retornou, sentou-se com um sobressalto e procurou o interruptor ao lado da cama.

Em meio às trevas, sua mão encontrou uma parede de pedra nua, fria ao toque. Imobilizou-se de imediato, a mente e o corpo paralisados pelo choque do inesperado. Então, mal acreditando em seus sentidos, ajoelhou-se na cama e começou a explorar, com a ponta dos dedos, a parede tão surpreendentemente desconhecida.

Fazia isso há apenas um momento quando ouviu um clique repentino e parte da escuridão deslizou para o lado. Viu, de relance, a silhueta de um homem contra um fundo de luz fraca. Em seguida, a porta tornou a se fechar e a escuridão voltou. Aconteceu tão depressa que não teve chance de ver nada do aposento em que se encontrava.

Um instante depois, foi ofuscado pela luz intensa de uma lanterna elétrica. O feixe de luz passou sobre seu rosto, fixou-se nele por um instante e, em seguida, desceu para iluminar toda a cama, que era, ele via agora, nada mais que um colchão apoiado em tábuas rústicas.

Da escuridão, uma voz suave dirigiu-se a ele em um inglês excelente, mas com um sotaque que Stormgren, a princípio, não conseguiu identificar.

– Ah, sr. Secretário. Fico satisfeito em vê-lo acordado. Espero que se sinta *cem por cento* bem.

Havia algo nessa última frase que chamou a atenção de Stormgren, de modo que as perguntas indignadas que estivera a ponto de fazer morreram em seus lábios. Cravou os olhos na escuridão e retorquiu calmamente:

– Por quanto tempo estive inconsciente?

O outro riu, divertido.

– Vários dias. Prometeram que não haveria efeitos colaterais. É bom ver que era verdade.

Em parte para ganhar tempo, em parte para testar as próprias reações, Stormgren girou as pernas para fora da cama. Ainda vestia as roupas de dormir, mas estavam bem amarrotadas e pareciam ter acumulado uma boa quantidade de pó. Ao se mexer, sentiu uma ligeira tontura. Não o bastante para ser desagradável, mas o suficiente para convencê-lo de que, de fato, tinha sido drogado.

Voltou-se para a luz.

– Onde estou? – perguntou, sem meias palavras. – Wainwright sabe disto?

– Calma, não fique agitado – respondeu o vulto nas sombras. – Não vamos falar sobre esse tipo de coisa, por enquanto. Aposto que está morrendo de fome. Troque de roupa e venha jantar.

A oval de luz deslizou pelo aposento e, pela primeira vez, Stormgren teve uma ideia de suas dimensões. Mal chegava a ser um quarto, pois as paredes pareciam rocha nua polida. Compreendeu que estava debaixo do solo, talvez a uma grande profundidade. E, se estivera inconsciente por vários dias, podia estar em qualquer parte da Terra.

A lanterna iluminou uma pilha de roupas dobradas sobre um caixote.

– Essas roupas devem bastar ao senhor – disse a voz, na escuridão. – O serviço de lavanderia é um tanto problemático aqui, de modo que apanhamos alguns dos seus ternos e meia dúzia de camisas.

– Isso – disse Stormgren, mal-humorado – foi muita consideração de sua parte.

– Sentimos muito pela ausência de mobília e de luz elétrica. Este lugar é conveniente de algumas formas, mas deixa a desejar em outros aspectos.

– Conveniente para quê? – perguntou Stormgren, enquanto se enfiava em uma camisa. A sensação do tecido familiar em seus dedos era estranhamente tranquilizadora.

– Apenas... conveniente – disse a voz. – E, a propósito, já que é provável que passemos um bom tempo juntos, pode me chamar de Joe.

– Apesar da sua nacionalidade? – retrucou Stormgren. – Você é polonês, não é? Acho que seria capaz de pronunciar seu nome verdadeiro. Não pode ser pior do que muitos nomes finlandeses.

Houve uma pequena pausa, e a luz oscilou por um instante.

– Bem, eu devia ter esperado por isso – disse Joe, conformado. – Deve ter bastante prática nesse tipo de coisa.

– É um passatempo útil para um homem na minha posição. Posso apostar que você foi criado nos Estados Unidos, mas não saiu da Polônia até...

– Isso – disse Joe, com firmeza – é mais do que o suficiente. Como parece que já terminou de se vestir... Obrigado.

A porta foi se abrindo à medida que Stormgren aproximava-se

dela, sentindo uma ponta de alegria com sua pequena vitória. Enquanto Joe se punha de lado para deixá-lo passar, Stormgren imaginou se o seu captor estaria armado. Quase certamente sim, e, de qualquer forma, teria amigos por perto.

A luz do corredor era fraca e vinha de lampiões a óleo, dispostos a intervalos. Pela primeira vez, Stormgren pôde ver Joe com clareza. Era um homem de cerca de cinquenta anos, e que devia pesar mais de cem quilos. Tudo nele era extragrande, desde a farda manchada de combate, que podia ter vindo de meia dúzia de forças armadas, até o anel de sinete espantosamente grande na mão esquerda. Um homem com um físico nessa escala podia muito bem não se dar ao trabalho de carregar uma arma. Não devia ser difícil rastreá-lo, pensou Stormgren, se algum dia saísse deste lugar. Ficou um pouco desanimado ao compreender que Joe também devia ter plena consciência do fato.

As paredes ao redor, embora aqui e ali revestidas de concreto, eram, no geral, rocha nua. Ficou claro para Stormgren que estava em uma mina abandonada, e dificilmente poderia imaginar uma prisão mais eficaz. Até então, o fato de seu sequestro não o havia preocupado tanto. Tinha imaginado que, acontecesse o que acontecesse, os imensos recursos dos Senhores Supremos em breve o localizariam e resgatariam. Agora, já não estava tão certo. Estava desaparecido há vários dias... e nada acontecera. Devia existir um limite até mesmo para os poderes de Karellen e, se de fato estivesse enterrado em algum continente remoto, toda a ciência dos Senhores Supremos poderia ser incapaz de rastreá-lo.

Havia mais dois homens sentados à mesa na sala simples e mal iluminada. Ergueram os olhos com interesse e uma boa dose de respeito, enquanto Stormgren entrava. Um deles empurrou sobre a mesa um saco de sanduíches, que Stormgren aceitou, afoito. Embora sentisse muita fome, teria preferido uma refeição mais atraente, mas seus captores não deviam ter desfrutado de coisa melhor.

Enquanto comia, olhou de relance para os três homens à sua volta.

Joe era, de longe, a figura que mais se destacava, e não só na questão do porte físico. Ficava óbvio que os demais eram seus ajudantes: homens comuns, cujas origens Stormgren seria capaz de descobrir quando os ouvisse falar.

Alguém colocara um pouco de vinho em um copo não lá muito higiênico, e Stormgren o usou para empurrar o último dos sanduíches pela garganta.

Sentindo-se agora mais senhor da situação, voltou-se para o enorme polonês.

– Bem – disse, com voz calma –, quem sabe possa me dizer do que se trata tudo isto, e exatamente o que esperam conseguir.

Joe limpou a garganta e respondeu:

– Gostaria de deixar uma coisa clara. Isto não tem nada a ver com Wainwright. Ele vai ficar tão surpreso quanto todo mundo.

Stormgren meio que já esperava isso, embora não entendesse por que Joe estava confirmando suas suspeitas. Achava, havia tempos, que existia um movimento extremista dentro, ou às margens, da Liga da Liberdade.

– Só por curiosidade – ele disse –, como foi que me sequestraram?

Não tinha muita esperança de obter uma resposta, e foi com certo espanto que percebeu a boa vontade, até mesmo o entusiasmo, com que o outro respondeu:

– Foi como num thriller hollywoodiano – disse Joe, esfuziante. – Não tínhamos certeza se Karellen o mantinha sob vigilância, por isso tomamos algumas precauções um tanto complexas. O senhor foi nocauteado por um gás no ar-condicionado. Fácil. Em seguida, foi levado para o carro. Moleza. Tudo isso, devo dizer, não foi feito por nenhum dos nossos. Contratamos... profissionais para o serviço. Karellen talvez os pegue. De fato, deve pegar. Só que não vai conseguir nada deles. Quando saiu da sua casa, o carro entrou num túnel comprido, a menos de mil quilômetros de

Nova York. Voltou a sair, no tempo esperado, na outra extremidade, ainda transportando um homem drogado e muito parecido com o Secretário-geral. Bem mais tarde, um grande caminhão carregado de caixas metálicas saiu do túnel na direção oposta e dirigiu-se para um aeroporto onde as caixas foram carregadas em um cargueiro, numa transação cem por cento legítima. Tenho certeza de que os donos ficariam horrorizados se soubessem como usamos as caixas deles.

– Enquanto isso – continuou Joe –, o carro que realmente tinha feito o serviço seguiu em frente, com uma série de manobras evasivas, indo para a fronteira canadense. Quem sabe, Karellen já o tenha apanhado. Não sei e nem quero saber. Como vê, e espero que aprecie minha franqueza, todo o plano dependia de uma única coisa. Temos uma boa certeza de que Karellen pode ver e ouvir tudo o que se passa na superfície da Terra. Só que, a menos que use magia, e não ciência, não pode ver *debaixo* dela. Dessa maneira, não vai saber da mudança dentro do túnel. Pelo menos, não antes que seja tarde demais. É claro que nos arriscamos, mas houve também uma ou duas salva-guardas que não contarei agora. Podemos querer usá-las de novo, e seria uma pena abrir mão delas.

Joe narrara toda a história com um prazer tão evidente que Stormgren mal pôde deixar de sorrir. No entanto, também ficara muito preocupado. O plano fora engenhoso, e era bem possível que Karellen tivesse sido enganado. Stormgren sequer tinha certeza se o Senhor Supremo mantinha alguma forma de guarda protetora sobre ele. Nem, como estava claro, tinha Joe. Quem sabe fosse esse o motivo de tanta franqueza: queria testar as reações de Stormgren. Muito bem, tentaria parecer confiante, não importando quais fossem seus verdadeiros sentimentos.

– Vocês devem ser uns tontos – disse Stormgren, fazendo pouco caso – se acham que podem enganar os Senhores Supremos assim tão fácil. De qualquer maneira, o que é que acham que vão conseguir?

Joe lhe ofereceu um cigarro, que Stormgren recusou, e, em seguida, acendeu um e sentou-se na borda da mesa. A madeira deu um estalo e ele saltou depressa.

– Os nossos motivos – disse ele – devem estar na cara. Nos demos conta de que discutir é inútil, então tivemos que tomar outras medidas. Houve movimentos clandestinos antes, e até mesmo Karellen, quaisquer que sejam os poderes que tenha, não vai achar fácil lidar conosco. Estamos dispostos a lutar pela nossa independência. Não me entenda mal. Não vai ser nada violento... no começo, pelo menos. Só que os Senhores Supremos têm que usar agentes humanos, e nós podemos tornar a vida deles bem desconfortável.

"Começando comigo, pelo jeito", pensou Stormgren. Ficou então imaginando se o outro lhe contara mais do que uma fração da história toda. Será que achavam mesmo que esses métodos de bandidos teriam qualquer influência, por menor que fosse, sobre Karellen? Por outro lado, era bem verdade que um movimento de resistência bem organizado poderia tornar a vida um inferno. Pois Joe havia posto o dedo no único ponto fraco do governo dos Senhores Supremos. No final das contas, todas as suas ordens eram levadas a cabo por agentes humanos. Se esses agentes fossem aterrorizados ao ponto de desobediência, todo o sistema poderia ruir. Era apenas uma vaga possibilidade, pois Stormgren tinha confiança de que Karellen logo encontraria uma solução.

– Que pretendem fazer comigo? – perguntou, por fim. – Sou um refém, ou o quê?

– Não se preocupe. Vamos cuidar do senhor. Esperamos algumas visitas daqui a uns dias e, até lá, vamos tentar hospedá-lo da melhor maneira possível. – Acrescentou algumas palavras em seu próprio idioma, e um dos outros tirou do bolso um baralho novinho.

– Compramos este só por causa do senhor – explicou Joe. – Li outro dia na *Time* que era um bom jogador de pôquer. – Sua voz engrossou de repente. – Espero que tenha bastante dinheiro na carteira – disse, ansioso. – Nunca pensamos em olhar. Afinal, não vamos poder aceitar cheques.

Chocado, Stormgren encarou, impassível, seus captores.

Depois, à medida que o verdadeiro humor da situação penetrava sua mente, ocorreu-lhe de repente que todas as responsabilidades e preocupações do cargo haviam evaporado de seus ombros. De agora em diante, o show era de Van Ryberg. O que quer que acontecesse, não havia absolutamente nada que pudesse fazer. E agora, estes fantásticos criminosos esperavam, ansiosos, para jogar pôquer com ele.

De supetão, jogou a cabeça para trás e riu como não fazia há anos.

"Não havia dúvida", pensou Van Ryberg, abatido, "Wainwright estava dizendo a verdade." Podia ter suspeitas, mas não sabia quem havia sequestrado Stormgren. Nem aprovava o sequestro em si. Van Ryberg tinha a impressão de que já fazia algum tempo que os extremistas na Liga da Liberdade vinham pressionando Wainwright para que adotasse uma política mais ativa. Agora, estavam tomando as coisas em suas próprias mãos.

O sequestro fora maravilhosamente organizado, sem sombra de dúvida. Stormgren podia estar em qualquer lugar da Terra, e parecia haver pouca esperança de encontrá-lo. No entanto, algo precisava ser feito, decidiu Van Ryberg, e rápido. A despeito das piadas que sempre fazia, seu sentimento real por Karellen era um intenso temor reverencial. A ideia de abordar diretamente o Supervisor o deixava apreensivo, mas parecia não haver alternativa.

O Departamento de Comunicações ocupava todo o andar superior do grande edifício. Fileiras de aparelhos de fax, alguns quietos, outros estalando, ocupados, estendiam-se na distância. Por meio deles derramavam-se intermináveis fluxos de estatísticas: números de produção, resultados de censos e toda a contabilidade de um sistema econômico mundial. Em algum lugar da nave de Karellen devia haver o equivalente a esta enorme sala... e Van Ryberg imaginou, com um arrepio na espinha, que formas se moviam para lá e para cá, recolhendo as mensagens que a Terra enviava aos Senhores Supremos.

Hoje, porém, não estava interessado nos aparelhos nem nos negócios de rotina com que lidavam. Caminhou para a pequena sala particular na qual apenas Stormgren devia entrar. Conforme suas instruções, a fechadura havia sido forçada e o Diretor de Comunicações o aguardava lá.

– É um teletipo comum, com um teclado padrão – ele informou. – Também tem um aparelho de fax, caso deseje enviar imagens ou informações em tabelas, mas o senhor disse que não ia precisar disso.

Van Ryberg assentiu, distraído, e respondeu:

– Isso é tudo. Obrigado. Não espero ficar muito tempo. Depois volte a trancar a sala, e me entregue todas as chaves.

Aguardou até que o Diretor de Comunicações saísse e, em seguida, sentou-se diante do aparelho. Sabia que fora usado pouquíssimas vezes, pois quase todos os assuntos entre Karellen e Stormgren eram tratados nas reuniões semanais. Visto que este era, de certa maneira, um recurso de emergência, esperava uma resposta não muito demorada.

Após um momento de hesitação, começou a bater sua mensagem com dedos destreinados. O aparelho ronronou baixinho e as palavras brilharam por alguns segundos na tela escura.

Então, recostou-se na cadeira e aguardou a resposta.

Em pouco mais de um minuto, o aparelho voltou a zumbir. Não pela primeira vez, Van Ryberg se perguntou se o Supervisor alguma vez dormia.

A mensagem foi tão breve quanto inútil:

NENHUMA INFORMAÇÃO. DEIXO TUDO INTEIRAMENTE A SEU CRITÉRIO. K.

Bastante amargurado, e sem absolutamente nenhuma satisfação, Van Ryberg deu-se conta de quanto poder recaía sobre si.

Nos três dias seguintes, Stormgren analisara seus captores com certa profundidade. Joe era o único que tinha alguma importância. Os outros eram meros figurantes: a gentalha que se poderia esperar às margens de qualquer movimento ilegal. Os ideais da Liga da Liberdade nada significavam para eles: sua única preocupação era ganhar a vida com um mínimo de esforço.

Joe era uma pessoa mais complexa, de modo geral, embora às vezes lembrasse a Stormgren um bebê gigante. As intermináveis partidas de pôquer eram entremeadas de violentas discussões políticas, e logo ficou claro para Stormgren que o enorme polonês jamais pensara a fundo nas causas pelas quais estava lutando. A emoção e o conservadorismo extremo nublavam todas as suas opiniões. A longa batalha de seu país pela independência o condicionara tão completamente que ainda vivia no passado. Um curioso atavismo. Era uma dessas pessoas que jamais veriam graça em uma vida normal. Quando o seu tipo desaparecesse, se é que isso se daria, o mundo seria um lugar mais seguro, embora menos interessante.

Havia pouca dúvida agora, pelo menos para Stormgren, de que o Supervisor não conseguiria localizá-lo. Tentara blefar, mas não convencera seus captores. Tinha quase certeza de que o mantinham ali para ver se Karellen agiria. E, como nada acontecera, podiam seguir com seus planos.

O Secretário-geral não se surpreendeu quando, quatro dias após sua captura, Joe lhe disse que aguardasse visitas. Por algum tempo o pequeno grupo mostrara um nervosismo crescente, e o prisioneiro adivinhou que os líderes do movimento, tendo visto que a barra estava limpa, viriam enfim apanhá-lo.

Já estavam aguardando, reunidos em torno da mesa precária, quando Joe, educadamente, fez um sinal para que viesse até a sala de estar. Stormgren observou, divertido, que seu carcereiro agora usava, bem visível, uma enorme pistola, que nunca vira antes. Os dois capangas haviam desaparecido, e o próprio Joe parecia um tanto contido. Stormgren, de imediato, pôde ver que agora se defrontava com homens de calibre muito maior. O grupo à sua frente lembrava-lhe muito uma foto que certa vez vira de Lênin e seus camaradas nos primeiros dias da Revolução Russa. Havia a mesma força intelectual, a mesma determinação férrea, a mesma inflexibilidade nesses seis homens. Joe e seus colegas eram inofensivos. Ali estavam os verdadeiros cérebros da organização.

Com um breve aceno de cabeça, Stormgren encaminhou-se para a única cadeira vaga e tentou aparentar calma. Enquanto se aproximava, o homem idoso e atarracado, no lado oposto da mesa, inclinou-se para a frente e encarou-o com olhos cinzentos e penetrantes, deixando Stormgren tão pouco à vontade que ele falou primeiro, coisa que não pretendera fazer.

– Suponho que tenham vindo discutir as condições. De quanto é o meu resgate?

Percebeu que, ao fundo, alguém tomava nota de suas palavras em um caderno de taquigrafia. Tudo muito profissional.

O líder respondeu com um sotaque galês cadenciado.

– Pode pôr as coisas nesses termos, sr. Secretário-geral. Só que estamos interessados em informações, não em dinheiro.

"Então é isso", pensou Stormgren. "Sou um prisioneiro de guerra e este é meu interrogatório."

– O senhor conhece nossos motivos – prosseguiu o outro, com sua voz levemente musical. – Pode nos chamar de um movimento de resistência, se quiser. Acreditamos que, cedo ou tarde, a Terra terá que lutar pela independência. Mas compreendemos que a luta só poderá se dar por meios indiretos, como a sabotagem e a desobediência. Sequestramos o senhor, em parte, para mostrar a Karellen que não estamos de brincadeira e que somos bem organizados, e sobretudo porque é o único homem que pode nos dizer algo a respeito dos Senhores Supremos. O senhor é um homem razoável, sr. Stormgren. Coopere conosco e poderá ter a sua liberdade.

– Exatamente o quê desejam saber? – perguntou Stormgren, cauteloso.

Os olhos extraordinários pareciam estar vasculhando as profundezas de sua mente. Eram diferentes de qualquer coisa que Stormgren já tinha visto. Logo a voz cantada respondeu:

– O senhor sabe quem, ou o quê, os Senhores Supremos realmente são?

Stormgren quase sorriu.

– Pode acreditar – disse –, estou tão ansioso quanto vocês para descobrir isso.

– Então, vai responder às nossas perguntas?

– Não prometo nada. Mas pode ser que sim.

Houve um tênue suspiro de alívio, vindo de Joe, e um ruge-ruge de antecipação perpassou pela sala.

– Temos uma ideia geral – prosseguiu o outro – das circunstâncias em que o senhor se reúne com Karellen. Mas gostaríamos que as descrevesse minuciosamente, sem deixar de fora nada de importante.

"Isso parece inofensivo", pensou Stormgren. Já o fizera muitas vezes antes, e daria a impressão de que estava cooperando. Ali havia mentes argutas e que poderiam descobrir algo de novo. Ficaria feliz de lhes dar qualquer informação que pudessem extrair... desde que viessem a compartilhá-la. Não acreditou, nem por um momento, que isso pudesse prejudicar Karellen.

Stormgren apalpou os bolsos e retirou um lápis e um envelope velho. Esboçava algo rapidamente, ao mesmo tempo em que falava:

– Sabem, é claro, que uma pequena máquina voadora, sem nenhum meio visível de propulsão, vem me buscar em intervalos regulares e me leva para a nave de Karellen. Ela entra no casco, e é claro que já viram os filmes telescópicos que foram feitos *dessa* operação. A porta volta a se abrir, se é que pode ser chamada de porta, e entro em um pequeno aposento com uma mesa, uma cadeira e uma tela de visor. O layout é parecido com isto.

Empurrou o envelope pela mesa para o velho galês, mas os olhos estranhos nunca se voltaram para o papel. Ainda estavam fixos no rosto de Stormgren e, enquanto o Secretário os observava, algo pareceu mudar em suas profundezas. A sala tornara-se completamente silenciosa. Por trás dele, porém, Stormgren ouviu Joe respirar fundo, de repente.

Sem entender nada e sem paciência, Stormgren retribuiu o olhar fixo do outro e, ao fazê-lo, começou a compreender. Em seu embaraço, amassou o envelope em uma bola de papel e a esmagou debaixo do pé.

Sabia agora por que os olhos cinzentos o afetavam de modo tão singular: o homem do outro lado da mesa era cego.

Van Ryberg não fizera mais nenhuma tentativa de entrar em contato com Karellen. Muito do trabalho de seu departamento, como o fluxo das informações estatísticas, os resumos da imprensa mundial e coisas assim, prosseguira de modo automático. Em Paris, os legisladores ainda se degladiavam sobre a proposta da Constituição Mundial, mas, por enquanto, isso não era de sua conta. Ainda faltava uma quinzena para a data de entrega do anteprojeto final ao Supervisor. Caso o trabalho não estivesse pronto a essa altura, sem dúvida Karellen tomaria a medida que achasse apropriada.

E ainda não havia nenhuma notícia de Stormgren.

Van Ryberg estava ditando quando o telefone "Somente Emergências" começou a tocar. Agarrou o aparelho e ouviu com pasmo cada vez maior, largando-o em seguida e correndo para a janela aberta. A distância, gritos de assombro se elevavam das ruas, e o trânsito parava aos poucos.

Era verdade: a nave de Karellen, símbolo imutável dos Senhores Supremos, desaparecera do céu. Vasculhou o firmamento até onde a vista alcançava, e não encontrou o menor vestígio. Então, de súbito, pareceu que a noite caía rapidamente. Vinda do norte, o vulto de seu ventre escuro como uma nuvem de trovoada, a grande nave arremetia em baixa altitude sobre as torres de Nova York. Sem perceber, Van Ryberg se afastou do monstro em disparada. Sempre soubera do tamanho gigantesco das naves dos Senhores Supremos... mas uma coisa era vê-las distantes, no espaço, e outra bem diferente assistir a uma delas passar sobre sua cabeça como uma nuvem tangida por um demônio.

Na escuridão do eclipse parcial, assistiu até que a nave e sua monstruosa sombra desaparecessem no sul. Não houve som algum, nem mesmo um sussurro no ar, e Van Ryberg compreendeu que, a despeito da proximidade aparente, a nave passara pelo menos um quilômetro acima de sua cabeça. Então o edifício estremeceu uma vez, enquanto a onda de choque o atingia, e de algum lugar veio o tinido de vidros se quebrando, enquanto uma janela implodia.

No escritório às suas costas, todos os telefones começaram a tocar, mas Van Ryberg não se mexeu. Permaneceu apoiado na borda da janela, ainda olhando para o sul, paralisado pela presença de um poder sem limites.

* * *

Enquanto Stormgren falava, tinha a sensação de que sua mente estava operando em dois níveis ao mesmo tempo. Por um lado, tentava desafiar os homens que o capturaram, ainda que, por outro, tivesse a esperança de que pudessem ajudá-lo a desvendar o segredo de Karellen. Era um jogo perigoso, mas, para sua surpresa, estava gostando.

O galês cego conduzira a maior parte do interrogatório. Era fascinante ver aquela mente ágil tentar uma entrada depois da outra, testando e rejeitando todas as teorias que o próprio Stormgren abandonara há tanto tempo. Então, jogou-se para trás com um suspiro.

– Não estamos chegando a lugar nenhum – ele disse, resignado.
– Queremos mais fatos, e isso significa ação, não discussão. – Os olhos cegos pareciam fitar Stormgren, pensativos. Por um instante, tamborilou nervosamente na mesa: era o primeiro sinal de indecisão que Stormgren notava. Depois, prosseguiu:

– Estou um pouco surpreso, sr. Secretário, que nunca tenha feito nenhum esforço para saber mais a respeito dos Senhores Supremos.

– O que sugere? – perguntou Stormgren friamente, tentando disfarçar seu interesse. – Já lhe disse que há apenas um modo de sair do aposento em que falo com Karellen, e que leva direto de volta para a Terra.

– Pode ser possível – refletiu o outro – projetar instrumentos que nos ajudem a descobrir algo. Não sou cientista, mas podemos investigar o assunto. Se lhe dermos a liberdade, o senhor estaria disposto a nos ajudar em um plano desses?

– De uma vez por todas – disse Stormgren, zangado –, quero deixar a minha posição perfeitamente clara. Karellen está trabalhando por um mundo unido, e não farei nada para ajudar seus inimigos. Não sei qual o objetivo final dele, mas acredito que seja bom.

– Que provas concretas temos disso?

– *Tudo* o que ele fez, desde que as naves apareceram no céu. Desafio qualquer um a citar um só ato que, no final das contas, não tenha sido benéfico.

Stormgren fez uma pausa, deixando sua mente passear pelos últimos anos. Então sorriu.

– Se quiser uma só prova do... como direi, caráter essencialmente *benévolo* dos Senhores Supremos, pense na ordem contra a crueldade com animais, que deram um mês depois da chegada. Se eu tinha qualquer dúvida a respeito de Karellen antes, essa medida a dissipou, mesmo que ela tenha me causado mais problemas do que qualquer outra coisa que ele já fez!

"Isso, de fato, não era um exagero", pensou Stormgren. Todo o incidente fora extraordinário, a primeira revelação de que os Senhores Supremos abominavam a crueldade. Isso, e a paixão que nutriam por justiça e ordem, pareciam ser as emoções dominantes em suas vidas, pelo menos até onde se podia julgar pelos seus atos.

Karellen mostrara raiva apenas uma vez. Ou, pelo menos, aparentara. "Podem matar uns aos outros, se quiserem", dizia a mensagem. "Esse é um assunto entre vocês e suas próprias leis. Mas se matarem, exceto para alimentação ou em autodefesa, os animais com quem compartilham o mundo, terão de prestar contas a mim."

Ninguém sabia exatamente qual a abrangência do decreto ou o que Karellen faria para impor seus termos. A humanidade, porém, não teve de esperar muito.

A Plaza de Toros estava cheia quando os matadores e seus auxiliares entraram em desfile. Tudo parecia normal: o Sol brilhante ardia, impiedoso, sobre as vestes tradicionais, a grande multidão saudou seus favoritos como fizera uma centena de vezes antes. No entanto, aqui e ali havia rostos ansiosos que se voltavam para o céu, para a altiva forma prateada, cinquenta quilômetros acima de Madri.

Então os picadores assumiram suas posições e o touro entrara, bufando, na arena. Os cavalos magros, suas ventas dilatadas de terror, giraram à luz do Sol enquanto os cavaleiros forçavam-nos a ir de encontro ao inimigo. A primeira lança voou como um raio, acertou e, nesse momento, surgiu um som jamais ouvido antes na Terra.

Era o som de dez mil pessoas gritando com a dor do mesmo ferimento. Dez mil pessoas que, quando se recuperaram do choque, descobriram-se completamente ilesas. Aquele, porém, foi o fim da tourada e, de fato, de todas as touradas, pois a notícia se espalhou depressa. Vale registrar que os torcedores ficaram muito abalados, a ponto de só um em cada dez pedir o dinheiro de volta, e também que o *Daily Mirror* de Londres tornara as coisas ainda piores, sugerindo que os espanhóis adotassem o críquete como novo esporte nacional.

– O senhor pode ter razão – replicou o velho galês. – Quem sabe os motivos dos Senhores Supremos sejam bons... de acordo com os padrões deles, que podem, às vezes, coincidir com os nossos. Só que são intrusos. Nunca pedimos que viessem aqui e virassem nosso mundo de ponta-cabeça, destruindo ideais, sim, e países, que gerações lutaram para proteger.

– Vim de um pequeno país que teve que lutar por sua liberdade – retrucou Stormgren. – Mesmo assim, sou a favor de Karellen. Vocês podem incomodá-lo, podem até retardar a conquista de suas metas, só que, no final, não fará diferença. Tenho certeza de que são sinceros em suas crenças. Posso entender o seu temor de que as tradições e culturas das pequenas nações sejam esmagadas com a chegada do Estado Mundial. Só que estão errados, não adianta se agarrar ao passado. Mesmo antes de os Senhores Supremos chegarem à Terra, o Estado soberano estava moribundo. Eles apenas apressaram o fim. Ninguém vai poder evitar a sua extinção agora... e ninguém devia tentar.

Não houve resposta. O homem do outro lado da mesa não se mexeu nem falou. Ficou sentado, com os lábios entreabertos, os olhos, agora, sem vida, além de sem visão. Ao seu redor, os outros estavam da mesma forma imóveis, congelados em posições forçadas e anormais. Com um grito sufocado de puro horror, Stormgren levantou-se e recuou em direção à porta. Enquanto isso, o silêncio foi subitamente quebrado:

– Um belo discurso, Rikki. Obrigado. Agora, acho que podemos ir.

Stormgren girou nos calcanhares e olhou para o corredor às escuras. Flutuando à altura dos olhos, havia uma pequena esfera uniforme: sem dúvida, a fonte da misteriosa força que os Senhores Supremos haviam colocado em ação. Era difícil ter certeza, mas Stormgren imaginou ouvir um zumbido fraco, como o de uma colmeia em um dia calmo de verão.

– Karellen! Graças a Deus! Mas o que foi que fez?

– Não se preocupe, está tudo bem com eles. Pode chamar de paralisia, mas é muito mais sutil do que isso. Estão simplesmente vivendo mil vezes mais devagar do que o normal. Quando tivermos ido, nunca vão saber o que aconteceu.

– Vai deixá-los aqui até a polícia chegar?

– Não. Tenho um plano muito melhor. Vou deixá-los ir embora.

Stormgren teve uma sensação de alívio que o surpreendeu. Lançou um olhar de despedida ao pequeno aposento e seus ocupantes congelados. Joe estava sobre um pé só, olhando de maneira tremendamente idiota para o nada. De repente, Stormgren riu e remexeu nos bolsos.

– Obrigado pela hospitalidade, Joe. Acho que vou deixar uma lembrança.

Mexeu nos pedacinhos de papel até encontrar os números que desejava. Então, em uma folha mais limpa, escreveu, com cuidado:

BANK OF MANHATTAN

Pagar a Joe a quantia de cento e trinta e cinco dólares e cinquenta centavos (US$ 135,50).

R. Stormgren.

Enquanto colocava a tira de papel ao lado do polonês, a voz de Karellen indagou:

– Exatamente *o que* está fazendo?

– Nós, Stormgrens, sempre pagamos nossas dívidas. Os outros dois trapacearam, mas Joe jogou limpo. Pelo menos, nunca o apanhei roubando.

Enquanto caminhava para a porta, sentia-se muito alegre e despreocupado, além de quarenta anos mais jovem. A esfera de metal moveu-se para o lado para deixá-lo passar. Presumiu que fosse uma espécie de robô, o que explicava como Karellen havia conseguido alcançá-lo através de sabe-se lá quantas camadas de rocha acima.

– Siga direto em frente por uns cem metros – disse a esfera, falando com a voz de Karellen. – Depois vire à esquerda até eu lhe dar mais instruções.

Stormgren avançou em passos largos, animado, embora se desse conta de que não havia necessidade de pressa. A esfera permanecia suspensa no corredor, supostamente cobrindo sua retirada.

Um minuto depois, encontrou uma segunda esfera, aguardando por ele em uma bifurcação do corredor.

– Tem meio quilômetro pela frente – disse ela. – Mantenha-se à esquerda, até nos encontrarmos de novo.

Por seis vezes deparou com as esferas em seu caminho para o céu aberto. A princípio imaginou se, de alguma forma, o robô estava dando um jeito de se manter à frente dele. Depois, concluiu que devia haver uma série de máquinas mantendo um circuito completo até as profundezas da mina. Na entrada, um grupo de guardas formava uma inusitada coleção de estátuas, vigiadas por ainda outra das ubíquas esferas. No declive da colina, a alguns metros de distância, repousava a pequena máquina voadora na qual Stormgren fizera todas as viagens até Karellen.

Stormgren ficou piscando por um momento, à luz do Sol. Então viu o maquinário de mineração arruinado à sua volta e, logo depois, uma ferrovia abandonada, descendo a encosta. Vários quilômetros adiante, uma floresta densa dava a volta na base da montanha e, muito distante, pôde ver o lampejo da água de um grande lago. Concluiu que estava em algum lugar da América do Sul, embora não soubesse precisar o que lhe dava essa impressão.

Enquanto subia na pequena máquina voadora, Stormgren teve um último vislumbre da entrada da mina e dos homens congelados ao redor dela. Em seguida, a porta se fechou às suas costas e, com um suspiro de alívio, ele afundou na poltrona familiar.

Aguardou por um instante até ter recuperado o fôlego. Então, pronunciou uma sílaba, única e sincera:

– Bem?

– Sinto muito não ter podido resgatá-lo antes. Mas compreende como era de extrema importância aguardar que todos os líderes estivessem ali reunidos.

– Quer dizer – gaguejou Stormgren – que sabia onde eu estava o tempo todo? Se eu achasse...

– Não seja tão precipitado – respondeu Karellen. – Pelo menos, deixe-me acabar de explicar.

– Muito bem – disse Stormgren, de mau humor. – Estou ouvindo. – Estava começando a suspeitar de que não passara de uma isca em uma complexa armadilha.

– Já faz algum tempo que eu tinha um... talvez a melhor palavra seja "rastreador"... em você – começou Karellen. – Embora seus ex-amigos estivessem corretos em pensar que eu não poderia segui-lo debaixo da terra, fui capaz de rastreá-lo até que o trouxessem para a mina. A transferência no túnel foi engenhosa, mas, quando o primeiro carro parou de reagir, denunciou o plano e logo voltei a localizá-lo. Depois, foi só aguardar. Sabia que uma vez que tivessem a certeza de que eu o perdera, os líderes viriam até aqui e eu poderia apanhá-los.

– Mas está deixando todos soltos!

– Até agora – disse Karellen – eu não tinha como saber quais, dos dois bilhões e meio de homens neste planeta, eram os verdadeiros líderes da organização. Agora que foram identificados, posso seguir seus movimentos em qualquer lugar da Terra, e vigiar suas ações de perto, se assim desejar. Isso é muito melhor do que prendê-los. Se fizerem qualquer coisa, denunciarão os demais camaradas. Estão, com efeito, neutralizados, e sabem disso. O seu resgate vai lhes parecer completamente inexplicável, pois você desapareceu diante dos olhos deles.

A gargalhada profunda ecoou no diminuto compartimento.

– De certa maneira, toda a coisa foi uma comédia, só que com uma finalidade séria. Não estou preocupado apenas com as poucas dezenas de homens dessa organização. Tenho que pensar no efeito moral sobre os outros grupos existentes.

Stormgren ficou em silêncio por um instante. Não estava inteiramente satisfeito, mas compreendia o ponto de vista de Karellen, e uma parte da sua raiva havia se evaporado.

– É uma pena ter que fazer isso nas minhas últimas semanas no cargo – disse, depois de algum tempo –, só que, de agora em diante, vou ter uma guarda na minha casa. Pieter que seja sequestrado, da próxima vez. Aliás, como ele tem se virado?

– Observei-o de perto durante a última semana, e evitei ajudá-lo, de propósito. No geral, saiu-se muito bem... Mas não é o homem para assumir o seu lugar.

– Sorte dele – disse Stormgren, ainda um tanto ressentido. – E, a propósito, já recebeu uma resposta de seus superiores a respeito de se mostrar? Agora tenho a certeza de que esse é o mais forte argumento dos seus inimigos. Vezes e vezes sem conta, disseram-me: "Nunca vamos confiar nos Senhores Supremos até podermos vê-los".

Karellen deu um suspiro.

– Não. Não recebi nada. Mas sei qual deverá ser a resposta.

Stormgren não insistiu no assunto. Outrora poderia tê-lo feito, mas agora, pela primeira vez, a sombra tênue de um plano começava a se formar em sua mente. As palavras do interrogador se repetiam em sua memória. Sim, talvez fosse possível projetar instrumentos...

O que se recusara a fazer à força, Stormgren poderia ainda tentar de livre e espontânea vontade.

4

Nunca teria ocorrido a Stormgren, alguns dias antes, que ele pudesse ter levado a sério a ideia de executar a ação que planejava agora. Esse sequestro ridiculamente melodramático que, em retrospecto, parecia um drama de TV de terceira categoria, devia estar bastante ligado à sua nova postura. Tinha sido a primeira vez na vida em que Stormgren se vira exposto a um ato de violência física, em oposição às batalhas verbais das salas de reuniões. O vírus devia ter entrado em seu sangue, ou então ele estava simplesmente chegando à segunda infância mais depressa do que esperava.

Curiosidade pura e simples também era um forte motivo, bem como a determinação de ir à forra pela peça que haviam lhe pregado. Estava mais do que óbvio, agora, que Karellen o usara como isca e, mesmo que isso tivesse sido pela melhor das razões, Stormgren não se sentia inclinado a perdoar o Supervisor de imediato.

Pierre Duval não mostrou surpresa quando Stormgren entrou, sem avisar, em seu escritório. Eram velhos amigos e não havia nada de incomum em o Secretário-geral fazer uma visita pessoal ao Diretor da Divisão de Ciência. Karellen certamente não acharia isso estranho se ele ou um de seus subordinados, por acaso, voltassem os instrumentos de vigilância para este ponto.

Por algum tempo os amigos falaram de negócios e trocaram fofocas políticas. Em seguida, Stormgren, um tanto hesitante, tocou no assunto. À medida que o visitante falava, o velho francês se reclinava na cadeira e suas sobrancelhas subiam cada vez mais, milímetro a milímetro, até quase se enroscarem na mecha de cabelos que lhe caía sobre a testa. Uma ou duas vezes pareceu a ponto de falar, mas acabou desistindo.

Quando Stormgren terminou, o cientista olhou, com nervosismo, em volta da sala.

– Acha que ele está ouvindo? – perguntou.

– Não creio que possa. Tem o que chama de um rastreador em mim, para minha proteção. Mas não funciona debaixo da terra, o que é uma das razões que me trouxeram até esta sua masmorra. Teoricamente, é blindada contra todas as formas de radiação, não é? Karellen não é mágico. Ele sabe onde estou, mas isso é tudo.

– Espero que esteja certo. Mas, além disso, não vai haver problema quando ele descobrir o que você estava tentando fazer? Porque ele vai, você sabe.

– Vou aceitar o risco. Além do mais, nós nos entendemos muito bem.

O físico brincou com o lápis e ficou olhando para o nada por um momento.

– É um problema muito interessante. Gosto dele – disse, sem afetação. Em seguida, meteu-se em uma gaveta e tirou dela um enorme bloco de notas, com certeza o maior que Stormgren já vira.

– Certo – disse, escrevinhando furiosamente no que parecia ser uma espécie de taquigrafia particular. – Quero ter certeza de que tenho todos os fatos. Conte tudo o que puder sobre o lugar onde vocês têm as reuniões. Não deixe nenhum detalhe de fora, por mais trivial que pareça.

– Não há muito o que descrever. É de metal, e tem cerca de oito metros quadrados e quatro de altura. A lateral da tela do visor tem cerca de um metro e há uma mesa, logo abaixo. Dê-me, vai ser mais rápido se eu desenhar pra você.

Rapidamente, Stormgren fez um esboço do pequeno compartimento que conhecia tão bem e passou o desenho a Duval. Ao fazer isso, lembrou-se, com um ligeiro tremor, da última vez em que fizera algo parecido. Ficou curioso sobre o que teria acontecido ao galês cego e seus camaradas, e como teriam reagido à sua partida inesperada.

O francês, de testa franzida, estudou o desenho.

– E isso é tudo o que pode me dizer?

– Sim.

Duval bufou, descontente.

– E a iluminação? Ou você fica sentado no escuro? E quanto à ventilação, o aquecimento...

Stormgren sorriu com a explosão típica.

– Todo o teto é luminoso e, pelo que sei, o ar vem pela tela do alto-falante. Não sei por onde sai. Talvez a corrente se inverta às vezes, mas nunca notei. Não há sinal de aquecedor, mas o lugar está sempre numa temperatura normal.

– O que significa, creio, que o vapor de água congelou, mas o gás carbônico, não.

Stormgren fez o possível para sorrir da piada velha.

– Acho que já disse tudo – concluiu. – Quanto à máquina que me leva até a nave de Karellen, o compartimento em que viajo é tão desinteressante quanto uma cabine de elevador. Se não fosse pela poltrona e a mesa, podia muito bem ser uma.

Houve alguns minutos de silêncio enquanto o físico enfeitava o bloco de notas com garranchos meticulosos e microscópicos. Enquanto assistia, Stormgren conjecturava por que um homem como Duval, cuja mente era muito mais brilhante do que a dele, nunca deixara uma marca maior no mundo da ciência. Lembrou-se de um comentário, indelicado e que devia estar longe da verdade, de um amigo do Departamento de Estado dos EUA: "Os franceses são os melhores do mundo em ficar em segundo lugar". Duval era o tipo de homem que justificava essa afirmação.

O físico balançou a cabeça para si mesmo, satisfeito, inclinou-se para a frente e apontou o lápis para Stormgren.

– O que o faz pensar, Rikki – perguntou –, que a tela do visor de Karellen, como você a chama, é mesmo o que parece ser?

– Nunca pensei nisso. É igualzinha a qualquer uma. Mas, enfim, o que mais seria?

– Quando diz que *lembra* uma tela de visor, quer dizer que lembra uma das *nossas*, não é?

– Claro.

– Isso já me parece suspeito. Aposto que os Senhores Supremos não usam equipamentos tão grosseiros quanto uma tela física. É mais provável que materializem as imagens diretamente no ar. Mas, enfim, por que Karellen iria se dar ao trabalho de usar um sistema de TV? A solução mais simples é sempre a melhor. Não parece muito mais provável que a sua "tela de visor" seja, na verdade, *algo tão simples como um espelho de um lado só*?

Stormgren estava tão aborrecido consigo mesmo que ficou calado por um momento, reconstituindo o passado. Desde o início, jamais duvidara do que Karellen dizia... No entanto, agora que olhava para trás... quando o Supervisor lhe dissera que usava um sistema de TV? Era uma simples suposição. Tudo não passara de um embuste psicológico, e ele fora completamente enganado. Isso, é claro, supondo que a teoria de Duval estivesse correta. No entanto, estava, mais uma vez, tirando conclusões precipitadas: ninguém ainda provara nada.

– Se você estiver correto – ele disse –, tudo o que tenho a fazer é quebrar o vidro...

Duval deu um suspiro.

– Esses leigos sem ciência! Acha que a tela é feita de algo que você possa quebrar sem explosivos? E, mesmo que conseguisse, qual a chance de Karellen respirar o mesmo ar que nós? Não seria uma maravilha, para vocês dois, se ele viver numa atmosfera de cloro?

Stormgren sentiu-se um tanto tolo. Devia ter pensado naquilo.

– Bem, o que você sugere? – perguntou, um tanto exasperado.

– Quero pensar bem. Em primeiro lugar, temos que descobrir se a minha teoria está correta e, se estiver, descobrir algo sobre o material da tela. Vou pôr alguns dos meus técnicos no trabalho. A propósito, imagino que você leve uma maleta quando se reúne com o Supervisor, certo? É essa mesma que você trouxe?

– Sim.

– Deve ser o bastante. Não queremos chamar a atenção, trocando-a por outra, ainda mais se Karellen já se acostumou com ela.

– Que é que você quer que eu faça? – perguntou Stormgren. – Que leve um aparelho de raios x escondido?

O físico deu um sorriso irônico.

– Não sei ainda, mas vamos pensar em algo. Daqui a quinze dias eu digo.

Deu uma pequena gargalhada.

– Sabe o que tudo isso me faz lembrar?

– Sei – respondeu de pronto Stormgren. – A época em que você construía aparelhos de rádio clandestinos, durante a ocupação alemã.

Duval pareceu desapontado.

– Bem, acho que já toquei nesse assunto uma ou duas vezes. Mas tem mais uma coisa...

– O quê?

– Quando você for apanhado, eu não sabia para que você queria o aparelho, certo?

– Ora, depois de toda a tempestade que você fez uma vez sobre a responsabilidade social do cientista pelas suas invenções? Realmente, Pierre, que vergonha!

Stormgren largou a pasta espessa, cheia de folhas datilografadas, com um suspiro de alívio.

– Graças a Deus que isso está resolvido, enfim! – disse ele. – É estranho pensar que estas centenas de páginas contêm o futuro da humanidade. O Estado Mundial! Nunca pensei que viveria para vê-lo!

Deixou a pasta cair dentro da maleta, cuja superfície estava a menos de dez centímetros do retângulo escuro da tela. De tempos em tempos seus dedos percorriam os fechos, em uma reação nervosa mais ou menos consciente, mas não tinha a intenção de apertar o interruptor oculto até que a reunião estivesse terminada. Havia a chance de que algo pudesse dar errado. Embora Duval tivesse jurado que Karellen não detectaria nada, nunca se podia ter certeza.

– Então, você disse que tinha novidades para mim – prosseguiu Stormgren, com uma ansiedade mal dissimulada. – É sobre...

– Sim – disse Karellen. – Recebi uma decisão algumas horas atrás.

"O que ele queria dizer com aquilo?", perguntou-se Stormgren. Decerto não teria sido possível ao Supervisor se comunicar com seu planeta distante, através do número desconhecido de anos-luz que o separava de sua base. Ou, quem sabe, e esta era a teoria de Van Ryberg, ele tivesse apenas consultado um vasto computador, capaz de prever o resultado de qualquer ação política.

– Não creio – prosseguiu Karellen – que a Liga da Liberdade e seus camaradas fiquem muito satisfeitos, mas deverá ajudar a reduzir a tensão. A propósito, não vamos gravar isso.

– Tantas e tantas vezes você me disse, Rikki, que não importa o quanto sejamos diferentes no aspecto físico, a raça humana logo se acostumará conosco. Isso mostra uma falta de imaginação de sua parte. Talvez fosse verdade no seu caso, mas não se esqueça de que a maior parte do mundo ainda é inculta por quaisquer padrões razoáveis, além de estar cheia de preconceitos e superstições, cuja erradicação poderá levar décadas.

– Você deve concordar que conhecemos um pouco de psicologia humana. Sabemos, com bastante precisão, o que aconteceria se nos revelássemos ao mundo em seu atual estágio de desenvolvimento. Não posso entrar em detalhes, mesmo com você, de modo que precisa aceitar minha análise na base da confiança. Podemos, no entanto, fazer uma promessa definida, que deverá lhe dar alguma satisfação. *Em cinquenta anos, daqui a duas gerações, vamos descer de nossas naves e a humanidade finalmente verá como somos.*

Stormgren ficou em silêncio por algum tempo, absorvendo as palavras do Supervisor. Sentiu apenas um pouco da satisfação que a fala de Karellen teria lhe proporcionado, no passado. De fato, ficou um pouco confuso com o sucesso parcial e, por um momento, sua firmeza de propósito vacilou. A verdade viria com a passagem do tempo. O plano era desnecessário e, quem sabe, insensato. Se ainda fosse adiante, seria apenas pelo motivo egoísta de que não estaria vivo em cinquenta anos.

Karellen devia ter percebido sua indecisão, pois prosseguiu:

– Sinto muito se isso o desaponta, mas pelo menos os problemas políticos do futuro próximo não serão de sua responsabilidade. Talvez você ache que nossos temores são infundados, mas acredite quando digo que temos provas convincentes do perigo de qualquer outro curso.

Stormgren inclinou-se para a frente, respirando fundo.

– Então já *foram* vistos pelo Homem!

– Eu não disse isso – Karellen respondeu, de pronto. – O *seu* mundo não é o único que supervisionamos.

Karellen não se livraria de Stormgren tão facilmente.

– Há muitas lendas que sugerem que a Terra foi visitada no passado por outras raças.

– Eu sei. Li o relatório da Divisão de Pesquisas Históricas. Faz a Terra parecer a encruzilhada do Universo.

– Pode ter havido visitas sobre as quais vocês não sabem nada – disse Stormgren, ainda jogando verde. – Mas, como vocês devem estar nos observando há milhares de anos, creio que essa possibilidade seja bastante improvável.

– Creio que seja – replicou Karellen, em seu tom menos solícito.

E, nesse momento, Stormgren tomou sua decisão.

– Karellen – disse ele, abrupto –, vou redigir a declaração e enviá-la para a sua aprovação. Mas me reservo o direito de continuar a infernizá-lo e, se vir alguma oportunidade, farei o possível para descobrir o seu segredo.

– Estou perfeitamente ciente disso – replicou o Supervisor, com uma risadinha bem-humorada.

– E não se importa?

– De modo algum. Embora trace os limites em armas nucleares, gás venenoso ou qualquer outra coisa que possa abalar a nossa amizade.

Stormgren perguntou-se o que Karellen adivinhara, se é que adivinhara alguma coisa. Por trás dos gracejos do Supervisor, Stormgren reconhecera um tom de compreensão, quem sabe... e quem poderia dizer... até de incentivo.

– Fico feliz de saber – replicou Stormgren, com a voz mais uniforme que conseguiu. Levantou-se ao mesmo tempo em que fechava a maleta. Seu polegar deslizou ao longo da lingueta.

– Vou redigir a declaração agora mesmo – repetiu Stormgren –, e enviá-la ainda hoje pelo teletipo.

Enquanto falava, apertou o botão... e viu que todos os seus medos tinham sido infundados. Os sentidos de Karellen não eram mais sutis do que os do Homem. O Supervisor não podia ter detectado nada, já que não houve mudança alguma em sua voz quando se despedia e falava o código que abria a porta da câmara.

Mesmo assim, Stormgren sentiu-se como um ladrão saindo de uma loja de departamentos sob o olhar do segurança, e deu um suspiro de alívio quando a porta se fechou às suas costas.

– Admito – disse Van Ryberg – que algumas das minhas teorias não deram muito certo. Mas me diga o que acha desta.

– Preciso mesmo? – suspirou Stormgren.

Pieter pareceu não ter notado.

– Na verdade, a ideia não é minha – disse ele, modesto. – Roubei de uma história de Chesterton. E se os Senhores Supremos estiverem escondendo o fato de que não têm nada a esconder?

– Isso me soa um tanto complicado – disse Stormgren, começando a se interessar.

– O que eu quero dizer é isto – prosseguiu Van Ryberg, ansioso. – Acho que, no aspecto físico, eles são seres humanos como nós. Concluíram que toleraríamos ser governados por criaturas que imaginamos ser... bem, alienígenas e superinteligentes. Só que, sendo a raça humana como é, simplesmente não aceitaria ordens de criaturas da mesma espécie.

– Bastante criativa, como todas as suas teorias – disse Stormgren. – Seria bom se você as numerasse, para eu acompanhá-las. As objeções a esta... – Nesse momento, porém, Alexander Wainwright foi introduzido na sala.

Stormgren perguntou-se o que ele estaria pensando. Perguntou-se, também, se Wainwright teria feito contato com os homens que o haviam sequestrado. Duvidava disso, já que acreditava que a postura de Wainwright contra a violência era cem por cento sincera. Os extremistas em seu movimento haviam perdido toda a credibilidade, e levaria muito tempo para que o mundo voltasse a ouvir falar deles.

O líder da Liga da Liberdade ouviu com atenção enquanto a minuta era lida. Stormgren esperava que ele apreciasse o gesto, que tinha sido ideia de Karellen. Ainda levaria doze horas para que o resto do mundo soubesse da promessa feita a seus netos.

– Cinquenta anos – disse Wainwright, refletindo. – É muito tempo para esperar.

– Talvez para a humanidade, mas não para Karellen – respondeu o Secretário-geral.

Só agora Stormgren começava a se dar conta da elegância da solução dos Senhores Supremos. Dava a eles o espaço de manobra que acreditavam precisar, ao mesmo tempo que minava os alicerces da Liga da Liberdade. Não imaginava que a Liga fosse capitular, mas sua posição ficaria seriamente enfraquecida. Com certeza, Wainwright também se dava conta do fato.

– Em cinquenta anos – disse Wainwright com amargor – o estrago já estará feito. Os que poderiam lembrar da nossa independência estarão mortos. A humanidade terá esquecido seu legado.

"Palavras. Palavras vazias", pensou Stormgren. As palavras pelas quais os homens outrora lutaram e morreram, e pelas quais nunca mais morreriam ou lutariam. E o mundo ficaria melhor assim.

Enquanto assistia à saída de Wainwright, Stormgren tentava imaginar quais novos problemas a Liga da Liberdade ainda causaria nos próximos anos. "Isso, porém", pensou com alívio, "seria um problema para seu sucessor."

Havia coisas que só o tempo poderia curar. Homens maus podiam ser destruídos, mas nada podia ser feito com homens bons, mas iludidos.

– Aqui está a sua maleta – disse Duval. – Está como nova.

– Obrigado – respondeu Stormgren, inspecionando-a com atenção. – Agora, quem sabe você me conta o que foi que aconteceu, e o que vamos fazer depois.

O físico parecia mais interessado em seus próprios pensamentos.

– O que não consigo entender – disse ele – é a facilidade com que escapamos. Pois se eu fosse Kar...

– Só que não é. Vá direto ao ponto, homem. O que descobrimos?

– Ai de mim, essas raças nórdicas tensas e ansiosas! – suspirou Duval. – O que fizemos foi construir um tipo de aparelho de radar de baixa potência. Além de ondas de rádio de altíssima frequência, usamos infravermelho distante... de fato, todas as ondas que certamente nenhuma criatura poderia ver, por mais estranho que fosse seu olho.

– Como é que pôde ter certeza disso? – perguntou Stormgren, não conseguindo deixar de se interessar pelo problema técnico.

– Bem... não pudemos ter certeza *absoluta* – admitiu Duval, relutante. – Mas Karellen vê você sob condições normais de iluminação, não é? Então, os olhos dele devem ser mais ou menos similares aos nossos em alcance espectral. Seja como for, funcionou. Provamos que há uma grande sala por trás da sua tela. A tela tem cerca de três centímetros de espessura, e o espaço atrás tem pelo menos dez metros de largura. Não conseguimos detectar nenhum eco da parede oposta, mas nem esperávamos muito, com a baixa potência que foi o máximo que nos atrevemos a usar. No entanto, captamos isto.

Empurrou pela mesa uma folha de papel fotográfico, na qual havia uma única linha ondulante. Em um ponto da linha havia um pequeno pico, como o autógrafo de um terremoto em miniatura.

– Vê este pico?

– Sim. O que é?

– Apenas Karellen.

– Meu Deus! Tem certeza?

– É um bom palpite. Ele está sentado, ou em pé, ou seja lá o que for que eles façam, a cerca de dois metros do lado oposto da tela. Se a resolução fosse um pouco melhor poderíamos até calcular o seu tamanho.

Os sentimentos de Stormgren dividiram-se ao contemplar a curva quase invisível no traço. Até então, nunca houvera evidências de que Karellen sequer tivesse um corpo material. O indício ainda era indireto, mas ele o aceitava sem discussões.

– A outra coisa que tivemos que fazer – disse Duval – foi calcular a propagação da tela para a luz comum. Achamos que conseguimos uma ideia razoável disso. Mas não importa se errarmos, mesmo que por uma ordem de grandeza. Você entende, é claro, que não existe um verdadeiro espelho de um lado só. É apenas uma questão de posicionamento das luzes. Karellen fica sentado em um recinto às escuras, você fica no claro. É só isso. – Duval riu, divertindo-se. – Bem, nós vamos mudar isso!

Com a empáfia de um mágico tirando do nada uma ninhada inteira de coelhos brancos, estendeu o braço para dentro da escrivaninha e tirou dali uma enorme lanterna. A extremidade se abria em um bocal largo, de modo que o aparelho lembrava o aspecto geral de um bacamarte.

Duval sorriu.

– Não é tão perigoso quanto parece. Tudo o que você tem a fazer é forçar o bocal contra a tela e apertar o gatilho. Emite um feixe muito intenso, que dura dez segundos, e durante esse tempo vai poder girá-lo pela sala e ter uma boa visão. A luz toda vai atravessar a tela e iluminar maravilhosamente o seu amigo.

– Vai machucar Karellen?

– Não, se você apontar para baixo e depois fizer a varredura para cima. Isso dará tempo para que os olhos dele se adaptem. Presumo que tenha reflexos como os nossos, e não queremos que fique cego.

Stormgren olhou para a arma, indeciso, e sentiu seu peso na mão. Nas últimas semanas, sua consciência o perseguira. Karellen sempre o tratara com uma afeição inegável, a despeito de sua ocasional franqueza devastadora. E, agora que seu tempo juntos chegava ao fim, Stormgren não desejava fazer nada que pudesse estragar esse relacionamento. O Supervisor, porém, fora devidamente avisado, e Stormgren estava convencido de que, se a escolha fosse dele, Karellen teria, há muito, se mostrado. Agora, a decisão seria tomada por ele: quando sua última reunião chegasse ao fim, Stormgren olharia bem no rosto de Karellen.

Isso, é claro, se Karellen tivesse um.

* * *

O nervosismo que Stormgren havia sentido no início, tinha passado há tempos. Praticamente só Karellen falava, criando períodos que eram tramas intricadas, um recurso que, em certas ocasiões, parecia gostar de usar. Algum tempo atrás, isso havia impressionado Stormgren como o mais maravilhoso e, sem dúvida, o mais inesperado dos talentos de Karellen. Agora já não lhe parecia assim tão esplêndido, pois sabia que, como ocorria com a maior parte das capacidades do Supervisor, tratava-se de puro poder intelectual, não de qualquer talento extraordinário.

Karellen tinha tempo de sobra para a composição literária quando desacelerava seus pensamentos até a velocidade da fala humana.

– Não há necessidade de você ou seu sucessor se preocupar muito com a Liga da Liberdade, mesmo quando ela tiver se recuperado da atual letargia. Ela esteve muito quieta durante o mês passado e, embora vá voltar à ativa, não será uma ameaça por alguns anos. De fato, visto que é sempre valioso saber o que seus oponentes estão fazendo, a Liga é uma instituição muito útil. Caso algum dia passe por dificuldades financeiras, posso até ter que subsidiá-la.

Stormgren muitas vezes achava difícil saber quando Karellen estava brincando. Manteve o rosto impassível e continuou a ouvir.

– Muito em breve a Liga perderá outro de seus argumentos. Têm ocorrido muitas críticas, todas um tanto pueris, quanto à posição especial que você tem mantido nos últimos anos. Considerei-a muito valiosa no período inicial de minha administração, mas agora que o mundo está seguindo o curso que planejei, ela pode deixar de existir. No futuro, todas as minhas tratativas com a Terra serão indiretas, e o posto de Secretário-geral poderá voltar a ser algo que lembre sua forma original. Durante os próximos cinquenta anos haverá muitas crises, mas serão passageiras. Os contornos do futuro estão claros o bastante, e um dia todas essas dificuldades serão esquecidas... mesmo para uma raça com uma memória tão prolongada quanto a sua.

As últimas palavras foram ditas com uma ênfase tão especial que Stormgren congelou de imediato na poltrona. Karellen, ele tinha certeza, nunca cometia lapsos involuntários de linguagem: mesmo suas indiscrições eram calculadas, e com precisão de várias casas decimais. No entanto, não houve tempo para perguntas, que certamente não seriam respondidas, pois o Supervisor já mudava, mais uma vez, de assunto.

– Você sempre me perguntou sobre os nossos planos de longo prazo – ele prosseguiu. – O estabelecimento do Estado Mundial é, naturalmente, apenas o primeiro passo. Você viverá para ver sua conclusão. Mas a mudança, quando vier, será tão imperceptível que poucos se darão conta. Depois disso, haverá um período de consolidação lenta, enquanto sua raça se prepara para nós. E, então, chegará o dia que prometemos. Sinto muito que você não vá estar presente.

Os olhos de Stormgren estavam abertos, mas seu olhar fixava-se bem além da barreira escura da tela. Olhava para o futuro, imaginando o dia que nunca veria, quando as grandes naves dos Senhores Supremos por fim descessem à Terra e se abrissem para o mundo que as aguardava.

– Nesse dia – prosseguiu Karellen –, a raça humana experimentará o que pode ser chamado apenas de uma descontinuidade psicológica. Mas não haverá dano permanente. Os homens dessa época serão mais estáveis do que seus avós. Teremos sido sempre parte de suas vidas e, quando nos conhecerem, não vamos parecer tão... estranhos quanto seríamos para vocês.

Stormgren nunca vira Karellen em um estado de espírito tão contemplativo, mas isso não o surpreendeu. Acreditava que nunca tivera contato com mais do que umas poucas facetas da personalidade do Supervisor. O verdadeiro Karellen era desconhecido, e talvez fosse incompreensível para os seres humanos. E, mais uma vez, Stormgren teve a sensação de que os verdadeiros interesses do Supervisor estavam em outro lugar, de que ele governava a Terra com uma mera fração de sua mente, com a mesma facilidade com que um mestre de xadrez tri-dimensional jogaria uma partida de damas.

– E depois? – perguntou Stormgren, em voz baixa.

– *Aí* poderemos começar nosso verdadeiro trabalho.

– Tantas vezes me perguntei qual seria ele. Pôr nosso mundo em ordem e civilizar a raça humana é apenas um meio... Vocês também devem ter um fim. Será que algum dia seremos capazes de sair pelo espaço e ver o seu universo... Quem sabe, até ajudá-los em seu trabalho?

– Pode-se dizer que sim – disse Karellen, e agora sua voz continha um tom de tristeza claro, ainda que inexplicável, que deixou Stormgren estranhamente perturbado.

– Mas, e se, apesar de tudo, o seu experimento com o Homem falhar? Sabemos que isso pode acontecer, pelos nossos contatos com raças humanas primitivas. Claro que vocês também tiveram seus fracassos?

– Sim – disse Karellen, em uma voz baixa que Stormgren mal pôde ouvir. – Tivemos os nossos fracassos.

– E o que fazem, nesses casos?

– Aguardamos... e tentamos de novo.

Houve um silêncio que durou talvez cinco segundos. Quando Karellen voltou a falar, suas palavras foram tão inesperadas que, por um momento, Stormgren não reagiu.

– Adeus, Rikki!

Karellen o havia passado para trás. Já devia ser tarde demais. A paralisia de Stormgren durou apenas um segundo. Em seguida, com um único movimento rápido e bem ensaiado, sacou a arma de luz e pressionou-a contra o vidro.

Os pinheiros chegavam quase à margem do lago, deixando, ao longo da borda, apenas uma faixa estreita de grama, de alguns metros de largura.

Sempre que o fim de tarde se mostrava quente o bastante, Stormgren, a despeito de seus noventa anos, caminhava ao longo da faixa até o desembarcadouro, assistia à luz do Sol morrer sobre as águas e logo voltava para casa, antes que o vento gélido da noite viesse da floresta. O ritual simples lhe dava muita satisfação, e ele o seguiria enquanto tivesse forças.

A uma grande distância, no lago, alguma coisa estava vindo do oeste, voando baixo e rápido. Eram raras as aeronaves nesta região, exceto pelos grandes aviões de carreira transpolares, que deviam passar bem acima a cada hora do dia e da noite. Contudo, nunca havia nenhum sinal de sua presença, salvo por uma ocasional trilha de vapor bem alta, destacada contra o azul da estratosfera. O aparelho de agora era um helicóptero pequeno, e se aproximava com óbvia determinação. Stormgren olhou ao redor, para a praia, e viu que não havia por onde escapar. Então deu de ombros e sentou-se no banco de madeira, na cabeceira do píer.

O repórter foi tão respeitoso que deixou Stormgren surpreso. Quase esquecera de que não era apenas um velho estadista, mas, fora de seu próprio país, quase uma figura mítica.

– Sr. Stormgren – o intruso começou –, sinto muito incomodá-lo, mas gostaria de saber se o senhor comentaria algo que acabamos de ouvir a respeito dos Senhores Supremos.

Stormgren franziu ligeiramente a testa. Depois de todos esses anos, ainda compartilhava o desgosto de Karellen por aquela expressão.

– Não acho – ele disse – que possa acrescentar grande coisa ao que já foi escrito.

O repórter o observava com uma curiosidade profunda.

– Achei que poderia. Acabamos de ficar sabendo de uma história bem estranha. Parece que, há quase trinta anos, um dos técnicos da Divisão de Ciências preparou um aparelho fora do comum para o senhor. Gostaríamos de saber se poderia nos falar a respeito.

Por um momento, Stormgren ficou em silêncio, sua mente voltou ao passado. Não era surpresa que o segredo tivesse vazado. De fato, era surpreendente que tivesse durado tanto tempo.

Ficou em pé e começou a caminhar de volta ao longo do píer, com o repórter seguindo-o alguns passos atrás.

– Isso – ele disse – tem uma pitada de verdade. Na minha última visita à nave de Karellen, levei comigo um aparelho, na esperança de poder ver o Supervisor. Foi algo bem tolo de minha parte, mas... bem, eu tinha só sessenta anos na época.

Deu uma risada para si mesmo e prosseguiu:

– Não é lá grande história para trazer você até aqui. Sabe, não funcionou.

– O senhor não viu nada?

– Não, absolutamente nada. É uma pena, mas parece que você vai ter que esperar. Mas, enfim, faltam só vinte anos!

Só vinte anos. Sim, Karellen tinha razão. A essa altura o mundo já estaria preparado, como não estivera quando Stormgren contara a mesma mentira para Duval, há trinta anos.

Karellen confiara nele e Stormgren não traíra sua fé. Tinha certeza de que o Supervisor soubera de seu plano desde o começo, e previra cada segundo do ato final.

Por qual outro motivo a enorme cadeira já estaria vazia quando o círculo de luz a iluminara? No mesmo momento, ele começara a girar o feixe, temendo que fosse tarde demais. A porta de metal, com o dobro da altura de um homem, fechava-se depressa quando ele a notou... Fechava-se depressa, mas não depressa o bastante.

Sim, Karellen confiara nele, não desejara que passasse o longo crepúsculo de sua vida perseguido por um mistério que jamais poderia desvendar. Karellen não se atrevera a desafiar os poderes desconhecidos acima dele (seriam *eles* da mesma raça?), mas fizera todo o possível. Se houve desobediência, nunca poderiam provar. Era a demonstração definitiva, Stormgren sabia, da amizade que Karellen nutria por ele. Embora pudesse ser a amizade de um homem por um cão dedicado e inteligente, não era por isso menos sincera, e a vida dera a Stormgren poucas satisfações maiores.

"Tivemos os nossos fracassos."

Sim, Karellen, isso era verdade. E teria sido você a fracassar, antes da alvorada da história humana? Deve ter sido um grande fracasso, pensou Stormgren, pois seus ecos se propagaram pelas eras, para assombrar a infância de cada uma das raças da humanidade. Mesmo em cinquenta anos, será que você conseguiria subjugar o poder de todos os mitos e lendas do mundo?

No entanto, Stormgren sabia que não haveria um segundo fracasso.

Quando as duas raças voltassem a se encontrar, os Senhores Supremos teriam conquistado a confiança e a amizade da espécie humana, e nem mesmo o choque do reconhecimento poderia estragar esse trabalho. Seguiriam juntas para o futuro, e a tragédia desconhecida que havia coberto de sombras o passado ficaria perdida para sempre nos corredores obscuros dos tempos pré-históricos.

E Stormgren esperava que, quando Karellen estivesse livre para voltar a caminhar pela Terra, fosse um dia àquelas florestas boreais, e se detivesse, por um momento, junto à sepultura do primeiro homem que fora seu amigo.

II

A ERA DE OURO

5

"É hoje!", sussurravam os rádios em uma centena de línguas. "É hoje!", diziam as manchetes de mil jornais. "É hoje!", pensavam os operadores de câmeras, enquanto conferiam e reconferiam a aparelhagem reunida em torno do amplo espaço vazio onde a nave de Karellen iria descer.

Agora havia apenas aquela única nave, suspensa sobre Nova York. De fato, como o mundo acabara de descobrir, as naves acima das outras cidades jamais haviam existido. No dia anterior, a grande esquadra dos Senhores Supremos havia se dissolvido no nada, desvanecendo como a cerração sob a luz da aurora.

As naves de suprimentos, indo e vindo pelo espaço sideral, tinham sido bem reais. No entanto, as nuvens prateadas que haviam pairado, durante uma vida inteira, sobre quase todas as capitais da Terra, tinham sido uma ilusão. Como o truque fora executado, ninguém sabia, mas acredita-se que cada uma das naves não passara de uma imagem da própria nave de Karellen. No entanto, fora bem mais do que uma questão de jogo de luzes, visto que o radar também havia sido enganado, e havia ainda gente viva que jurava ter ouvido o grito do ar sendo rasgado quando a esquadra penetrou os céus da Terra.

Isso, porém, não era importante: tudo o que importava era que Karellen não sentia mais a necessidade dessa exibição de força. Havia jogado fora suas armas psicológicas.

"A nave está se mexendo!", veio a notícia, enviada de imediato para todos os cantos do planeta. "Está indo para o oeste!"

A menos de mil quilômetros por hora, descendo lentamente das alturas vazias da estratosfera, a nave dirigia-se para as grandes planícies e para seu segundo encontro marcado com a história. Aquietou-se, obediente, diante das câmeras que a aguardavam e dos milhares de espectadores aglomerados, dos quais pouquíssimos conseguiam ver tão bem o que se passava quanto os milhões reunidos em torno de seus aparelhos de tv.

O chão deveria ter se rachado e tremido debaixo do peso espantoso, mas a nave ainda estava sob o controle de quaisquer que fossem as forças que a conduziam entre as estrelas. Beijou a terra com a suavidade de um floco de neve cadente.

A parede curva, vinte metros acima do solo, parecia ondular e tremeluzir. Onde antes havia uma superfície lisa e reluzente, surgiu uma grande abertura. Nada era visível dentro dela, mesmo aos olhos perscrutadores das câmeras. Estava tão escura e sombria quanto a entrada de uma caverna.

Uma rampa larga e brilhante saiu pelo orifício e tomou impulso, com determinação, rumo ao solo. Parecia uma folha sólida de metal, com corrimãos ao longo das laterais. Não tinha degraus. Era tão inclinada e lisa quanto um tobogã e, alguém poderia pensar, igualmente impossível de subir ou descer de qualquer modo convencional.

O mundo estava atento ao portal escuro, dentro do qual nada ainda se movia. Então a inesquecível, mesmo que poucas vezes ouvida, voz de Karellen desceu com suavidade de alguma fonte oculta. Sua mensagem dificilmente poderia ter sido menos esperada:

– Há algumas crianças ao pé da rampa. Gostaria que duas delas subissem e se encontrassem comigo.

Houve silêncio por um momento. Em seguida, um menino e uma menina saíram da multidão e caminharam, sem acanhamento nenhum, na direção da rampa e da história. Outras se seguiram, mas pararam ao ouvir o riso maroto de Karellen vir da nave.

– Duas são o bastante.

Ansiosas pela aventura, as crianças, de não mais que seis anos, pularam no escorregador de metal. Então o primeiro milagre aconteceu.

Acenando esfuziantes para a multidão lá embaixo e para os pais aflitos (que, tarde demais, deviam agora estar pensando na lenda do flautista de Hamelin), as crianças começaram a subir com rapidez a rampa inclinada. Mesmo assim, suas pernas não se mexiam, e logo também ficou claro que seus corpos estavam posicionados em ângulos retos em relação àquela rampa incomum, que possuía uma gravidade própria, uma força capaz de ignorar a atração da Terra. As crianças estavam se divertindo com a experiência inédita e imaginando o que as puxava para cima, quando desapareceram para dentro da nave.

Um grande silêncio cobriu todo o mundo durante vinte segundos, embora, mais tarde, ninguém pudesse acreditar que o tempo tivesse sido tão curto. Logo a escuridão da grande abertura pareceu se deslocar para a frente, e Karellen saiu para o sol. O menino estava sentado em seu braço esquerdo, a menina, no direito. Os dois estavam ocupados demais, brincando com as asas de Karellen, para repararem na multidão que os assistia.

O fato de que apenas umas poucas pessoas desmaiaram foi um verdadeiro tributo à psicologia dos Senhores Supremos, e a seus anos de cuidadosa preparação. No entanto, em todo o mundo, deve ter sido ainda menor o número de pessoas que não sentiu, por um momento tenebroso, o toque do terror ancestral roçar suas mentes, antes que a razão o banisse para sempre.

Não havia engano. As asas de couro, os pequenos chifres, a cauda pontuda... tudo estava lá. A mais terrível de todas as lendas tornara-se real, vinda do passado desconhecido. No entanto, agora, ali estava ela, sorrindo, em sua majestade de ébano, com a luz do Sol cintilando sobre o enorme corpo e uma criança humana sentada, sem medo, em cada braço.

6

Cinquenta anos é tempo mais que suficiente para mudar um mundo e seu povo, a ponto de quase não serem reconhecidos. Tudo o que é preciso é um bom conhecimento de engenharia social, uma visão clara do objetivo desejado... e poder.

Essas coisas os Senhores Supremos possuíam. Embora seu objetivo fosse secreto, o conhecimento dos Senhores Supremos era evidente... assim como seu poder.

Esse poder assumia muitas formas, poucas das quais notadas pelos povos cujos destinos os Senhores Supremos agora governavam. O poder sacramentado em suas grandes naves tinha sido claro o bastante para que todos vissem. Por trás daquela exibição de força adormecida, porém, estavam outras armas, muito mais sutis.

– Todos os problemas políticos – Karellen certa vez dissera a Stormgren – podem ser resolvidos pela correta aplicação do poder.

– Parece um comentário bastante cínico – Stormgren retrucara, em tom de dúvida. – Parece demais com "Quem pode, manda". No nosso próprio passado, o uso do poder fracassou clamorosamente para resolver o que quer que fosse.

– A palavra-chave é *correta*. Vocês nunca tiveram poder de verdade, ou o conhecimento necessário para aplicá-lo. Como em todos os problemas, existem abordagens eficientes e ineficientes.

Suponha, por exemplo, que uma de suas nações, liderada por algum governante fanático, tentasse se revoltar contra mim. A resposta mais ineficiente a uma ameaça dessas seriam bilhões de cavalos-vapor na forma de bombas atômicas. Se usasse bombas suficientes, a solução seria completa e definitiva. Mas seria também, conforme observei, ineficiente, mesmo que não tivesse nenhum outro defeito.

– E a solução eficiente?

– Uma que exigisse tanta energia quanto um pequeno transmissor de rádio... e habilidades similares de operação. Pois o que conta é a *aplicação* do poder, não a quantidade. Quanto tempo acha que a carreira de Hitler como ditador da Alemanha teria durado, se, onde quer que ele fosse, uma voz ficasse falando baixinho em seu ouvido? Ou se uma nota musical invariável, alta o bastante para abafar todos os outros sons e impedir o sono, ocupasse o cérebro dele, noite e dia? Nada brutal, perceba. Ainda assim, em última análise, tão irresistível quanto uma bomba de trítio.

– Entendo – disse Stormgren. – E não haveria onde se esconder?

– Nenhum lugar para onde eu não pudesse enviar os meus... eh... dispositivos, se realmente quisesse. E é por isso que nunca terei de usar métodos drásticos de verdade para manter minha posição.

As grandes naves, portanto, nunca foram mais do que símbolos, e agora o mundo sabia que todas, exceto uma, haviam sido fantasmas.

Ainda assim, com sua mera presença, tinham mudado a história da Terra. Agora sua tarefa estava concluída, e elas deixavam seu feito para trás, para ecoar ao longo dos séculos.

Os cálculos de Karellen foram precisos. O choque de repugnância passara depressa, embora houvesse muitos que se orgulhassem de serem livres de superstições e que, mesmo assim, não conseguiam encarar um dos Senhores Supremos. Havia algo de estranho nisso, que ia além de toda a razão ou lógica.

Na Idade Média, as pessoas acreditavam no diabo e o temiam.

Este, porém, era o século XXI: seria possível que, no fim das contas, houvesse algo como uma memória racial?

Todos, é claro, presumiam que os Senhores Supremos, ou seres da mesma espécie, haviam entrado em um conflito violento com o homem do passado. O encontro devia ter sido em um passado remoto, pois não deixara vestígios na história escrita. Aqui estava outro enigma, e Karellen não ajudaria a resolvê-lo.

Os Senhores Supremos, embora já tivessem se mostrado ao homem, raramente saíam da única nave remanescente. Talvez sentissem desconforto físico na Terra, pois seu tamanho, além da existência de asas, indicava que vinham de um mundo de gravidade muito inferior. Nunca eram vistos sem um cinturão repleto de mecanismos complexos que, a maioria acreditava, controlava o seu peso e permitia a comunicação uns com os outros. A luz direta do Sol era-lhes dolorosa, e nunca permaneciam nela mais que alguns segundos. Quando tinham de sair ao ar livre durante algum tempo, usavam óculos escuros, o que lhes dava uma aparência um tanto incongruente. Embora parecessem capazes de respirar o ar terrestre, às vezes carregavam pequenos cilindros de gás, com os quais se revigoravam de tempos em tempos.

Quem sabe esses problemas puramente físicos fossem responsáveis pelo seu distanciamento. Apenas uma pequena fração da raça humana já vira de fato um Senhor Supremo em carne e osso, e ninguém fazia ideia de quantos estavam a bordo da nave de Karellen. Nunca foram vistos mais do que cinco juntos ao mesmo tempo, mas podia haver centenas, até milhares deles naquela enorme nave.

De muitas formas, o aparecimento dos Senhores Supremos criara mais problemas do que resolvera. Sua origem ainda era desconhecida, sua biologia, uma fonte inesgotável de especulações. Eles divulgavam informações sobre muitos assuntos, mas, em outros, seu comportamento podia ser descrito apenas como reservado. No geral, porém, isso não irritava ninguém, a não ser os cientistas. O homem comum, embora pudesse preferir não encontrar os Senhores Supremos, agradecia-lhes pelo que haviam feito pelo mundo.

Pelos padrões das eras passadas, era a Utopia. A ignorância, a doença, a pobreza e o medo haviam praticamente deixado de existir. A lembrança da guerra se desvanecia no passado, como um pesadelo que se dissolve com a alvorada. Em breve, ela estaria fora da experiência de qualquer pessoa viva.

Com as energias da humanidade dirigidas para canais construtivos, a face do mundo fora refeita. Era, quase literalmente, um novo mundo. As cidades que haviam sido boas o bastante para as gerações anteriores haviam sido reconstruídas... ou abandonadas e transformadas em peças de museu, nos casos em que deixaram de servir a qualquer propósito útil. Muitas cidades já haviam sido abandonadas dessa maneira, pois todo o modelo de indústria e comércio havia mudado completamente. A produção tornara-se, em grande medida, automática: as fábricas-robôs despejavam bens de consumo em fluxos incessantes tais que todas as necessidades básicas da vida eram, para todos os efeitos, gratuitas. Os homens trabalhavam pensando nos artigos de luxo que desejavam. Ou, simplesmente, não trabalhavam.

Era um Mundo Unificado. Os velhos nomes dos velhos países ainda eram usados, mas não passavam de divisões postais convenientes. Não havia ninguém na Terra que não soubesse inglês, que não soubesse ler, que não tivesse acesso a um aparelho de televisão, que não pudesse visitar o outro lado do planeta em vinte e quatro horas.

O crime praticamente desaparecera. Tornara-se tanto desnecessário como impossível. Quando não falta nada a ninguém, não há motivo para roubar. Além disso, todos os criminosos em potencial sabiam que não havia como escapar à vigilância dos Senhores Supremos. Nos primeiros tempos de seu governo, eles haviam atuado de modo tão eficaz em prol da lei e da ordem que a lição nunca fora esquecida.

Os crimes passionais, embora não realmente extintos, eram quase desconhecidos. Agora que tantos de seus problemas psicológicos haviam sido removidos, a humanidade era muito mais sensata e menos irracional. O que, em eras passadas, seria chamado de depravação, agora não passava de excentricidade... ou, no pior caso, maus modos.

Uma das mudanças mais notáveis fora uma desaceleração do ritmo louco que caracterizara tão completamente o século xx. A vida era mais pausada do que fora por gerações. Por conseguinte, para uns poucos tinha menos sabor, mas, para a maioria, tinha mais placidez. O homem ocidental reaprendera algo que o resto do mundo nunca esquecera: que não havia nada de pecaminoso no lazer, desde que não degenerasse em mera indolência.

Quaisquer que fossem os problemas que o futuro pudesse trazer, o tempo ainda não custava a passar para a humanidade. A educação, agora, era muito mais profunda e prolongada. Poucas pessoas saíam da faculdade antes dos vinte. E esse era apenas o primeiro estágio, visto que era normal voltarem aos vinte e cinco para pelo menos mais três anos, depois que as viagens e a experiência tivessem aberto suas mentes. Mesmo então, era provável que fizessem cursos de atualização, de tempos em tempos, pelo resto da vida, sobre as matérias que mais lhes interessassem.

Essa extensão do aprendizado humano para tão além do início da maturidade física causara diversas mudanças sociais. Algumas eram necessárias há gerações, mas os períodos anteriores haviam se recusado a encarar o desafio... ou fingido que ele não existia. Em particular, o modelo de moralidade sexual, se é que podemos dizer que existia um só modelo, havia se alterado de maneira radical. Tinha sido praticamente despedaçado por duas invenções, que foram, por ironia, de origem cem por cento humana e nada deviam aos Senhores Supremos.

A primeira foi um contraceptivo oral totalmente seguro. A segunda, um método, igualmente infalível, de identificação do pai de qualquer criança, tão preciso quanto impressões digitais e com base em uma análise muito detalhada do sangue. O efeito dessas duas invenções na sociedade humana só poderia ser descrito como devastador, e elas varreram os últimos vestígios da aberração puritana.

Outra grande mudança foi a mobilidade extrema da nova sociedade. Graças ao aperfeiçoamento do transporte aéreo, todos eram livres para ir a qualquer lugar quando bem desejassem. Havia mais espaço nos céus do que jamais houvera nas estradas, e o século XXI repetira, em maior escala, a grande conquista americana de pôr uma nação sobre rodas. Dera asas ao mundo.

Mesmo que não literalmente. O veículo voador, ou carro aéreo particular comum, não tinha nenhum tipo de asa, nem ao menos uma superfície de controle visível.

Até as desajeitadas pás giratórias dos velhos helicópteros haviam sido banidas. Apesar disso, o homem não descobrira a antigravidade: apenas os Senhores Supremos dominavam esse suprassumo dos segredos. Os carros aéreos eram movidos por forças que os irmãos Wright teriam compreendido. A reação a jato, usada tanto diretamente como sob a forma mais sutil de controle de camada-limite, impelia os veículos para a frente e os mantinha no ar. Como nenhuma lei ou decreto dos Senhores Supremos poderia ter feito, os pequenos e onipresentes carros aéreos haviam dado cabo das últimas barreiras entre as diferentes tribos da humanidade.

Coisas mais profundas também se passaram. Esta era uma época totalmente secular. De todas as fés religiosas que haviam existido antes da chegada dos Senhores Supremos, apenas uma forma de budismo purificado, talvez a mais austera das religiões, ainda sobrevivia. Os credos que se baseavam em milagres e revelações tinham desmoronado por completo. A elevação do padrão educacional da humanidade já vinha dissolvendo essas crenças há tempos, mas os Senhores Supremos haviam se demorado a tomar partido no assunto. Embora Karellen fosse seguidamente provocado a manifestar seu ponto de vista religioso, tudo o que dizia era que as crenças de um homem eram uma questão privada, desde que não interferissem na liberdade dos outros.

No entanto, talvez as velhas fés tivessem perdurado ainda durante algumas gerações, se não fosse pela curiosidade humana. Sabia-se que os Senhores Supremos tinham acesso ao passado, e mais de uma vez os historiadores haviam recorrido a Karellen para que dirimisse certa controvérsia imemorial. Pode ser que ele tenha se cansado dessas perguntas, mas é mais provável que soubesse muito bem qual seria o resultado de sua generosidade...

O instrumento que cedera, por empréstimo permanente, à Fundação da História Mundial, nada mais era do que um receptor de televisão dotado de um complexo conjunto de controles para a determinação de coordenadas no tempo e no espaço. Devia estar, de algum modo, ligado a outra máquina, muito mais complexa, operando com base em princípios que ninguém podia imaginar, a bordo da nave de Karellen. Era necessário apenas ajustar os controles para que se abrisse uma janela para o passado. Quase toda a história humana dos últimos cinco mil anos se tornava acessível em um instante. A máquina não alcançava épocas anteriores, e em todas as eras havia desconcertantes períodos em branco. Talvez tivessem causa natural, ou fossem fruto de censura deliberada dos Senhores Supremos.

Embora sempre tivesse sido óbvio, para qualquer mente racional, que *todas* as escrituras religiosas do mundo não poderiam ser verdadeiras, o choque foi, mesmo assim, profundo. Aqui estava uma revelação que ninguém podia colocar em dúvida ou negar: aqui, vistas através da misteriosa magia da ciência dos Senhores Supremos, estavam as verdadeiras origens de todas as grandes fés do mundo. A maior parte delas era nobre e inspiradora. Isso, porém, não bastava. Em alguns dias, todos os numerosos messias da humanidade haviam perdido o caráter divino. Sob a luz incisiva e impassível da verdade, as religiões que haviam sustentado milhões de pessoas por dois milhares de anos desapareceram como o orvalho da manhã. Todo o bem e todo o mal que haviam feito foram subitamente varridos para o passado, e não mais podiam tocar as mentes dos homens.

A humanidade perdera seus deuses ancestrais: e já era velha o bastante para prescindir de novos.

Embora ainda poucos se dessem conta, a queda das religiões tinha sido acompanhada por um declínio da ciência. Havia técnicos de sobra, mas poucos trabalhavam na extensão das fronteiras do conhecimento humano. A curiosidade persistia, e havia tempo para perder com ela, mas o ânimo para as pesquisas científicas fundamentais se fora. Parecia inútil passar uma vida inteira pesquisando segredos que os Senhores Supremos deviam ter desvendado séculos antes.

Esse declínio havia sido, em parte, disfarçado por um imenso florescimento das ciências descritivas, como a zoologia, a botânica e a astronomia observacional. Nunca houvera tantos cientistas amadores coligindo fatos para deleite pessoal. Entretanto, havia poucos teóricos correlacionando esses fatos.

O fim das lutas e dos conflitos de todos os tipos significara, também, quase que o fim da arte criativa. Havia miríades de artistas, amadores e profissionais, mas nenhuma obra nova que realmente saltasse aos olhos havia aparecido por uma geração, fosse de literatura, música, pintura ou escultura. O mundo ainda vivia das glórias de um passado que não voltaria.

Ninguém se preocupava com isso, exceto alguns filósofos. A raça estava concentrada demais em saborear sua recém-descoberta liberdade para enxergar além dos prazeres do presente. A Utopia, por fim, estava aqui; a atração do novo não havia sido, ainda, assaltada pelo inimigo supremo de todas as Utopias: o tédio.

Quem sabe os Senhores Supremos tivessem uma resposta para isso, como tinham para todos os outros problemas. Ninguém sabia. Como tampouco se soubera, ao longo de toda uma vida humana após os Senhores Supremos terem chegado, qual era seu objetivo final. A humanidade passara a confiar neles e a aceitar, sem questionamentos, o altruísmo sobre-humano que mantivera Karellen e seus companheiros afastados de seus lares por tanto tempo.

Isso se, de fato, fosse altruísmo, pois ainda havia alguns que se indagavam se as políticas dos Senhores Supremos continuariam a coincidir, para sempre, com o verdadeiro bem-estar da humanidade.

7

Quando Rupert Boyce enviou os convites para sua festa, eles percorreram uma quilometragem impressionante. Para mencionar apenas a primeira dúzia de convidados: havia os Foster, de Adelaide; os Shoenberger, do Haiti; os Farran, de Stalingrado; os Moravia, de Cincinnati; os Ivanko, de Paris; e os Sullivan, mais ou menos na vizinhança da Ilha de Páscoa, mas uns quatro quilômetros abaixo, no leito oceânico. Foi uma consagração para Rupert o fato de que, embora tivesse convidado trinta pessoas, mais de quarenta comparecessem... mais ou menos a proporção que ele esperava. Apenas os Krause o deixaram na mão, e isso só porque esqueceram da Linha Internacional de Data e chegaram com vinte e quatro horas de atraso.

Por volta do meio-dia, uma imponente coleção de carros voadores se acumulara no estacionamento, e os que chegavam depois tinham de andar uma boa distância após encontrar um local para o pouso. Pelo menos, parecia uma boa distância, sob o céu claro e com o mercúrio marcando quarenta e três graus centígrados. Os veículos ali reunidos iam desde os Flitterbugs individuais até os Cadillacs tamanho família, que mais pareciam palácios aéreos do que máquinas voadoras práticas. Nesta época, porém, não se podia deduzir nada a respeito do status social dos convidados observando seus meios de transporte.

– Mas que casa *feia* – disse Jean Morrel, enquanto seu Meteor ia descendo, em espiral. – Parece mais uma caixa que pisaram em cima.

George Greggson, que tinha uma aversão antiquada pelos pousos automáticos, reajustou o controle da taxa de descida antes de responder.

– Não é lá muito justo criticar a casa *deste* ponto de vista – respondeu, com sensatez. – Vista do chão, pode ser bem diferente. Ah, meu Deus!

– Que é?

– Os Foster estão aqui. Dá pra reconhecer o esquema de cores em qualquer lugar.

– Bem, não precisa falar com eles, se não quiser. Essa é uma das vantagens das festas de Rupert: sempre dá pra se esconder na multidão.

George selecionara um local de pouso e se dirigia resolutamente para ele. Planaram até descer entre outro Meteor e alguma coisa que nenhum dos dois foi capaz de identificar. "Parecia muito rápido", Jean pensou, "e muito desconfortável. Um dos amigos técnicos de Rupert", ela concluiu, "devia ter construído para si mesmo". Ela achava que havia uma lei contra esse tipo de coisa.

O calor os atingiu como o sopro de um maçarico, assim que saíram do carro. Parecia sugar a umidade de seus corpos, e George ficou a ponto de achar que sentia a pele rachando. É claro que era, em parte, culpa deles mesmos. Haviam saído do Alasca há três horas, e deviam ter se lembrado de ajustar a temperatura da cabine de acordo.

– Que lugar pra viver! – falou Jean, ofegante. – Pensei que este clima fosse controlado.

– E é mesmo – retrucou George. – Antigamente, isto tudo era deserto. Olhe só agora. Vem. Lá dentro vai estar fresquinho!

A voz de Rupert, um pouco amplificada, trovejou, com bom humor, nos ouvidos deles. Seu anfitrião estava parado ao lado do carro, um copo em cada mão, olhando-os de cima para baixo, com uma expressão maliciosa.

Olhava-os dessa maneira pela simples razão de que tinha quase quatro metros de altura. Além disso, era semitransparente. Dava para ver por meio dele sem muita dificuldade.

– Bela pegadinha para receber seus convidados! – protestou George. Tentou apanhar as bebidas, que estavam bem ao alcance. Sua mão, é claro, passou através delas. – Espero que tenha algo mais substancial pra gente quando chegarmos aí!

– Não se preocupem! – riu Rupert. – É só fazer o pedido agora, que estará pronto quando chegarem.

– Duas cervejas grandes, geladas com ar líquido – respondeu prontamente George. – Já, já estamos aí.

Rupert concordou, colocou um dos copos em uma mesa invisível, ajustou um controle igualmente invisível e, de pronto, desapareceu de vista.

– Bem! – disse Jean. – É a primeira vez que vejo uma dessas engenhocas em ação. Como foi que o Rupert arranjou uma? Pensei que só os Senhores Supremos tivessem.

– Já viu o Rupert *não* conseguir o que quer? – replicou George. – É o brinquedo perfeito pra ele. Pode ficar confortavelmente sentado no seu escritório enquanto dá uma volta por metade da África. Nada de calor, nem de insetos, nem de cansaço, e com a geladeira sempre logo ali. Imagino o que Stanley e Livingstone teriam achado.

O Sol impediu que prosseguissem com a conversa até chegarem à casa. À medida que se aproximavam da porta da frente (que não era muito fácil de distinguir do restante da parede de vidro voltada para eles), ela se abriu de modo automático, com um toque de trombetas. Jean imaginou, corretamente, que antes do fim da festa já estaria enjoada até a medula de tanto ouvir trombetas.

A atual sra. Boyce os recebeu no delicioso frescor do saguão. Ela era, a bem da verdade, a principal razão da presença maciça de convidados. Talvez metade deles tivesse vindo, de qualquer jeito, só para ver a casa nova de Rupert. Os indecisos tinham se decidido por causa dos relatos sobre a nova esposa de Rupert.

Havia apenas um adjetivo que a descrevia com justiça: desconcertante. Mesmo em um mundo onde a beleza era quase lugar-comum, os homens viravam a cabeça quando ela entrava na sala. Teria, George supôs, um quarto de sangue negro. Suas feições eram praticamente helênicas, e o cabelo era comprido e lustroso. Apenas a textura rica e morena de sua pele, que só podia ser descrita pela tão abusada palavra "chocolate", revelava a ascendência mestiça.

– Vocês são Jean e George, certo? – ela disse, estendendo a mão. – É um prazer conhecê-los. O Rupert está fazendo alguma coisa complicada com as bebidas. Venham, vou apresentar vocês para os outros convidados.

Tinha uma voz agradável de contralto, que dava arrepios ao longo das costas de George, como se alguém estivesse tocando flauta com sua espinha. Ele olhou aflito para Jean, que se esforçava para exibir um sorriso um tanto artificial, e, enfim, recuperou a voz.

– É... é um grande prazer conhecê-la – ele disse, com a voz falhando. – Estávamos ansiosos por esta festa.

– Rupert *sempre* dá essas festas maravilhosas – interveio Jean. Pela maneira com que destacou o "sempre", dava para ver muito bem que estava pensando "toda vez que se casa". George enrubesceu um pouco e dirigiu a Jean um olhar de repreensão, mas não havia sinal de que a anfitriã tivesse percebido a farpa. Ela foi a gentileza em pessoa enquanto os conduzia para o saguão principal, já meio lotado por uma coleção representativa dos vários amigos de Rupert. O próprio Rupert estava sentado ao console do que parecia ser uma unidade de controle de um engenheiro de televisão. George presumiu que fosse o aparelho que projetara a imagem que os recebera. Estava ocupado demonstrando o aparelho, surpreendendo mais duas visitas que acabavam de descer no estacionamento, mas fez uma pausa longa o suficiente para cumprimentar Jean e George e pedir desculpas por ter dado suas bebidas a outra pessoa.

– Vai achar muito mais ali – disse ele, apontando vagamente para trás com uma mão, enquanto ajustava os controles com a outra. – Apenas sintam-se em casa. Vocês conhecem a maior parte do pessoal. Maia vai apresentar os outros. Que bom que vieram.

– Que bom que nos convidou – respondeu Jean, sem muita convicção. George já partira rumo ao bar e ela abriu caminho atrás dele, trocando cumprimentos, vez ou outra, com algum conhecido. Cerca de três quartos dos presentes eram completos estranhos, o que representava o estado normal das coisas em uma das festas de Rupert.

– Vamos explorar – ela disse a George, depois de terem bebido alguma coisa e acenado para todos os conhecidos. – Quero dar uma olhada na casa.

George, com um olhar mal dissimulado por cima dos ombros para Maia Boyce, seguiu-a. Havia no rosto dele uma expressão distante de que Jean não estava gostando nada. Era tão aborrecido que os homens fossem, fundamentalmente, polígamos. Por outro lado, se não fossem... É, quem sabe seja melhor assim, no fim das contas.

George voltou depressa ao normal enquanto bisbilhotavam as maravilhas da nova residência de Rupert. A casa parecia muito grande para duas pessoas, mas isso era bom, tendo em vista as sobrecargas frequentes que teria de acomodar. Havia dois andares, o superior muito maior, de modo que se projetava sobre o térreo e dava sombra ao redor. O grau de mecanização era considerável, e a cozinha era uma boa aproximação da cabine de um grande avião de passageiros.

– Pobre Ruby! – disse Jean. – Ela teria adorado este lugar.

– Pelo que ouvi dizer – retrucou George, que não simpatizava lá muito com a última sra. Boyce –, ela está bem feliz com o namorado australiano.

Isso era tão bem sabido que seria difícil para Jean discordar, de modo que mudou de assunto:

– Ela é terrivelmente bonita, não é?

George estava alerta o suficiente para evitar a armadilha.

– Ah, acho que sim – ele respondeu, indiferente. – Isto é, claro, para quem gosta de morenas.

– E você não gosta, suponho – disse Jean, amável.

– Não seja ciumenta, querida – riu George, acariciando seu cabelo platinado. – Vamos dar uma olhada na biblioteca. Em que andar você acha que fica?

– Tem que ser aqui em cima. Não tem lugar lá embaixo. Além disso, combina com o projeto geral: todo o espaço para convivência, alimentação e sono relegado para o térreo. Este é o departamento de jogos e diversões... embora eu ainda ache uma loucura ter uma piscina aqui em cima.

– Deve ter alguma razão pra isso – falou George, experimentando abrir uma porta. – O Rupert deve ter falado com gente que entende do assunto quando construiu a casa. Tenho certeza de que não ia conseguir fazer uma casa destas sozinho.

– Você deve ter razão. Se ele conseguisse, a casa ia ter quartos sem portas, e escadas levando a lugar nenhum. De fato, eu teria medo de entrar numa casa que o Rupert tivesse projetado sozinho.

– Aqui estamos – disse George, com o orgulho de um navegador ao avistar terra. – A fabulosa Coleção Boyce, em seu novo lar. Só fico pensando quantos deles Rupert já leu mesmo!

A biblioteca estendia-se por toda a largura da casa, mas era praticamente dividida em meia dúzia de pequenos compartimentos pelas grandes estantes que a cortavam. Elas continham, se a memória de George não falhava, cerca de quinze mil volumes: quase tudo de importância que já fora publicado nos campos nebulosos da magia, da pesquisa psíquica, dos vaticínios, da telepatia e de toda a gama de fenômenos elusivos amontoados na categoria da parafísica. Era um hobby bastante excêntrico para alguém cultivar nesta idade da razão. Presumia-se que fosse apenas a modalidade particular de escapismo de Rupert.

George percebeu o cheiro no momento em que adentrou o aposento. Era fraco, mas penetrante. Mais intrigante do que desagradável. Jean também reparou: sua testa estava franzida no esforço de identificação. Ácido acético, pensou George, isso era o mais próximo. No entanto, tinha mais alguma coisa...

A biblioteca terminava em um pequeno espaço aberto, grande o bastante apenas para uma mesa, duas cadeiras e alguns almofadões. Em teoria, era o lugar onde Rupert ficava lendo. Alguém estava ali, agora, lendo sob uma luz estranhamente fraca.

Jean segurou um grito e agarrou a mão de George. A reação dela foi, de certa forma, desculpável. Uma coisa era ver uma imagem na televisão, e outra, bem diferente, deparar-se com a realidade. George, que quase nunca se surpreendia com algo, de pronto mostrou-se à altura das circunstâncias.

– Espero não termos perturbado o senhor – disse ele, educado. – Não fazíamos ideia de que havia alguém aqui. Rupert não falou nada...

O Senhor Supremo baixou o livro, inspecionou-os com os olhos e recomeçou a leitura. Nada havia de grosseiro no gesto, quando vinha de uma criatura capaz de ler, falar e, ao que tudo indicava, fazer várias outras coisas ao mesmo tempo. Apesar disso, para observadores humanos, a cena era perturbadoramente esquizofrênica.

– Meu nome é Rashaverak – informou o Senhor Supremo, sendo afável. – Sinto muito não estar sendo muito sociável, mas é muito difícil escapar da biblioteca de Rupert.

Jean conseguiu reprimir um risinho nervoso. O companheiro de festa inesperado estava, ela notou, lendo à velocidade de uma página a cada dois segundos. Não duvidava de que estivesse assimilando cada palavra, e imaginou se seria capaz de ler um livro com cada olho. "E então, é claro", ela pensou consigo mesma, "poderia também aprender braile, de modo a usar os dedos..." A imagem mental resultante era cômica demais para ser confortável, de modo que tratou de suprimi-la, entrando na conversa. Afinal de contas, não era todo dia que surgia a oportunidade de falar com um dos senhores da Terra.

George deixou Jean falar à vontade, depois de ter feito as apresentações, com a esperança de que ela não dissesse nada indelicado. Como Jean, ele nunca vira um Senhor Supremo em carne e osso. Embora interagisse socialmente com autoridades do governo, cientistas e outros que trabalhavam com eles, George nunca ouvira falar de um deles presente em uma festa particular corriqueira. Uma conclusão seria de que esta festa não era tão particular quanto parecia. O fato de Rupert estar de posse de um equipamento dos Senhores Supremos também dava a entender isso, e George começou a se perguntar, com letras maiúsculas, "EXATAMENTE, O QUE ESTÁ HAVENDO?". Teria de pegar Rupert de jeito e perguntar sobre o assunto, quando tivesse a chance de arrastá-lo para um canto.

Visto que as cadeiras eram pequenas demais para ele, Rashaverak estava sentado no chão, no que parecia bem à vontade, já que não ligara para as almofadas, a apenas um metro de distância. Como resultado, sua cabeça estava a meros dois metros do chão, e George tinha uma chance única de estudar a biologia extraterrestre. Infelizmente, como sabia pouco sobre biologia terrestre, não foi capaz de ir muito além. Apenas o odor ácido, peculiar e de modo algum desagradável, era novo para ele. Tentou imaginar como seria o cheiro dos humanos para os Senhores Supremos, e esperou que fosse bom.

Rashaverak não tinha nada realmente de antropomórfico. George conseguia entender como, vistos de longe por selvagens ignorantes e apavorados, os Senhores Supremos podiam ter sido confundidos com homens alados, e assim podiam ter dado origem ao retrato convencional do Diabo. De tão perto assim, porém, parte da ilusão desaparecia. Os pequenos chifres ("qual seria a função?", se perguntava George) estavam fiéis à descrição, mas o corpo não era nem de um homem, nem de nenhum animal que a Terra já tivesse conhecido. Vindos de uma árvore evolucionária totalmente alienígena, os Senhores Supremos não eram nem mamíferos, nem insetos, nem répteis. Não se tinha nem a certeza de que fossem vertebrados: sua couraça externa e rígida podia muito bem ser a única estrutura de suporte.

As asas de Rashaverak estavam dobradas, de modo que George não podia vê-las com clareza. A cauda, por outro lado, semelhante a um pedaço de mangueira encouraçada, estava caprichosamente enroscada sob ele. A famosa ponta não parecia tanto uma ponta de flecha, mas mais um grande losango achatado. Seu propósito, a maioria agora concordava, era proporcionar estabilidade no voo, como as penas da cauda de um pássaro. A partir de uns poucos fatos e de suposições como essas, os cientistas concluíram que os Senhores Supremos vinham de um mundo de baixa gravidade e atmosfera muito densa.

A voz de Rupert de repente gritou, vinda de um alto-falante oculto:

– Jean! George! Onde diabos estão escondidos? Desçam e participem da festa! As pessoas estão começando a comentar.

– Quem sabe seja melhor eu ir também – disse Rashaverak, recolocando o livro na prateleira. Fez isso com bastante facilidade, sem sair do chão, e George percebeu, pela primeira vez, que ele tinha dois polegares opositores, com cinco dedos entre eles. "Eu detestaria ter que fazer contas", George pensou, "em um sistema de base quatorze."

Ver Rashaverak levantar-se era uma coisa impressionante, e quando o Senhor Supremo se curvou para evitar o teto, ficou óbvio que, mesmo se estivessem ansiosos para se integrar com os humanos, haveria muitas dificuldades práticas.

Várias novas levas de convidados haviam chegado na última meia hora, e a sala agora estava bem apinhada. A chegada de Rashaverak piorou bastante as coisas, pois todos que estavam nas salas adjacentes acorreram para vê-lo. Rupert, é claro, estava satisfeitíssimo com a comoção. Jean e George se sentiram muito menos gratificados, uma vez que ninguém reparava neles. De fato, poucas pessoas podiam vê-los, já que estavam posicionados atrás do Senhor Supremo.

– Venha cá, Rashy, conhecer o povo – gritou Rupert. – Sente no divã. Assim vai poder parar de ficar arranhando o teto.

Rashaverak, com a cauda passada por cima do ombro, atravessou a sala como um quebra-gelo abrindo caminho pela banquisa. Quando se sentou ao lado de Rupert, a sala pareceu voltar a ser bem maior, e George deu um suspiro de alívio.

– Senti claustrofobia quando ele estava de pé. Não consigo imaginar como Rupert botou as mãos nele... Parece que vamos ter uma festa animada!

– Dá pra acreditar? O Rupert tratando ele desse jeito, e em público! Só que ele não pareceu se importar. Isso tudo está muito estranho – comentou Jean.

– Aposto que ele *se importou*. O problema com o Rupert é que gosta de se exibir; e não tem nenhum tato. E isso me lembra... Algumas perguntas que você fez!

– Quais?

– Bem... "Faz quanto tempo que o senhor está aqui?" "Como se dá com o Supervisor Karellen?" "Gosta daqui da Terra?" Francamente, querida! Não se fala com os Senhores Supremos desse jeito!

– Não vejo por que não. Já era hora de alguém fazer isso.

Antes que a discussão pudesse ficar feia, foram abordados pelos Schoenberger e logo ocorreu a fissão: as garotas foram para um lado discutir sobre a sra. Boyce; os homens foram para o outro e fizeram exatamente a mesma coisa, embora de um ponto de vista diferente. Benny Schoenberger, que era um dos mais antigos amigos de George, estava bem inteirado do assunto.

– Pelo amor de Deus, não conte pra ninguém – ele disse. – Ruth não sabe disso, mas fui *eu* quem apresentou ela pro Rupert.

– Acho – George comentou, com inveja – que ela é boa demais

pro Rupert. Mas não acho que vá durar. Ela logo vai se encher dele.

– Essa ideia pareceu alegrá-lo bastante.

– Nem pense nisso! Além de ser uma beldade, ela é uma pessoa realmente maravilhosa. Já era hora de alguém se encarregar do Rupert, e ela é a garota certa pra isso.

Rupert e Maia estavam agora sentados ao lado de Rashaverak, recebendo os convidados com grande pompa. As festas de Rupert raramente tinham um foco, já que consistiam, quase sempre, em meia dúzia de grupos independentes, concentrados em seus próprios assuntos. Desta vez, porém, toda a multidão estava polarizada para um centro de atração.

George sentia um pouco de pena de Maia. Este devia ter sido o dia dela, mas Rashaverak a eclipsara em parte.

– Escute – disse George, beliscando um sanduíche. – Como diabos o Rupert arrumou um Senhor Supremo? Nunca ouvi falar de algo assim... Só que ele age como se fosse tudo normal. Nem sequer mencionou o fato, quando nos convidou.

Benny riu, divertido.

– Só mais uma das suas surpresinhas. Acho melhor você perguntar pra ele. Mas, afinal de contas, não é a primeira vez que isso acontece. Karellen já foi a festas na Casa Branca e no Palácio de Buckingham, e...

– Diacho, *isto* é diferente! O Rupert é um cidadão comum.

– E quem sabe Rashaverak seja um Senhor Supremo de nível inferior. Mas é melhor perguntar pra eles.

– Vou fazer isso – disse George – assim que encontrar o Rupert sozinho.

– Então vai ter que esperar um bom tempo.

Benny tinha razão, mas, como a festa agora estava esquentando, era fácil ter paciência. A ligeira paralisia que o aparecimento de Rashaverak lançara sobre a multidão já tinha desaparecido. Havia ainda um pequeno grupo em torno do Senhor Supremo, mas, nas outras partes, ocorrera a fragmentação de costume, e todos se comportavam de maneira bastante natural. Sullivan, por exemplo, descrevia sua última pesquisa submarina a um público interessado.

– Ainda não temos certeza – ele dizia – do tamanho exato a que podem chegar. Tem um desfiladeiro, não muito longe da nossa base, onde mora um gigante de verdade. Vi de relance uma vez, e diria que os tentáculos abertos cobrem quase trinta metros. Vou atrás dele na semana que vem. Alguém quer um bicho de estimação bem original?

Uma das mulheres soltou um gritinho de horror.

– Argh! Fico arrepiada só de pensar nisso! O senhor deve ser muito corajoso.

Sullivan pareceu bastante surpreso:

– Nunca pensei nisso. É claro que tomo as precauções necessárias, mas nunca corri perigo de verdade. As lulas sabem que não podem me comer e, desde que eu não chegue perto demais, elas nem prestam atenção. A maior parte das criaturas marinhas não incomoda as pessoas, a não ser quem se mete com elas.

– Mas, com certeza – alguém perguntou –, mais cedo ou mais tarde, o senhor vai acabar topando com uma que o ache apetitoso?

– Ah – replicou Sullivan, alegre –, isso acontece de vez em quando. Tento não machucar os bichinhos, pois, afinal, tudo o que eu quero é fazer amigos. Então, só coloco os jatos em potência total e, quase sempre, leva apenas um ou dois minutos para ficar livre. Quando estou ocupado demais para parar e brincar, posso dar um choque de duzentos volts. Isso resolve tudo, e nunca mais me perturbam.

Não havia dúvida de que se conhecia gente interessante nas festas de Rupert, pensou George, enquanto seguia para o próximo grupo.

O gosto literário de Rupert podia ser especializado, mas suas amizades eram bem variadas. Sem se dar ao trabalho de virar a cabeça, George pôde ver um famoso produtor de cinema, um poeta menor, um matemático, dois atores, um engenheiro atômico, um guarda-caça, o editor de um semanário, um estatístico do Banco Mundial, um virtuose do violino, um professor de arqueologia e um astrofísico. Não havia nenhum outro representante da própria profissão de George, designer de estúdios de televisão; o que era bom, pois queria ficar longe do trabalho. Amava sua profissão e, de fato, nesta era, pela primeira vez na história humana, ninguém trabalhava em algo de que não gostasse. No entanto, George ficava satisfeito de mentalmente trancar as portas do escritório às suas costas no fim do dia.

Conseguiu, por fim, encurralar Rupert na cozinha, onde ele fazia experiências com bebidas. Parecia uma pena trazê-lo de volta à Terra quando tinha uma expressão tão distante nos olhos, mas George sabia ser implacável quando necessário.

– Olhe aqui, Rupert – começou, tomando assento na mesa mais próxima –, acho que deve uma explicação pra todo mundo.

– Ahn – disse Rupert, pensativo, passando a língua em torno da boca. – Só um pouquinho de gim demais, eu acho.

– Não desvie do assunto e não finja que não está mais sóbrio, porque sei muito bem que você está. De onde veio esse seu amigo Senhor Supremo, e o que é que ele está fazendo aqui?

– Não te contei? – disse Rupert. – Pensei que tinha explicado pra todo mundo. Você não devia estar por perto... Ah, claro, estavam se escondendo na biblioteca. – Riu de uma maneira que George achou ofensiva. – Foi a biblioteca, você sabe, que trouxe Rashy aqui.

– Que coisa espantosa!

– Por quê?

George ficou um instante em silêncio, percebendo que a situação requeria tato. Rupert tinha muito orgulho de sua coleção singular.

– Eh... bem, quando você pensa no que os Senhores Supremos sabem sobre ciência, é difícil imaginar que se interessem por fenômenos psíquicos e absurdos desse tipo.

– Absurdos ou não – retrucou Rupert –, eles estão interessados na psicologia humana, e tenho uns livros que podem ensinar muita coisa pra eles. Pouco antes de me mudar pra cá, um Senhor Subssupremo, ou um Subssenhor Supremo Assistente, entrou em contato comigo e perguntou se eu podia emprestar uns cinquenta dos meus volumes mais raros. Parece que um dos curadores da Biblioteca do Museu Britânico o colocou no meu rastro. É claro que você sabe o que eu respondi.

– Não posso nem imaginar.

– Bem, respondi, bastante educado, que tinha levado vinte anos para formar a biblioteca. Que eles eram bem-vindos para examinar os livros, mas que de jeito nenhum iam tirá-los daqui. Então Rashy apareceu aqui e tem absorvido uns vinte volumes por dia. Adoraria saber a opinião dele sobre os livros.

George pensou no assunto, mas logo deu de ombros, com aversão.

– Sinceramente – ele disse –, minha opinião a respeito dos Senhores Supremos caiu. Achei que tivessem coisas melhores para fazer.

– Você é um materialista incurável, não é? Acho que Jean não concordaria nem um pouquinho. Só que, mesmo do seu ponto de vista tão cheio de pragmatismo, a coisa ainda faz sentido. É claro que você ia estudar as superstições de qualquer raça primitiva com que estivesse fazendo contato!

– É, acho que sim – disse George, não muito convencido. O tampo da mesa era duro a ponto de incomodar, de modo que se levantou. Rupert já estava satisfeito com a mistura das bebidas e se encaminhava de volta aos convidados. Já se podiam ouvir vozes queixosas, exigindo sua presença.

– Ei! – protestou George. – Antes que suma, mais uma pergunta: como conseguiu botar as mãos na engenhoca de televisão bidirecional que tentou usar para assustar a gente?

– Só uma pequena negociação. Mencionei como algo assim seria útil para um trabalho como o meu, e Rashy levou a sugestão às autoridades competentes.

– Desculpe a minha ignorância, mas qual é o seu novo trabalho? Suponho, é claro, que tenha algo a ver com animais.

– Isso mesmo. Sou um veterinário-supervisor. Meus pacientes cobrem uns dez mil quilômetros quadrados de selva e, já que eles não vêm me procurar, eu é que preciso ir atrás deles.

– Isso é que é um trabalho em período integral.

– Ah, é claro que não seria prático se preocupar com a raia miúda. Só com os leões, elefantes, rinocerontes e assim por diante. Toda manhã ajusto os controles para uma altura de cem metros, sento na frente da tela e saio patrulhando o território. Quando encontro alguém com problemas, entro no carro voador e espero que a minha cara de médico funcione. Às vezes, é um pouco complicado. Os leões e quetais são fáceis... mas tentar espetar um rinoceronte do ar, com um dardo anestésico, dá um trabalho dos diabos.

– *Rupert!* – alguém gritou da sala contígua.

– Olhe só o que você fez! Me fez esquecer os convidados. Ali, pegue aquela bandeja. São os com vermute. Não quero misturar.

Foi pouco antes do pôr do Sol que George achou o caminho para o telhado. Por uma série de excelentes razões, tinha uma ligeira dor de cabeça e queria escapar do barulho e da confusão lá embaixo. Jean, que dançava muito melhor do que ele, ainda parecia estar se divertindo muito e recusava-se a ir embora. Isso aborreceu George, que começava a se sentir alcoolicamente amoroso, e então decidiu ficar emburrado e em silêncio sob as estrelas.

Ia-se ao telhado pegando a escada rolante para o primeiro andar e então subindo a escada em espiral em torno da entrada do ar-condicionado. Isso levava, através de um alçapão, para a ampla laje. O carro voador de Rupert estava estacionado em uma ponta. A área central era um jardim, com as plantas já começando a crescer como mato, e o resto não passava de uma plataforma de observação com algumas espreguiçadeiras. George deixou-se cair em uma delas e avaliou os arredores com um olho imperial. Sentia-se exatamente como o soberano de tudo ao seu redor.

Era, para dizer o mínimo, uma senhora vista. A casa de Rupert fora construída na borda de uma grande depressão, que descia na direção do leste até formar pantanais e lagos a cinco quilômetros de distância. Para oeste, a terra era plana e a selva chegava quase à porta dos fundos de Rupert. Depois da selva, porém, a uma distância que devia ser de pelo menos cinquenta quilômetros, estendia-se uma linha de montanhas, como uma grande muralha, até sumir de vista, ao norte e ao sul.

Os picos estavam raiados de neve, e as nuvens acima se transformavam em fogo à medida que o Sol descia, nos últimos minutos de sua jornada diária. Contemplando os baluartes remotos, George ficou tão impressionado a ponto de sentir-se repentinamente sóbrio.

As estrelas que saltaram à vista com uma pressa despudorada no momento em que o Sol se pôs eram completamente estranhas para George. Procurou pelo Cruzeiro do Sul, mas sem sucesso. Embora soubesse muito pouco de astronomia e pudesse reconhecer apenas algumas constelações, a ausência das amigas familiares era perturbadora. Da mesma forma que os ruídos que vinham da selva, tão próximos a ponto de incomodar. "Chega deste ar fresco", pensou George. "Vou voltar para a festa antes que um morcego-vampiro ou outra coisa tão agradável venha voando investigar."

Mal começara a caminhar de volta quando outro convidado emergiu do alçapão. Agora estava tão escuro que George não conseguia ver quem era, de modo que gritou:

– Oi. Também está farto da festa?

Seu companheiro invisível riu.

– O Rupert está começando a mostrar os filmes dele. Já vi todos antes.

– Aceita um cigarro? – George perguntou.

– Obrigado.

À luz da chama do isqueiro (George adorava essas antiguidades), ele agora conseguia reconhecer seu colega de festa, um jovem negro muito atraente, cujo nome lhe fora dito, mas que George esquecera na hora, como fizera com o de vinte outros completos estranhos na festa. No entanto, parecia haver algo de familiar nele e, de súbito, George adivinhou o que era:

– Creio que não fomos realmente apresentados, mas você não é o novo cunhado do Rupert?

– Isso mesmo. Sou Jan Rodricks. Todo mundo diz que eu e Maia somos muito parecidos.

George ficou em dúvida se devia lhe dar os pêsames pelo parente recém-adquirido. Resolveu deixar o pobre coitado descobrir sozinho. Afinal, mesmo que improvável, *era* possível que Rupert, desta vez, sossegasse.

– Sou George Greggson. É a primeira vez que você vem a uma das famosas festas do Rupert?

– É. Dá pra conhecer mesmo um monte de gente nova desse jeito.

– E não só humanos – acrescentou George. – Esta é a primeira chance que eu tive de ter contato social com um Senhor Supremo.

O outro hesitou por um momento antes de responder, e George queria saber qual ponto sensível teria tocado. A resposta, porém, nada revelou.

– Também nunca tinha visto um. Exceto na TV, é claro.

Aí a conversa definhou, e, após um momento, George percebeu que Jan desejava ficar sozinho. De qualquer modo, estava esfriando, então se despediu e voltou para a festa.

Agora a selva estava tranquila. Enquanto Jan se encostava na parede curva da entrada de ar, o único som que podia ouvir era o suave murmúrio da casa enquanto ela respirava através de seus pulmões mecânicos. Sentia-se extremamente só, que era como desejava estar. Também se sentia extremamente frustrado. E isso era algo que não desejava de modo algum.

8

Nenhuma Utopia jamais poderá dar satisfação a todo mundo, o tempo todo.

À medida que suas condições materiais melhoram, os homens aumentam suas expectativas e vão ficando descontentes com os poderes e posses que, antes, pareciam estar além de seus sonhos mais loucos. E, mesmo quando o mundo exterior lhes tiver concedido tudo o que é possível, ainda permanecem as inquirições da mente e os anseios do coração.

Jan Rodricks, embora raramente apreciasse sua sorte, teria ficado ainda mais descontente em uma era anterior. Um século antes, sua cor teria sido uma tremenda desvantagem, talvez até impossível de suportar. Hoje, ela nada significava. A forçosa reação, que dera aos negros do início do século XXI um ligeiro senso de superioridade, já desaparecera. A útil palavra "preto" não era mais tabu na sociedade civilizada, mas sim usada sem constrangimento por todos. Não guardava mais teor emocional do que rótulos como republicano ou metodista, conservador ou liberal.

O pai de Jan fora um escocês encantador, embora um tanto displicente, que obtivera fama considerável como mágico profissional. Sua morte prematura, aos quarenta e cinco anos, fora agravada pelo consumo excessivo do produto mais famoso de seu país.

Embora Jan nunca tivesse visto o pai bêbado, não estava certo de um dia tê-lo visto sóbrio.

A sra. Rodricks, ainda bem viva, lecionava teoria avançada das probabilidades na Universidade de Edimburgo. Era típico da extrema mobilidade do século XXI que a sra. Rodricks, negra retinta, tivesse nascido na Escócia, enquanto seu marido, expatriado e loiro, tivesse passado quase toda a vida no Haiti. Maia e Jan nunca tiveram uma casa fixa, mas viveram oscilando entre as famílias dos pais como duas pequenas petecas. Essa criação fora bem divertida, mas não ajudara a corrigir a instabilidade que ambos herdaram do pai.

Aos vinte e sete anos, Jan ainda tinha vários anos de vida universitária pela frente antes que precisasse pensar a sério na carreira. Fizera o bacharelado sem nenhuma dificuldade, seguindo um currículo que teria parecido muito estranho um século antes. Suas áreas de concentração tinham sido matemática e física, mas estudara, como matérias auxiliares, filosofia e apreciação musical. Mesmo para os altos padrões da época, ele era um pianista amador de primeira linha.

Em três anos, faria o doutorado em física aplicada à engenharia, com astronomia como segundo diploma. Isso exigiria uma boa dose de trabalho duro, mas Jan até que gostava. Estudava no que talvez fosse a instituição de ensino superior mais bem situada do mundo: a Universidade da Cidade do Cabo, aninhada aos pés do Monte Mesa.

Não tinha preocupações materiais, mas mesmo assim estava insatisfeito e não via cura para essa condição. Para piorar as coisas, a própria felicidade de Maia, embora ele não se ressentisse dela de maneira alguma, havia salientado a principal causa de seus próprios problemas.

Pois Jan ainda sofria da ilusão romântica, causa de tanto sofrimento e de tanta poesia, de que todo homem tem apenas um amor verdadeiro em sua vida. Em uma idade atipicamente tardia, apaixonara-se, pela primeira vez, por uma dama mais conhecida pela beleza do que pela constância. Rosita Tisen dizia, e era verdade, que tinha o sangue dos imperadores manchus correndo nas veias. Ainda possuía muitos súditos, incluindo a maior parte da Faculdade de Ciências do Cabo. Jan fora aprisionado por sua delicada beleza floral, e o namoro avançara o bastante para deixar o término ainda mais amargo. Jan não conseguia imaginar o que tinha dado errado...

É claro que ele passaria por cima disso. Outros homens haviam sobrevivido a catástrofes similares sem danos irreparáveis, haviam até chegado ao estágio em que conseguiam dizer: "Tenho certeza de que nunca conseguiria sentir algo sério de verdade por uma mulher dessas!". Tal desapego, porém, ainda se encontrava no futuro distante, e, no momento, Jan estava desgostoso com a vida.

Seu outro motivo de descontentamento era menos fácil de remediar, pois se tratava do impacto dos Senhores Supremos sobre suas próprias ambições. Jan era um romântico não apenas no coração, mas também na mente. Como tantos outros jovens, desde que a conquista do ar fora assegurada, deixara seus sonhos e sua imaginação passearem pelos mares inexplorados do espaço.

Um século antes, o Homem pusera o pé na escada que poderia levá-lo às estrelas. E, nesse exato momento (podia ser coincidência?), a porta para os planetas fora batida em sua cara. Os Senhores Supremos haviam imposto poucas proibições absolutas a qualquer forma da atividade humana (as guerras sendo, talvez, a grande exceção), mas a pesquisa espacial tinha praticamente cessado. O desafio apresentado pela ciência dos Senhores Supremos era grande demais. No momento, pelo menos, a humanidade perdera o ânimo e se voltara para outras áreas. Não havia sentido em projetar foguetes quando os Senhores Supremos tinham meios de propulsão infinitamente superiores, baseados em princípios dos quais nunca haviam dado nenhuma pista.

Algumas centenas de homens tinham visitado a Lua, a fim de estabelecer um observatório lunar. Haviam viajado como passageiros de uma pequena nave, emprestada pelos Senhores Supremos... e impelida por foguetes. Era óbvio que pouco se poderia aprender de um estudo daquele veículo primitivo, mesmo que seus proprietários o entregassem, sem restrições, aos curiosos cientistas terrestres.

O ser humano ainda era, por conseguinte, um prisioneiro em seu próprio planeta. Era um planeta muito mais agradável, mas muito menor do que fora um século antes. Quando os Senhores Supremos aboliram a guerra, a fome e as doenças, aboliram também a aventura.

A Lua, em ascensão, começava a pintar o céu oriental com um tênue brilho leitoso. Lá em cima, Jan sabia, ficava a base principal dos Senhores Supremos, dentro dos contrafortes de Platão. Embora as naves de abastecimento provavelmente estivessem indo e vindo há mais de setenta anos, foi apenas na época de Jan que todo o segredo fora abandonado e elas fizeram sua partida claramente à vista da Terra. No telescópio de duzentas polegadas, as sombras das grandes naves podiam ser vistas com nitidez quando o Sol da manhã ou do fim da tarde as projetava por quilômetros sobre as planícies lunares. Como tudo o que os Senhores Supremos faziam era de enorme interesse para a humanidade, suas vindas e idas eram acompanhadas com atenção, e começava a surgir um padrão para seu comportamento (embora não as suas razões). Uma daquelas grandes sombras desaparecera há algumas horas. Isso significava, Jan sabia, que em algum lugar próximo da Lua uma nave dos Senhores Supremos repousava no espaço, levando a cabo qualquer que fosse a rotina necessária antes de começar a jornada para sua origem distante e desconhecida.

Jan nunca vira uma dessas naves em retorno se lançar rumo às estrelas. Se as condições estivessem boas, a cena era visível à metade do mundo, mas Jan nunca tivera sorte. Nunca se podia dizer exatamente quando seria a partida; e os Senhores Supremos não anunciavam o fato. Decidiu esperar mais dez minutos e, então, reingressar na festa.

O que era aquilo? Apenas um meteoro deslizando através de Eridanus. Jan relaxou, descobriu que o cigarro havia acabado, e acendeu outro. Estava na metade deste quando, a meio milhão de quilômetros, o impulso estelar foi acionado. Acima do centro do luar que se espalhava, uma minúscula centelha começou a subir em direção ao zênite. A princípio, seu movimento era tão vagaroso que mal se percebia, mas a cada segundo ganhava velocidade. À medida que subia, aumentava de brilho, até que, de repente, sumiu de vista. Um momento depois, reapareceu, ganhando velocidade e brilho. Avivando-se e extinguindo-se com um ritmo peculiar, subia cada vez mais rápido no céu, traçando uma linha de luz flutuante entre as estrelas. Mesmo que não se soubesse sua distância real, a impressão de velocidade era arrebatadora. Quando se tinha conhecimento de que a nave que partia estava em algum lugar além da Lua, a mente ficava aturdida diante da velocidade e energia envolvidas.

Jan tinha ciência de que o que agora via era um subproduto insignificante dessas energias. A nave em si estava invisível, já muito à frente da luz ascendente. Da mesma forma que um jato voando a grande altitude pode deixar uma trilha de vapor para trás, a nave dos Senhores Supremos que se despedia deixava sua própria esteira peculiar. A teoria geralmente aceita (e parecia haver pouca dúvida de sua veracidade) era de que a imensa aceleração do impulso estelar provocava uma distorção local do espaço. O que Jan estava vendo, ele sabia, era nada mais do que a luz de estrelas distantes, reunida e concentrada em seu olho nos pontos em que as condições fossem favoráveis ao longo da trilha da nave. Era uma prova clara da relatividade: a curvatura da luz na presença de um gigantesco campo gravitacional.

Agora, a ponta da vasta lente, fina como um lápis, parecia estar se movendo mais devagar, mas isso era apenas devido à perspectiva. Na realidade, a nave ainda ganhava velocidade: seu caminho estava apenas se comprimindo à medida que ela se arremessava rumo às estrelas. Jan sabia que muitos telescópios a acompanhavam, com os cientistas da Terra tentando descobrir os segredos do impulso. Dezenas de artigos já haviam sido publicados sobre o assunto. Certamente os Senhores Supremos os haviam lido com o maior interesse.

A luz fantasma estava começando a se esvaecer. Agora era um risco que definhava, apontando para o centro da constelação de Carina, como Jan sabia que ia fazer. O planeta dos Senhores Supremos ficava em algum lugar por ali, mas poderia orbitar qualquer uma dentre os milhares de estrelas daquele setor do espaço. Não havia como saber sua distância do Sistema Solar.

Tudo terminara. Embora a nave mal tivesse começado sua jornada, não havia nada mais que os olhos humanos pudessem ver. Na mente de Jan, porém, a memória da trilha luminosa ainda estava acesa, um farol que nunca enfraqueceria enquanto ele tivesse ambições e desejos.

A festa terminara. Quase todos os convidados já haviam voltado ao céu e estavam, agora, debandando para os quatro cantos do globo. Havia, porém, algumas exceções.

Uma era Norman Dodsworth, o poeta, que se embriagara de maneira desagradável, mas fora sensato o bastante para perder a consciência antes que uma medida violenta se tornasse necessária. Depositaram-no, não com muita delicadeza, no gramado, onde se esperava que uma hiena lhe proporcionasse um rude despertar. Por conseguinte, para todos os fins práticos, podia ser considerado ausente.

Outros dos convidados restantes eram George e Jean. O que não era ideia de George, de modo algum. Queria ir para casa. Desaprovava a amizade entre Rupert e Jean, mas não pelos motivos de praxe. George orgulhava-se de ser uma pessoa prática e equilibrada, e considerava o interesse que unia Jean e Rupert como não apenas infantil, nesta era da ciência, mas também doentio. Parecia-lhe incrível que alguém ainda desse crédito à paranormalidade, e encontrar Rashaverak na festa abalara a sua fé nos Senhores Supremos.

Agora estava óbvio que Rupert planejara alguma surpresa, provavelmente com a conivência de Jean. George resignou-se, pessimista, a qualquer que fosse a besteira que estava por vir.

– Experimentei todo tipo de coisa antes de me decidir por isto – disse Rupert, orgulhoso. – O grande problema é reduzir a fricção, de modo a conseguir uma liberdade completa de movimentos. O esquema do copo na mesa encerada dos velhos tempos não é ruim, só que já faz séculos que vem sendo usado e eu tinha certeza de que a ciência moderna podia fazer melhor. E aqui está o resultado. Tragam as cadeiras. Tem certeza mesmo que não quer experimentar, Rashy?

O Senhor Supremo pareceu hesitar por uma fração de segundo, mas logo sacudiu a cabeça. "Teriam aprendido esse gesto na Terra?", George se perguntou.

– Não, obrigado – respondeu ele. – Prefiro observar. Alguma outra ocasião, quem sabe.

– Muito bem, vai ter bastante tempo para mudar de ideia.

"Ah, é mesmo?", pensou George, olhando, pessimista, para o relógio.

Rupert congregara os amigos em torno de uma mesa pequena, porém pesada, de forma perfeitamente circular. Tinha um tampo de plástico, que ele ergueu de modo a revelar um mar cintilante de rolamentos esféricos, apinhados juntinhos. A borda ligeiramente erguida da mesa impedia que escapassem, e George não conseguia imaginar a sua finalidade. As centenas de pontos de luz refletida formavam um padrão fascinante e hipnótico; George sentiu que estava ficando um pouco tonto.

Enquanto traziam as cadeiras, Rupert tateou debaixo da mesa e tirou de lá um disco de uns dez centímetros de diâmetro, que colocou sobre a superfície das esferas.

– Aqui está! – disse ele. – Coloquem os dedos em cima disto e ele vai se mover pra lá e pra cá, sem resistência alguma.

George observou o dispositivo com profunda desconfiança. Notou que as letras do alfabeto estavam dispostas a intervalos regulares, embora desordenadamente, ao redor da circunferência da mesa. Além disso, havia os números de um a nove, espalhados ao acaso entre as letras, e duas placas, com as palavras "SIM" e "NÃO". As placas estavam em lados opostos da mesa.

– Pra mim, parece um monte de besteira mística – resmungou. – Fico espantado de que alguém leve isso a sério, na nossa época. – Sentiu-se um pouco melhor após esse leve protesto, dirigido tanto a Jean quanto a Rupert. Este não alegava ter mais do que um interesse científico neutro nesses fenômenos. Tinha a mente aberta, mas não era crédulo. Jean, por outro lado... bem, George às vezes se preocupava um pouco. Ela parecia acreditar mesmo que havia algo de real nesse negócio de telepatia e segunda visão.

Só depois de ter feito o comentário é que George percebeu que também implicava uma crítica a Rashaverak. Nervoso, deu uma olhadela em torno, mas o Senhor Supremo não demonstrava qualquer reação. O que, é claro, não provava nada.

Todos já haviam tomado suas posições. No sentido horário, ao redor da mesa, estavam Rupert, Maia, Jan, Jean, George e Benny Schoenberger. Ruth Schoenberger estava sentada fora do círculo, com um caderno. Parecia que ela tinha alguma objeção a tomar parte nos procedimentos, o que levou Benny a dar algumas indiretas sobre gente que ainda levava o Talmude a sério. No entanto, ela parecia perfeitamente à vontade para atuar como secretária.

– Agora, escutem – começou Rupert. – Para os céticos como George, vamos deixar claro: quer haja ou não algo de sobrenatural nisto, *funciona*. Pessoalmente, acho que há uma explicação cem por cento mecânica. Quando colocamos as mãos em cima do disco, mesmo que a gente tente evitar influenciar os movimentos, nosso subconsciente começa a brincar conosco. Analisei várias dessas sessões e nunca consegui respostas que alguém do grupo não soubesse ou não fosse capaz de adivinhar, embora às vezes não tivesse consciência do fato. No entanto, gostaria de levar a cabo a experiência nestas... circunstâncias bem peculiares.

A "circunstância peculiar" os observava em silêncio, embora, sem dúvida, não com indiferença. George ficava se perguntando exatamente o que Rashaverak achava dessa palhaçada. Seriam suas reações as de um antropólogo, assistindo a algum rito religioso primitivo? A situação, como um todo, era extremamente insólita, e George nunca se sentira tão idiota em toda a vida.

Se os outros se sentiam da mesma forma, escondiam suas emoções. Apenas Jean parecia vermelha e agitada, embora isso pudesse ser por causa da bebida.

– Tudo pronto? – perguntou Rupert. – Muito bem. – Fez uma pausa para causar impacto e, em seguida, dirigindo-se a ninguém em especial, perguntou em voz alta: – Tem alguém aí?

George pôde sentir o disco sob seus dedos tremer um pouco. Não era de se espantar, considerando a pressão exercida sobre ele pelas seis pessoas no círculo. Deslizou um pouco, formando um oito, e, em seguida, voltou a parar no centro.

– Tem alguém aí? – repetiu Rupert. Em um tom de voz mais coloquial, acrescentou: – É comum que leve dez ou quinze minutos pra começar. Mas, às vezes...

– Psiu! – fez Jean.

O disco estava se movendo. Começou a oscilar em um grande arco entre as placas rotuladas "SIM" e "NÃO". Com alguma dificuldade, George segurou uma risada. "O que aquilo provaria", indagou-se, "caso a resposta fosse 'NÃO'?" Lembrou-se da velha piada: "Não tem ninguém aqui, só nós galinhas, sinhô..."

Todavia, a resposta foi "SIM". O disco voltou rapidamente para o centro da mesa. De alguma maneira, agora parecia vivo, aguardando a próxima pergunta. A contragosto, George começou a ficar impressionado.

– Quem é você? – perguntou Rupert.

Já não havia mais hesitação enquanto as letras eram soletradas. O disco disparava sobre a mesa como um objeto senciente, movendo-se tão rápido que George, às vezes, tinha dificuldade em manter os dedos em contato. Podia jurar que não estava contribuindo para o movimento. Olhando de relance em torno da mesa, não conseguiu ver nada de suspeito no rosto dos amigos. Pareciam tão concentrados, e tão curiosos, quanto ele mesmo.

– SOUTODOS – soletrou o disco, e voltou ao seu ponto de equilíbrio.

– "Sou todos" – repetiu Rupert. – É uma resposta típica. Evasiva, mas estimulante. Deve querer dizer que não há nada aqui, exceto nossas mentes combinadas. – Fez uma pausa momentânea, deixando claro que estava decidindo sobre a próxima pergunta. Em seguida, dirigiu-se mais uma vez ao ar:

– Tem uma mensagem para alguém aqui?

– NÃO – respondeu o disco, de imediato.

Rupert olhou em torno da mesa.

– É com a gente. Às vezes, ele dá informações sem ninguém pedir, mas desta vez vamos ter que fazer perguntas precisas. Alguém gostaria de começar?

– Vai chover amanhã? – perguntou George, por brincadeira.

De imediato, o disco começou a oscilar de lá para cá sobre a linha do SIM-NÃO.

– Foi uma pergunta boba – repreendeu Rupert. – É claro que vai chover em algum lugar e, em outro, não. Não façam perguntas com respostas ambíguas.

George sentiu-se devidamente repreendido. Decidiu deixar que outro fizesse a próxima pergunta.

– Qual a minha cor favorita? – perguntou Maia.

– AZUL – foi a resposta imediata.

– Corretíssimo.

– Só que isso não prova nada. Pelo menos três pessoas aqui sabem disso – observou George.

– Qual a cor favorita de Ruth? – perguntou Benny.

– VERMELHO.

– Está certo, Ruth?

A secretária levantou os olhos do caderno.

– Sim, é isso. Só que Benny sabe disso, e ele está no círculo.

– Eu não sabia – retrucou Benny.

– Pois bem que devia. Eu já disse um monte de vezes.

– Memória subconsciente – murmurou Rupert. – Isso sempre acontece. Mas será que alguém pode fazer alguma pergunta mais *inteligente*? Agora que começamos tão bem, não quero perder o pique.

Curiosamente, a própria trivialidade do fenômeno estava começando a impressionar George. Tinha certeza de que não havia nenhuma explicação sobrenatural: como Rupert dissera, o disco estava apenas reagindo aos movimentos musculares inconscientes deles.

Esse fato em si, porém, já era surpreendente e impressionante. Ele nunca teria acreditado que se pudessem obter respostas tão rápidas e precisas. Uma vez tentou ver se conseguia influenciar a mesa, fazendo-a soletrar o seu próprio nome. Conseguiu o "G", mas foi só isso: o resto veio sem nexo. Era praticamente impossível, concluiu, que uma só pessoa assumisse o controle sem que o restante do círculo soubesse.

Depois de meia hora, Ruth anotara mais de uma dúzia de mensagens, algumas delas bem longas. Apareciam alguns erros de ortografia e estranhezas gramaticais, mas eram raros. Qualquer que fosse a explicação, George já se convencera de que não contribuíra de maneira consciente para os resultados. Diversas vezes, quando uma palavra estava sendo soletrada, ele antecipara a próxima letra e, em consequência, o significado da mensagem. E, em cada uma das ocasiões, o disco tomara uma direção completamente inesperada e soletrara algo totalmente diferente. E visto que não havia pausa para indicar o final de uma palavra e o início da seguinte, algumas vezes, de fato, toda a mensagem ficava sem sentido até ser concluída e Ruth lê-la para todos.

A experiência como um todo deu a George uma perturbadora sensação de estar em contato com alguma mente autônoma e determinada. E, mesmo assim, não havia nenhuma prova *conclusiva* em um sentido ou no outro. As respostas eram tão triviais, tão ambíguas. O que, por exemplo, se podia tirar de:

ACREDITEMNOHOMEMANATUREZAESTACOMVOCES.

Mesmo assim, às vezes havia indicações de verdades profundas, e até perturbadoras:

LEMBREMSEOHOMEMNAOESTASOPERTODOHOMEMESTAANA-CAODEOUTROS.

Mas é claro que todos sabiam disso. Contudo, poderiam ter certeza de que a mensagem se referia apenas aos Senhores Supremos?

George estava ficando muito sonolento. "Estava mais do que na hora", pensou, "de irem para casa." Tudo isto era muito intrigante, mas não levava a lugar nenhum e já estava começando a ficar repetitivo. Olhou em torno da mesa. Benny parecia estar se sentindo da mesma forma, Maia e Rupert pareciam ter os olhos ligeiramente vidrados, e Jean... bem, ela levara a coisa a sério demais o tempo todo. Sua expressão preocupava George; era quase como se ela estivesse com medo de parar... e, ao mesmo tempo, com medo de continuar.

Sobrava apenas Jan. George se indagava o que ele acharia das excentricidades do cunhado. O jovem engenheiro não fizera nenhuma pergunta, nem demonstrara nenhuma surpresa diante de qualquer das respostas. Parecia estar estudando o movimento do disco, como se fosse apenas mais um fenômeno científico.

Rupert despertou da letargia em que parecia ter caído.

– Vamos fazer só mais uma pergunta e, depois, encerramos o dia. Que tal você, Jan? Ainda não perguntou nada.

Para surpresa de George, Jan não hesitou. Era como se tivesse feito sua escolha muito tempo atrás, e estivesse esperando a oportunidade. Olhou, de relance, para o vulto impassível de Rashaverak e então perguntou, em voz clara e firme:

– Qual estrela é o sol dos Senhores Supremos?

Rupert conteve um assobio de surpresa. Maia e Benny não mostraram absolutamente nenhuma reação. Jean fechara os olhos e parecia adormecida. Rashaverak inclinara-se para a frente, de modo a poder olhar dentro do círculo, por cima do ombro de Rupert.

E o disco começou a se mover.

Quando voltou à posição de repouso, houve uma breve pausa e, em seguida, Ruth perguntou, com voz intrigada:

– O que NGS 549672 quer dizer?

Não obteve resposta pois, no mesmo instante, George pediu, aflito:

– Ajudem-me com a Jean. Acho que desmaiou.

9

– Esse homem, Rupert Boyce – disse Karellen. – Conte-me tudo sobre ele.

É claro que o Supervisor não usou realmente essas palavras, e os pensamentos que expressou foram muito mais sutis. Um ouvinte humano teria escutado uma curta rajada de sons modulados em alta velocidade, semelhante a um transmissor morse muito rápido em ação. Embora tivessem sido gravadas diversas amostras da língua dos Senhores Supremos, todas elas desafiavam qualquer análise, devido a sua extrema complexidade. A velocidade da transmissão proporcionava a certeza de que nenhum intérprete, mesmo que dominasse os elementos da língua, jamais poderia acompanhar os Senhores Supremos em suas conversas normais.

O Supervisor da Terra estava de costas para Rashaverak, fitando o outro lado do abismo multicolorido do Grand Canyon. A dez quilômetros dali, ainda pouco ocultadas pela distância, as paredes em terraço captavam o Sol em sua plenitude. Descendo centenas de metros da encosta sombreada em cuja borda Karellen estava, uma tropa de mulas serpenteava devagar em seu caminho para as profundezas do vale. Era estranho, pensou Karellen, que tantos seres humanos ainda aproveitassem cada oportunidade que tivessem para um comportamento primitivo. Podiam chegar ao fundo do canyon em uma fração do tempo, e com muito mais conforto, se quisessem. No entanto, preferiam ser chacoalhados ao longo de trilhas que deviam ser mesmo tão inseguras quanto pareciam.

Karellen fez um gesto imperceptível com a mão. O grande panorama desapareceu de vista, deixando apenas uma claridade vaga de profundeza indefinida. As realidades do cargo e da posição voltavam a pressionar o Supervisor.

– Rupert Boyce é uma figura um tanto rara – respondeu Rashaverak. – Profissionalmente, está encarregado do bem-estar animal em uma seção importante da principal reserva africana. É bastante eficiente, e se importa com o trabalho. Como precisa manter vigilância sobre milhares de quilômetros quadrados, ele tem um dos quinze visores panorâmicos que fornecemos como empréstimo, com as salvaguardas de praxe, é claro. É, aliás, o único com capacidade plena de projeção. Ele nos deu um bom motivo para isso, de modo que permitimos.

– Qual foi a alegação dele?

– Queria aparecer aos diversos animais selvagens, de modo que se acostumassem a vê-lo e não o atacassem quando fisicamente presente. A teoria tem funcionado muito bem com animais que se valem da visão em lugar do olfato... embora ele deva acabar morto, mais cedo ou mais tarde. E, é claro, há outro motivo pelo qual deixamos que ficasse com o aparelho.

– Torná-lo mais cooperativo?

– Exato. Entrei em contato com ele, no início, porque possui uma das melhores bibliotecas do mundo de parapsicologia e assuntos afins. De modo educado, mas firme, recusou-se a emprestar qualquer um deles, assim nada pude fazer além de visitá-lo. Já li cerca de metade dos livros da biblioteca. Tem sido uma grande provação.

– Nisso eu posso acreditar muito bem – disse Karellen, secamente. – E descobriu alguma coisa no meio de toda a bobagem?

– Sim. Onze casos claros de evolução parcial, e vinte e sete prováveis. Mas o material é tão seletivo que não é possível usá-lo para fins de amostragem. E os indícios estão muito confundidos com misticismo, talvez a principal aberração da mente humana.

– E qual a postura de Boyce para com tudo isso?

– Tenta passar a imagem de ter a mente aberta e ser cético, mas está claro que nunca teria gasto tanto tempo e esforço nesse campo a não ser que tivesse alguma fé subconsciente. Eu o questionei sobre isso e ele admitiu que eu devia estar certo. Ele gostaria de encontrar alguma prova convincente. É por isso que está sempre levando a cabo esses experimentos, mesmo que finja serem apenas jogos.

– Tem certeza de que ele não suspeita que o seu interesse é mais do que acadêmico?

– Absoluta. Sob muitos aspectos, Rupert Boyce é tremendamente obtuso e simplório. Isso torna suas tentativas de pesquisar esse campo bastante patéticas. Não há necessidade de qualquer medida especial no que lhe diz respeito.

– Entendo. E sobre a moça que desmaiou?

– Esse é o aspecto mais interessante de todo o caso. Jean Morrel foi, quase com certeza, o canal por onde as informações vieram. Mas ela tem vinte e seis anos: velha demais para ser um contato primário, a julgar por toda a nossa experiência prévia. Deve ser, portanto, alguém muito ligado a ela. A conclusão é óbvia. Não vamos ter muitos anos mais de espera. Precisamos transferi-la para a Categoria Púrpura: ela pode ser o mais importante ser humano vivo.

– Farei isso. E sobre o rapaz que fez a pergunta? Foi uma curiosidade ao acaso, ou teve algum outro motivo?

– Ele apareceu por acaso, a irmã acabou de se casar com Rupert Boyce. Não conhecia nenhum dos outros convidados. Estou certo de que a pergunta não foi premeditada, sendo inspirada pelas circunstâncias incomuns... e, pelo jeito, pela minha presença. Dados esses fatores, não é de surpreender que tenha agido dessa maneira. Seu grande interesse é a astronáutica: é o secretário do grupo de viagens espaciais da Universidade da Cidade do Cabo e, obviamente, pretende fazer desse campo o estudo de sua vida.

– Sua carreira deve ser interessante. Entretanto, que atitude você acha que ele vai tomar, e o que devemos fazer a seu respeito?

– Com certeza vai fazer algumas verificações, assim que puder. Mas não há como provar a veracidade da informação. E, por causa da sua origem peculiar, é muito improvável que a publique. Mesmo que ele o faça, isso afetará as coisas de alguma forma?

– Vou mandar avaliar ambas as situações – respondeu Karellen. – Embora seja parte de nossa diretiva não revelar nossa base, não há como a informação ser usada contra nós.

– Concordo. Jan Rodricks terá uma informação de veracidade duvidosa, e sem valor prático.

– Assim parece – disse Karellen. – Mas não fiquemos tão certos. Os seres humanos são notavelmente engenhosos e, não raro, muito persistentes. Nunca é seguro subestimá-los, e será interessante acompanhar a carreira do sr. Rodricks. Preciso pensar mais nesse assunto.

Rupert Boyce nunca chegou realmente ao fundo da coisa. Quando seus convidados partiram, com bem menos tumulto do que de costume, ele, zeloso, empurrara a mesa de volta a seu canto. A leve neblina mental provocada pelo álcool impediu qualquer análise profunda do que ocorrera, e até os fatos reais já estavam um tanto borrados. Tinha uma ideia não muito nítida de que alguma coisa de grande mas elusiva importância acontecera, e estava em dúvida se deveria discutir isso com Rashaverak. Pensando melhor, concluiu que poderia ser indelicado. Afinal de contas, seu cunhado causara o problema, e Rupert sentia-se um pouco aborrecido com o jovem Jan. No entanto, fora culpa de Jan? Fora culpa de alguém? Sentindo-se meio culpado, Rupert lembrou-se de que tinha sido o *seu* experimento. Então decidiu, com razoável convicção, esquecer a coisa toda.

Quem sabe ele pudesse ter feito algo se a última página do caderno de Ruth tivesse sido encontrada, mas ela desaparecera na confusão. Jan sempre alegara inocência... e, bem, ninguém se arriscaria a acusar Rashaverak. E ninguém conseguia se lembrar exatamente do que fora soletrado, apenas que não parecia fazer nenhum sentido.

A pessoa mais imediatamente afetada fora George Greggson. Não poderia esquecer a sensação de terror que sentiu quando Jean caiu em seus braços. O súbito desamparo da garota a transformara, naquele momento, de uma companheira divertida em um objeto de ternura e afeto. Desde tempos imemoriais as mulheres desmaiavam (nem sempre sem planejamento prévio), e os homens sempre reagiam da maneira desejada. O colapso de Jean fora totalmente espontâneo, mas não poderia ter sido mais bem planejado. Naquele instante, como George percebeu mais tarde, ele chegara a uma das mais importantes decisões de sua vida. Jean era, sem dúvida, a garota que importava, a despeito de suas ideias esquisitas e de seus amigos mais esquisitos ainda. Não tinha a intenção de abandonar totalmente Naomi ou Joy ou Elsa ou... qual *era* o nome dela?... Denise. Mas já era hora de algo mais estável. Não tinha dúvidas de que Jean concordaria com ele, pois seus sentimentos foram bastante óbvios desde o início.

Por trás de sua decisão, havia outro fator, do qual ele nem desconfiava. A experiência daquela noite enfraquecera seu desprezo e ceticismo pelos interesses peculiares de Jean. Ele nunca reconheceria isso, mas era verdade. E removera a última barreira entre os dois.

Olhou para Jean enquanto ela repousava, pálida, mas serena, no banco reclinável do carro aéreo. Embaixo, havia a escuridão; acima, as estrelas. George não tinha ideia, com precisão maior do que mil quilômetros, de onde poderiam estar. Nem se importava. *Isso* era trabalho do robô que os levava para casa e os aterrissaria, conforme anunciava o painel de controle, daqui a cinquenta e sete minutos.

Jean sorriu de volta para George e, suavemente, desalojou sua mão da dele.

– Deixe a circulação voltar, pelo menos – ela pediu, esfregando os dedos. – Queria que acreditasse em mim quando digo que estou perfeitamente bem agora.

– Então o que é que você acha que aconteceu? Deve se lembrar de *alguma coisa*.

– Não... é simplesmente um vazio total. Ouvi Jan fazer a pergunta... e depois todos vocês estavam fazendo uma tempestade em copo d'água sobre mim. Tenho certeza de que foi alguma espécie de transe. Afinal...

Fez uma pausa e, em seguida, decidiu não contar a George que esse tipo de coisa já acontecera. Sabia como ele pensava sobre essas questões, e não desejava deixá-lo mais preocupado do que já estava... e, quem sabe, espantá-lo de vez.

– Afinal... o quê? – George perguntou.

– Ah, nada. Fico imaginando o que aquele Senhor Supremo pensou da coisa toda. Acho que demos a ele mais material do que esperava.

Jean teve um leve arrepio, e seus olhos ficaram nublados.

– Tenho medo dos Senhores Supremos, George. Ah, não quero dizer que sejam malignos, ou qualquer besteira assim. Tenho certeza de que têm boas intenções e de que estão fazendo o que acham ser melhor pra gente. Só me pergunto, quais são os planos deles de verdade?

George remexeu-se, desconfortável, e disse:

– Os homens têm se perguntado *isso* desde que eles chegaram à Terra. Eles vão nos contar quando estivermos prontos. E, francamente, não estou curioso. Além disso, tenho coisas mais importantes pra me preocupar. – Voltou-se para Jean e agarrou as mãos dela. – Que tal irmos até o cartório amanhã e assinarmos um compromisso de matrimônio por... digamos... cinco anos?

Jean olhou intensamente para ele e decidiu que, no geral, gostava do que via.

– Melhor dez – ela respondeu.

Jan deu tempo ao tempo. Não havia pressa, e ele queria pensar. Era quase como se estivesse com medo de fazer qualquer verificação, receando que a esperança fantástica que lhe viera à mente fosse destruída com tal rapidez. Enquanto ainda vivesse na incerteza, podia pelo menos sonhar.

Além disso, para tomar qualquer medida nesse sentido, teria de falar com a bibliotecária do Observatório. Ela conhecia Jan e seus interesses muito bem, e por certo ficaria intrigada com seu pedido. Não deveria fazer nenhuma diferença, mas Jan estava decidido a não deixar nada ao acaso. Haveria uma oportunidade melhor na próxima semana. Sabia que estava sendo supercauteloso, mas isso acrescentava um entusiasmo juvenil à aventura. Além disso, Jan temia o ridículo tanto quanto qualquer coisa que os Senhores Supremos pudessem fazer para detê-lo. Se ele estava caçando ilusões, ninguém mais precisava saber.

Tinha uma razão perfeitamente aceitável para ir a Londres; os preparativos tinham sido feitos há semanas. Embora fosse jovem demais e pouco qualificado para ser um representante, era um dos três estudantes que tinham dado um jeito de entrar na delegação oficial que iria à assembleia da União Astronômica Internacional. As reservas estavam feitas, e seria uma pena desperdiçar a oportunidade, já que não visitava Londres desde a infância. Sabia que pouquíssimos artigos, dentre as dezenas a serem apresentados à UAI, teriam interesse para ele, mesmo que fosse capaz de entendê-los. Como qualquer delegado em um congresso científico, assistiria às conferências que pareciam promissoras e passaria o resto do tempo batendo papo com outros entusiastas ou, simplesmente, fazendo turismo.

Londres sofrera uma enorme transformação nos últimos cinquenta anos. Agora mal continha dois milhões de pessoas, e cem vezes isso em máquinas. Não era mais um grande porto, pois, com cada país produzindo quase tudo o que precisava, todo o padrão de comércio mundial fora alterado. Ainda havia produtos que certos países faziam melhor, mas eram transportados diretamente pelo ar a seus destinos. As rotas comerciais que outrora convergiam para os grandes portos e, mais tarde, para os grandes aeroportos, haviam enfim se dispersado em uma intricada teia que cobria o mundo inteiro, sem pontos nodais mais importantes.

Entretanto, algumas coisas não haviam mudado. A cidade ainda era um centro administrativo, artístico e educacional. Nessas áreas, nenhuma das capitais da Europa podia competir com ela. Nem mesmo Paris, a despeito das muitas afirmações em contrário. Mesmo um londrino de um século atrás ainda saberia se orientar, pelo menos na área central, sem dificuldade. Havia novas pontes sobre o Tâmisa, mas nos velhos lugares. As enormes e sujas estações ferroviárias haviam desaparecido, banidas para os subúrbios. As Casas do Parlamento, porém, estavam inalteradas. O olho solitário de Nelson continuava a fitar Whitehall. A cúpula de Saint Paul ainda se erguia sobre Ludgate Hill, embora houvesse agora edifícios mais altos para desafiar sua preeminência.

E a guarda ainda marchava defronte ao Palácio de Buckingham.

Todas essas coisas, pensou Jan, podiam esperar. Era época de férias, e ele estava alojado, com os dois colegas, em um dos albergues da Universidade. Bloomsbury também não mudara seu jeito de ser no último século: ainda era uma ilha de hotéis e pensões, embora já não se acotovelassem com tanta intensidade, nem formassem fileiras tão idênticas e intermináveis de tijolos revestidos de fuligem.

Foi só no segundo dia do Congresso que Jan teve a oportunidade. Os principais artigos estavam sendo lidos na grande sala de reuniões do Centro de Ciências, não longe do Concert Hall que tanto contribuíra para fazer de Londres a metrópole musical do mundo. Jan queria ouvir a primeira conferência do dia, que, segundo os boatos, derrubaria completamente a teoria atual sobre a formação dos planetas.

Podia ser, mas Jan havia entendido muito pouco até o momento em que saiu, depois do intervalo. Desceu apressadamente até a lista telefônica e procurou os quartos que desejava.

Algum funcionário público com senso de humor colocara a Sociedade Astronômica Real no último andar do grande edifício, um gesto que os membros do Conselho apreciaram com gratidão, pois lhes dava uma vista magnífica da outra margem do Tâmisa e de toda a parte norte da cidade. Não parecia haver ninguém por perto, mas Jan, apertando seu cartão de sócio como se fosse um passaporte, para o caso de ser questionado, não teve dificuldade em localizar a biblioteca.

Levou quase uma hora para encontrar o que desejava e para aprender a manipular os grandes catálogos estelares, com seus milhões de entradas. Tremia um pouco ao se aproximar do fim de sua busca, e estava feliz de que não houvesse ninguém por perto para perceber seu nervosismo.

Colocou o catálogo de volta entre seus parelhos e ficou sentado, quieto, por um longo tempo, contemplando cegamente a parede de livros à sua frente. Em seguida, dirigiu-se sem pressa para os corredores silenciosos, passou pelo escritório do funcionário (havia alguém ali, agora, ocupado, abrindo caixas de livros) e desceu a escada. Evitou o elevador, pois queria se sentir livre e desimpedido. Havia outra conferência que gostaria de ter assistido, mas ela não tinha mais importância.

Seus pensamentos ainda estavam em um torvelinho quando passou para o calçadão beira-rio e deixou que seus olhos acompanhassem o Tâmisa em sua marcha lenta para o mar. Era difícil para qualquer pessoa com sua formação em ciência ortodoxa aceitar o indício que agora estava em suas mãos. Nunca teria certeza de sua veracidade, mas a probabilidade era esmagadora. Andando lentamente ao lado do muro ribeirinho, reviu os fatos, um a um.

Fato um: ninguém na festa de Rupert poderia ter imaginado que ele iria fazer aquela pergunta. Ele próprio não sabia. Fora uma reação espontânea às circunstâncias. Por conseguinte, ninguém podia ter preparado uma resposta, ou já tê-la adormecida na mente.

Fato dois: "NGS 549672" não devia querer dizer nada para ninguém, exceto para um astrônomo. Embora o grande Levantamento Geográfico Nacional tivesse sido concluído meio século antes, sua existência era conhecida apenas por alguns milhares de especialistas. E, pegando um número qualquer ao acaso, ninguém poderia ter dito em que região do céu ficava aquela estrela específica.

No entanto – e este era o fato número três, o qual apenas agora ele descobrira –, a pequena e insignificante estrela conhecida como NGS 549672 estava precisamente no lugar certo. Ficava no coração da constelação de Carina, no fim da trilha brilhante que o próprio Jan vira, tão poucas noites atrás, levando para fora do Sistema Solar e através das profundezas do espaço.

Era uma coincidência impossível. A NGS 549672 *tinha* de ser o sistema natal dos Senhores Supremos. Aceitar esse fato, porém, violava todas as ideias que Jan acalentara sobre o método científico. "Muito bem, que sejam violadas." Ele precisava aceitar o fato de que, de alguma forma, o fantástico experimento de Rupert havia acessado uma fonte de conhecimento até agora ignorada.

Rashaverak? Essa parecia a explicação mais provável. O Senhor Supremo não estivera no círculo, mas isso era um fato de menor importância. No entanto, Jan não estava preocupado com o mecanismo da parafísica, mas apenas em usar os resultados.

Muito pouco se sabia sobre a NGS 549672. Nunca houvera nada que a distinguisse de um milhão de outras estrelas. No entanto, o catálogo fornecia sua magnitude, suas coordenadas e tipo espectral. Jan teria de pesquisar um pouco e fazer alguns cálculos simples. Então ele saberia, pelo menos aproximadamente, a que distância o mundo dos Senhores Supremos estava da Terra.

Um sorriso espalhou-se sem pressa pelo seu rosto, enquanto ele se afastava do Tâmisa, de volta para a fachada branquíssima do Centro de Ciências. Conhecimento era poder... e Jan era o único homem na Terra que sabia a origem dos Senhores Supremos. Como usaria esse conhecimento, ainda não fazia ideia. Ficaria armazenado em segurança dentro de sua mente, aguardando o momento certo.

10

A raça humana continuou a se deleitar na longa e ensolarada tarde de verão de paz e prosperidade. Voltaria a haver um inverno? Era impensável. A Idade da Razão, prematuramente acolhida pelos líderes da Revolução Francesa, dois séculos e meio atrás, agora realmente chegara. Desta vez, não havia engano.

É claro que houve algumas desvantagens, embora fossem aceitas de boa vontade. Era preciso ser muito velho, de fato, para perceber que os jornais, que o teledifusor imprimia em cada residência, eram bem tediosos. Já se fora o tempo das crises que, outrora, geravam manchetes garrafais. Não havia assassinatos misteriosos para deixar a polícia perplexa e despertar em um milhão de corações a indignação moral que muitas vezes não passava de inveja reprimida. Os poucos assassinatos que aconteciam nunca eram misteriosos: bastava apenas girar um controle... e o crime era reconstituído. A existência de instrumentos capazes dessas façanhas causara, a princípio, considerável pânico entre pessoas até que bastante cumpridoras da lei. Isso era algo que não fora antecipado pelos Senhores Supremos, que haviam dominado quase, mas não todos os aspectos da psicologia humana. Foi preciso deixar perfeitamente claro que nenhum bisbilhoteiro seria capaz de espionar seus semelhantes, e que os pouquíssimos instrumentos em mãos humanas ficariam sob estrito controle. O projetor de Rupert Boyce, por exemplo, não podia funcionar além dos limites da Reserva, de modo que ele e Maia eram as únicas pessoas dentro de seu alcance.

Mesmo os poucos crimes sérios que ocorriam não ganhavam atenção especial da imprensa, pois, afinal de contas, pessoas bem-educadas não se interessavam em ler sobre as gafes dos outros.

A semana de trabalho média agora era de cerca de vinte horas... mas essas vinte horas não eram moleza. Restava pouco trabalho de caráter rotineiro, mecânico. A mente dos homens era valiosa demais para ser desperdiçada em tarefas que podiam ser feitas por alguns milhares de transistores, algumas células fotoelétricas e um metro cúbico de circuitos impressos. Havia fábricas que funcionavam por semanas sem a visita de um único ser humano. Os homens eram necessários para resolver problemas, para tomar decisões, para planejar novos empreendimentos. Os robôs faziam o resto.

A existência de tanto lazer teria criado enormes problemas um século antes. Contudo, o ensino havia superado a maior parte deles, pois uma mente bem fornida está a salvo do tédio. O padrão geral de cultura chegara a um nível que outrora teria parecido fantástico. Não havia indícios de que a inteligência da raça humana tivesse aumentado. Entretanto, pela primeira vez, todos recebiam as mais completas oportunidades para usar os miolos que tinham.

A maioria das pessoas tinha duas residências, em partes amplamente dispersas do mundo. Agora que as regiões polares haviam se tornado acessíveis, uma fração considerável da raça humana oscilava entre o Ártico e a Antártida em intervalos semestrais, buscando o longo verão polar desprovido de noites. Outros humanos tinham ido para os desertos, subido as montanhas ou, até, entrado no mar. Não havia lugar no planeta onde a ciência e a tecnologia não pudessem fornecer um lar confortável, caso a pessoa realmente quisesse.

Alguns dos domicílios mais excêntricos proporcionavam as poucas notícias empolgantes. Até na sociedade mais bem organizada sempre haverá acidentes. Quem sabe fosse um bom sinal que as pessoas achassem que valia a pena arriscar o pescoço e, às vezes, quebrá-lo, para ter uma aconchegante casa de campo pregada debaixo do cume do Everest, ou para poder olhar pela janela através do borrifo das cataratas Vitória. Como resultado, alguém sempre estava sendo resgatado de algum lugar. Tornara-se uma espécie de jogo, quase um esporte planetário.

As pessoas podiam se permitir esses caprichos, pois tinham tanto o tempo como o dinheiro. A abolição das forças armadas havia, de uma hora para outra, quase que dobrado a riqueza efetiva do mundo, e o aumento da produção fizera o resto. Como resultado, era difícil comparar o padrão de vida do homem do século XXI com o de qualquer de seus predecessores. Tudo era tão barato que as necessidades da vida eram gratuitas, oferecidas como serviços públicos pela comunidade tal como as estradas, a água, a iluminação pública e os esgotos eram fornecidos antigamente. Um homem podia viajar para onde quisesse, comer o que desejasse... sem tirar dinheiro do bolso. Ganhara esse direito por ser um membro produtivo da comunidade.

Havia, é claro, alguns vadios, mas o número de pessoas com a força de vontade necessária para se abandonar a uma vida de completa inatividade era muito menor do que em geral se suporia. Sustentar esses parasitas era um fardo consideravelmente menor do que manter os exércitos de cobradores de passagens, balconistas de lojas, caixas de bancos, corretores e assim por diante, cuja principal função, quando se olhava do ponto de vista global, era transferir itens de uma coluna para outra, em um livro contábil.

Quase um quarto da atividade total da raça humana – alguém estimara – era agora empregado em esportes de vários tipos, indo desde ocupações tão sedentárias como o xadrez até práticas letais, como planar com esquis em vales montanhosos. Um resultado inesperado disso foi a extinção dos atletas profissionais. Havia um excesso de amadores brilhantes, e as condições econômicas alteradas tornaram o velho sistema obsoleto.

Depois do esporte, o entretenimento, em todas as suas variedades, era o maior setor da economia. Por mais de um século houvera gente acreditando que Hollywood era o centro do mundo. Agora, podiam defender essa tese melhor do que nunca, mas era possível dizer, com certeza, que a maior parte das produções da década de 2050 teriam parecido incompreensivelmente cerebrais na década de 1950. Tinha havido algum progresso: a bilheteria já não era a soberana de tudo o que via.

Contudo, em meio a todas as distrações e diversões de um planeta que agora parecia estar bem a caminho de se transformar em um vasto parquinho, havia os que ainda achavam tempo para repetir uma velha pergunta, nunca respondida:

"Daqui, para onde vamos?"

11

Jan se apoiou no elefante e repousou as mãos sobre a pele, áspera como uma casca de árvore. Olhou para as grandes presas e para a tromba curva, apreendida pela habilidade do taxidermista em um momento de desafio ou saudação. "Que criaturas ainda mais estranhas", pensou, "de que mundos ainda desconhecidos, um dia olhariam para este exilado da Terra?"

– Quantos animais já mandou para os Senhores Supremos? – perguntou a Rupert.

– Mais de cinquenta, embora, é claro, este seja o maior. É magnífico, não é? Na maior parte, os outros eram pequenos: borboletas, cobras, macacos e assim por diante. Mas consegui um hipopótamo no ano passado.

Jan deu um sorrisinho irônico.

– É uma ideia mórbida, mas imagino que, a esta altura, eles devem ter um belo grupo empalhado de *Homo sapiens* na coleção. Fico imaginando, quem teve a honra?

– Deve ter razão – respondeu Rupert, um tanto indiferente. – Seria fácil arrumar nos hospitais.

– O que aconteceria – prosseguiu Jan, pensativo – se alguém se oferecesse para ir como um espécime *vivo*? Supondo que houvesse garantia de retorno, é claro.

Rupert riu, embora com simpatia.

– Está se oferecendo? Quer que fale pro Rashaverak?

Por um momento, Jan pensou sobre a ideia com algo próximo da seriedade. Mas então abanou a cabeça.

– Hmm... não. Estava só pensando em voz alta. Tenho certeza de que não iam me querer. A propósito, tem visto Rashaverak ultimamente?

– Ele me ligou faz umas seis semanas. Tinha acabado de achar um livro que eu estava procurando. Muito gentil da parte dele.

Jan contornou lentamente o monstro empalhado, admirando a perícia que o congelara para sempre neste instante de maior vigor.

– Descobriu o que ele estava procurando? Quero dizer, parece tão difícil conciliar a ciência dos Senhores Supremos com um interesse no oculto.

Rupert olhou para Jan com certa suspeita, imaginando se o cunhado estaria caçoando de seu passatempo.

– A explicação dele me pareceu boa. Como antropólogo, estava interessado em todos os aspectos da nossa cultura. Lembre-se, eles têm tempo de sobra. Podem se aprofundar mais do que qualquer pesquisador humano. Ler toda a minha biblioteca deve ter exigido só um pequeno esforço de Rashy.

Talvez essa fosse a resposta, mas Jan não estava convencido.

Algumas vezes pensara em confiar seu segredo a Rupert, mas sua precaução natural o deteve. Quando voltasse a se encontrar com seu amigo Rashaverak, Rupert ia acabar deixando alguma coisa escapar. A tentação seria grande demais.

– Aliás – disse Rupert, mudando radicalmente de assunto –, se você acha que *este* é um trabalho grande, devia ver a encomenda que o Sullivan recebeu. Ele se comprometeu a entregar as duas maiores criaturas de todas: um cachalote e uma lula-gigante. Vão ser exibidas abraçadas, em combate mortal. Que quadro vivo vão formar!

Por um momento, Jan ficou em silêncio. A ideia que explodira em sua mente era chocante demais, fantástica demais para ser levada a sério. No entanto, devido à própria ousadia, poderia ter sucesso.

– O que há? – perguntou Rupert, preocupado. – O calor está acabando com você?

Jan se sacudiu, forçando-se de volta à realidade presente, e respondeu:

– Estou bem. Estava só imaginando como os Senhores Supremos vão fazer para apanhar um pacotinho desses.

– Ah – respondeu Rupert –, uma dessas naves de carga deles vai descer, abrir uma escotilha e içar tudo pra dentro.

– Foi exatamente o que pensei – disse Jan.

Poderia ser a cabine de uma nave espacial, mas não era. As paredes estavam cobertas de medidores e instrumentos. Não havia janelas, apenas uma grande tela à frente do piloto. A embarcação podia carregar seis passageiros. No momento, porém, Jan era o único.

Observava atentamente a tela, absorvendo cada vislumbre daquela região estranha e desconhecida enquanto ela passava diante de seus olhos. Desconhecida, sim. Tão desconhecida quanto qualquer coisa que poderia encontrar além das estrelas, caso o seu plano louco tivesse êxito. Estava entrando em um reino de criaturas de pesadelo, que se caçavam umas às outras em meio a uma escuridão que não era perturbada desde a origem do mundo. Era um reino acima do qual os homens vinham navegando por milhares de anos. Ficava a menos de um quilômetro abaixo das quilhas de seus navios. No entanto, até os últimos cem anos, eles sabiam menos a respeito dele do que sobre a face visível da Lua.

O piloto estava descendo das alturas do oceano em direção à vastidão ainda inexplorada da Bacia do Pacífico Sul. Jan sabia que ele estava seguindo a grade invisível de ondas sonoras criada por sinalizadores no fundo do oceano. Ainda navegavam tão acima desse fundo quanto as nuvens ficavam acima da superfície da Terra...

Havia muito pouco para se ver; os sensores do submarino estavam vasculhando as águas em vão. A perturbação causada pelos jatos devia ter assustado os peixes menores. Se alguma criatura viesse investigar, seria tão grande a ponto de não saber o que era medo.

A minúscula cabine vibrava com a energia. Uma energia capaz de manter afastado o imenso peso das águas sobre suas cabeças e de criar esta bolhinha de luz e ar dentro da qual os homens podiam viver. Se essa energia falhasse, pensou Jan, eles se tornariam prisioneiros em um túmulo de metal, enterrados profundamente nos sedimentos do leito oceânico.

– Hora de verificar a posição – disse o piloto.

Acionou um conjunto de interruptores e o submarino foi parando com um suave surto de desaceleração, à medida que os jatos cessavam o impulso. A embarcação estava imóvel, flutuando em equilíbrio, como um balão flutua na atmosfera.

Levou apenas um momento para verificar a posição na grade do sonar. Ao terminar a leitura de seus instrumentos, o piloto observou:

– Antes de religar os motores, vamos ver se dá para ouvir alguma coisa.

O alto-falante inundou o compartimento pequeno e silencioso com um murmúrio baixo e contínuo. Não havia nenhum som que se destacasse e que Jan pudesse distinguir do restante. Era um ruído de fundo uniforme, no qual todos os sons individuais estavam misturados. Jan sabia que escutava a conversa de incontáveis criaturas do mar falando ao mesmo tempo. Era como se estivesse no meio de uma floresta fervilhante de vida. Exceto que lá ele teria reconhecido algumas das vozes individuais. Aqui, nem um fio da tapeçaria de sons podia ser desembaraçado e identificado. Era tão estranho, tão distante de qualquer coisa que ele já conhecera, que o deixava de cabelos em pé. E ainda assim, isso era parte de seu próprio mundo...

O grito cortou o vibrante ruído de fundo como o lampejo de um raio diante de uma nuvem escura de tempestade. Rapidamente perdeu força até se tornar o gemido de uma *banshee*, uma ondulação que foi minguando e morrendo, para se repetir, um momento depois, vinda de uma fonte mais distante. E então um coro de gritos irrompeu, um pandemônio que fez com que o piloto estendesse rapidamente a mão para o controle do volume.

– Que diabo foi *isso*? – soltou Jan.

– Esquisito, não é? Um grupo de baleias, a uns dez quilômetros daqui. Sabia que estavam na vizinhança e achei que você ia gostar de ouvir.

Jan estremeceu.

– E eu que sempre pensei que o mar fosse silencioso! Por que é que elas fazem um barulhão desses?

– Devem estar falando umas com as outras, eu acho. Sullivan pode te responder. Dizem que ele consegue até identificar algumas das baleias individualmente, embora eu ache difícil de acreditar. Ei, temos companhia!

Um peixe de mandíbulas mais que exageradas apareceu na tela de visualização. Parecia ser bem grande, mas, como Jan não sabia qual a escala da imagem, era difícil de avaliar. Pendendo de um ponto logo abaixo das guelras, havia uma longa gavinha, terminando em um órgão inidentificável, com o formato de um sino.

– Estamos vendo no infravermelho – disse o piloto. – Vamos dar uma olhada na imagem normal.

O peixe desapareceu por completo. Apenas o pingente permaneceu, brilhando com sua própria fosforescência vívida. Então, apenas por um instante, o contorno da criatura tremeluziu de volta à visibilidade, à medida que uma linha de luzes piscava ao longo de seu corpo.

– É um peixe-diabo. Aquilo é a isca que usa para atrair outros peixes. Fantástico, não é? O que não entendo é... Como é que a isca não atrai peixes grandes o bastante para comer *ele*? Mas não podemos esperar aqui o dia todo. Olhe como ele corre quando eu ligo os jatos.

A cabine voltou a vibrar, à medida que a embarcação movia-se para a frente. O grande peixe luminoso piscou subitamente todas as suas luzes, em um frenético sinal de alarme, e partiu como um meteoro para a escuridão do abismo.

Foi só depois de mais vinte minutos de lenta descida que os feixes invisíveis do sonar apanharam o primeiro vislumbre do leito oceânico. Muito abaixo passava uma cadeia de colinas, seus contornos curiosamente suaves e arredondados. Quaisquer irregularidades que um dia tivessem possuído há muito tinham sido eliminadas pela chuva incessante que caía das alturas aquáticas. Mesmo aqui, no meio do Pacífico, longe dos grandes estuários que varriam lentamente os continentes para o mar, essa chuva nunca cessava. Vinha dos flancos dos Andes, rasgados pelas tempestades, dos corpos de bilhões de criaturas vivas, da poeira de meteoros que tinham vagado pelo espaço durante eras e que, por fim, descansavam. Aqui, na noite eterna, estavam sendo assentados os alicerces das terras futuras.

Os montes ficaram para trás. Eram os postos de fronteira, como Jan podia ver nos mapas, de uma vasta planície que jazia a uma profundidade grande demais para ser alcançada pelo sonar.

O submarino prosseguiu em seu suave voo de descida. Agora, outra imagem começava a se formar na tela. Por causa do ângulo de visão, levou algum tempo para que Jan pudesse interpretar o que via. Percebeu então que estavam se aproximando de uma montanha submersa que se erguia da planície ainda invisível.

A imagem agora estava mais clara. A esta curta distância, a definição dos sonares melhorava e a vista era quase tão nítida quanto seria se a imagem estivesse sendo formada por ondas de luz. Jan conseguia ver pequenos detalhes, ver os estranhos peixes que perseguiam uns aos outros por entre as rochas. A certa altura, uma criatura de aspecto maligno e mandíbulas escancaradas percorreu sem pressa uma fenda semioculta. Em uma velocidade tão grande a ponto de o olhar não conseguir acompanhar o movimento, um longo tentáculo surgiu e arrastou o peixe, que se debatia, para a morte.

– Quase lá – disse o piloto. – Em um minuto você vai poder ver o laboratório.

Estavam passando devagar sobre um espigão rochoso que se destacava da base da montanha. A planície abaixo já estava ficando visível. Jan calculou que não estavam a mais de algumas centenas de metros acima do leito marinho. Então viu, mais ou menos um quilômetro à frente, um aglomerado de esferas apoiadas em tripés e unidas entre si por tubos de conexão. Pareciam muito com os tanques de alguma fábrica de produtos químicos, e, de fato, haviam sido projetadas seguindo os mesmos princípios básicos. A única diferença era que aqui as pressões sofridas vinham *de fora*, não de dentro.

– Que é aquilo? – soltou Jan, de supetão.

Apontou um dedo vacilante para a esfera mais próxima. O curioso padrão de linhas em sua superfície havia se dissolvido em uma rede de tentáculos gigantes. À medida que o submarino se aproximava, ele pôde ver que terminavam em uma grande bolsa flácida, da qual emergia um par de olhos enormes.

– Aquilo – disse o piloto, indiferente – deve ser Lúcifer. Alguém deve estar dando comida pra ele de novo. – Acionou um interruptor e inclinou-se sobre a mesa dos controles.

– s.2 chamando Laboratório. Vou conectar. Podem espantar o bichinho de estimação de vocês?

A resposta veio logo em seguida:

– Laboratório para s.2. Tudo bem. Vá em frente e faça contato. Luci vai sair do caminho.

As paredes curvas de metal começaram a preencher a tela. Jan teve um último vislumbre de um braço gigante, salpicado de ventosas, batendo-se para longe com a aproximação deles. Logo em seguida, houve um clangor surdo e uma série de ruídos de metal arranhado, à medida que os acopladores procuravam os pontos de trava no casco liso e oval do submarino. Em poucos minutos, a embarcação estava firmemente comprimida contra a parede da base, as duas portinholas de entrada estavam encaixadas e avançavam pelo casco do submarino na ponta de um parafuso gigante e oco. Então se ouviu o sinal de "pressão equalizada", as escotilhas se deslacraram e o caminho para o Laboratório Mar Profundo Um estava aberto.

Jan encontrou o professor Sullivan em um pequeno compartimento desarrumado, que parecia combinar os atributos de escritório, oficina e laboratório. Estava olhando, em um microscópio, para o que parecia ser uma pequena bomba. Supostamente, era uma cápsula de pressão contendo algum espécime de vida do fundo do mar, ainda nadando feliz em suas condições normais de toneladas por centímetro quadrado.

– Bem – disse Sullivan, afastando-se lentamente da ocular. – Como vai o Rupert? E o que podemos fazer por você?

– O Rupert está bem – respondeu Jan. – Mandou um abraço e disse que ia adorar fazer uma visita, se não fosse pela claustrofobia.

– Então aqui embaixo ele ia ficar mesmo um pouquinho aflito, com cinco quilômetros de água por cima. Aliás, isso não te preocupa?

Jan deu de ombros.

– Não mais do que viajar de estratojato. Se algo saísse errado, o resultado seria o mesmo, em qualquer dos casos.

– Essa é a atitude inteligente, mas é surpreendente como pouca gente vê as coisas assim.

Sullivan brincou com os controles do microscópio e, em seguida, disparou a Jan um olhar inquisidor e disse:

– Fico muito feliz em mostrar-lhe tudo aqui, mas confesso que fiquei um pouco surpreso quando Rupert me passou o seu pedido. Não consegui entender por que um de vocês, maníacos espaciais, se interessaria pelo nosso trabalho. Não está indo no sentido contrário? – Deu uma risada divertida. – Pessoalmente, nunca entendi por que vocês têm tanta pressa de sair do planeta. Vai levar séculos para termos tudo dos oceanos mapeado e classificado como se deve.

Jan respirou fundo. Estava satisfeito que Sullivan tivesse tido a iniciativa de puxar o assunto, pois tornaria a sua tarefa muito mais fácil. Apesar da zombaria do ictiologista, ambos tinham muito em comum. Não deveria ser muito difícil construir uma ponte, angariar a simpatia e a ajuda de Sullivan. Era um homem de imaginação, ou nunca teria explorado este mundo submarino. Jan, porém, teria de ser cauteloso, pois o pedido que ia fazer era, para dizer o mínimo, um tanto fora do normal.

Havia um fato que lhe dava confiança. Mesmo que Sullivan se recusasse a colaborar, decerto guardaria o segredo de Jan. E aqui, neste pequeno escritório silencioso no leito do Pacífico, não parecia haver perigo de que os Senhores Supremos (quaisquer que fossem os estranhos poderes que tivessem) fossem capazes de ouvir a conversa.

– Professor Sullivan, se o senhor estivesse interessado no oceano, mas os Senhores Supremos se recusassem a deixar que chegasse perto dele, como ia se sentir?

– Muitíssimo aborrecido, sem dúvida.

– Tenho certeza disso. E suponha que, um dia, tivesse uma chance de alcançar a sua meta, sem que eles soubessem. O que faria? Ia aproveitar a oportunidade?

Sullivan não hesitou, nem por um segundo:

– Claro que sim. E discutiria depois.

"Bem nas minhas mãos!", pensou Jan. "Não pode recuar agora... a menos que tenha medo dos Senhores Supremos. E duvido que Sullivan tenha medo de qualquer coisa." Inclinou-se sobre a mesa atravancada e preparou-se para apresentar seu caso.

O professor Sullivan, porém, não era tolo. Antes que Jan pudesse falar, seus lábios se torceram em um sorriso sarcástico.

– Então *esse* é o seu jogo? – disse ele devagar. – Muito, muito interessante! Agora, seja direto e me diga por que acha que devo ajudar você.

12

Uma época anterior teria considerado o professor Sullivan um luxo dispendioso. Suas operações custavam o mesmo que uma pequena guerra. De fato, ele poderia ser comparado a um general que liderasse uma campanha perpétua contra um inimigo que nunca descansava. O inimigo do professor Sullivan era o mar, que o combatia com as armas do frio, da escuridão e, acima de tudo, da pressão. Por sua vez, o professor se contrapunha ao adversário com a inteligência e a perícia da engenharia. Conquistara muitas vitórias, mas o mar era paciente, podia esperar. Um dia, Sullivan sabia, ele cometeria um erro. Pelo menos, tinha o consolo de saber que nunca se afogaria. Seria rápido demais.

Recusara-se a se posicionar, quer positiva ou negativamente, quando Jan fizera o pedido, mas ele sabia qual seria a resposta. Aqui estava a oportunidade para um experimento muito interessante. Era uma pena que ele nunca ficaria sabendo do resultado. Não obstante, isso acontecia muitas vezes na pesquisa científica, e ele iniciara outros projetos que levariam décadas para serem concluídos.

O professor Sullivan era um homem corajoso e inteligente, mas, tomando em retrospecto a sua carreira, estava ciente do fato de que ela não lhe trouxera o tipo de fama que carrega o nome de um cientista com segurança ao longo dos séculos. Aqui estava uma chance, totalmente inesperada e, por isso mesmo, ainda mais atraente, de gravar de fato seu nome nos livros de história. Não era uma ambição que iria admitir a qualquer um e, para lhe fazer justiça, teria ajudado Jan mesmo que sua participação na trama ficasse secreta para sempre.

Quanto a Jan, estava agora com dúvidas. O ímpeto de sua descoberta original o levara até este ponto quase sem esforço. Fizera as investigações, mas não tomara medidas efetivas para transformar o sonho em realidade. Em alguns dias, porém, teria de se decidir. Caso o professor Sullivan concordasse em colaborar, não haveria como recuar. Precisaria encarar o futuro que escolhera, com todas as suas consequências.

O que finalmente o fez se decidir foi a ideia de que, se deixasse passar esta incrível oportunidade, nunca se perdoaria. Todo o resto de sua vida seria desperdiçado em um remorso inútil... e nada poderia ser pior do que isso.

A resposta de Sullivan chegou algumas horas mais tarde, e Jan soube que a sorte estava lançada. Devagar, pois ainda havia muito tempo, começou a colocar seus assuntos em ordem.

Querida Maia, isto será, para dizer o mínimo, uma grande surpresa para você. Quando receber esta carta, eu já não estarei na Terra. Com isso, não quero dizer que terei ido para a Lua, como muitos outros têm feito. Não; estarei a caminho do mundo de origem dos Senhores Supremos. Serei o primeiro homem a deixar o Sistema Solar.

Vou entregar esta carta ao amigo que está me ajudando. Ele vai guardá-la até saber se meu plano teve êxito (em sua primeira fase, pelo menos) e até que seja tarde demais para os Senhores Supremos interferirem. Estarei tão longe, e viajando a uma velocidade tão grande, que duvido que qualquer mensagem de ordem de retorno possa me alcançar. E mesmo que possa, acho muito difícil que a nave seja capaz de voltar à Terra. E, de qualquer forma, duvido muito que eu seja tão importante assim.

Em primeiro lugar, deixe-me explicar o que me levou a isto. Você sabe que sempre me interessei pelo voo espacial, e sempre me senti frustrado por nunca nos terem permitido ir a outros planetas, ou saber qualquer coisa sobre a civilização dos Senhores Supremos. Se eles nunca tivessem interferido, a esta altura quem sabe tivéssemos chegado a Marte e a Vênus. Admito que é igualmente provável que tivéssemos nos destruído com bombas de cobalto e outras armas globais que o século XX estava desenvolvendo. No entanto, às vezes tenho esse desejo enorme de que tivéssemos tido a chance de andar com as próprias pernas.

Os Senhores Supremos devem ter suas razões para nos manter no berçário, e devem ser razões muito boas. Mas, mesmo que eu soubesse quais são, duvido que fizesse muita diferença para meus próprios sentimentos... ou para minhas ações.

Tudo começou mesmo naquela festa do Rupert. (A propósito, ele não sabe disto, embora tenha me colocado na trilha certa.) Lembra daquela sessão boba que ele preparou, e de como terminou quando aquela moça (esqueci do nome) desmaiou? Eu tinha perguntado de que estrela os Senhores Supremos tinham vindo, e a resposta foi "NGS 549672". Não esperava nenhuma resposta e, até aquele momento, havia tratado tudo como piada. Mas, quando percebi que aquele código era um número em um catálogo estelar, resolvi examinar o assunto. Descobri que a estrela estava na constelação de Carina... e um dos poucos fatos que sabemos com certeza a respeito dos Senhores Supremos é que eles vêm dessa direção.

Agora, não tenho a pretensão de entender como essa informação chegou até nós, ou qual a origem dela. Será que alguém leu a mente de Rashaverak? Mesmo que tivesse, seria muito difícil que ele soubesse o número de referência de seu sol em um dos nossos catálogos. É um mistério total, e vou deixá-lo para que pessoas como Rupert o solucionem... se puderem! Contento-me em receber a informação, e usá-la.

Já sabemos bastante agora, pelas observações das suas partidas, sobre a velocidade das naves dos Senhores Supremos. Elas saem do Sistema Solar com uma aceleração tão grande que se aproximam da velocidade da luz em menos de uma hora. Isso significa que os Senhores Supremos devem ter algum tipo de sistema de propulsão que atua por igual em cada um dos átomos de suas naves, de modo que nada a bordo seja instantaneamente esmagado. Por que será que usam essas acelerações colossais, quando têm todo o espaço para brincar, e poderiam esperar para ganhar velocidade?

Minha teoria é de que conseguem, de alguma forma, aproveitar os campos energéticos em torno das estrelas, e por isso têm que acelerar e desacelerar enquanto estão mais ou menos próximos de um sol. Mas tudo isso são digressões...

O fato importante foi que soube a distância que eles tinham que percorrer e, dessa forma, quanto tempo a viagem demora. A estrela NGS 549672 fica a quarenta anos-luz da Terra. As naves dos Senhores Supremos alcançam mais de noventa e nove por cento da velocidade da luz, de modo que a viagem deve demorar quarenta anos do nosso tempo. Nosso tempo: esse é o "x" do problema.

Ora, como você deve ter ouvido falar, acontecem coisas estranhas quando a gente se aproxima da velocidade da luz. O próprio tempo começa a fluir em um ritmo diferente, a passar mais devagar, de modo que, o que seriam meses na Terra, não seriam mais do que dias a bordo das naves dos Senhores Supremos. O efeito é bastante básico: foi descoberto pelo grande Einstein há mais de cem anos.

Fiz alguns cálculos, com base no que sabemos sobre o impulso estelar, e usando os resultados bem estabelecidos da teoria da relatividade. Do ponto de vista dos passageiros de uma das naves dos Senhores Supremos, a viagem a NGS 549672 não vai demorar mais que dois meses, *embora, pelas contas da Terra, terão se passado quarenta anos. Sei que isso parece um paradoxo e, se for algum consolo, tem intrigado os melhores cérebros do mundo desde que foi anunciado por Einstein.*

Quem sabe este exemplo mostre-lhe o tipo de coisa que pode acontecer, e lhe dê um retrato mais claro da situação. Caso os Senhores Supremos me enviem direto de volta para a Terra, deverei chegar apenas quatro meses mais velho. Só que, na própria Terra, terão se passado oitenta anos. Dessa forma, Maia, como vê, não importa o que aconteça, isto é um adeus.

Tenho poucos laços me prendendo aqui, como você bem sabe, de forma que posso partir com a consciência tranquila. Ainda não contei pra mãe. Ela ficaria histérica, e não consigo enfrentar isso. É melhor deste jeito. Embora eu tenha tentado não levar a mal, desde que o pai morreu... Ah, não adianta voltar a falar naquilo tudo agora!

Terminei meus estudos e informei às autoridades que, por razões familiares, estou me mudando para a Europa. Tudo ficou resolvido e não deve haver nada com que você precise se preocupar.

A esta altura, você deve estar achando que estou louco, já que parece impossível pra qualquer um entrar numa das naves dos Senhores Supremos. Só que eu descobri um jeito. Não acontece muitas vezes e, depois disto, pode nunca mais acontecer, pois tenho certeza de que Karellen não comete o mesmo erro duas vezes. Sabe a lenda do cavalo de madeira que os soldados gregos usaram para entrar em Troia? Mas tem uma história do Velho Testamento que é um paralelo ainda mais próximo...

– Você com certeza vai ficar muito mais confortável do que Jonas – disse Sullivan. – Nenhum testemunho diz que ele teve luz elétrica ou instalações sanitárias à disposição. Mas vai precisar de um bocado de mantimentos, e vejo que vai levar oxigênio. Consegue levar o bastante para uma viagem de dois meses, em um espaço pequeno desse?

Bateu com a ponta do dedo nos esboços cuidadosos que Jan colocara na mesa. O microscópio atuava como peso de papéis em uma das pontas, o crânio de algum peixe fantástico segurava a outra.

– Espero que não precise do oxigênio – disse Jan. – A gente sabe que eles conseguem respirar na nossa atmosfera, mas não parecem gostar muito, e pode ser que eu não consiga respirar na deles. Quanto ao problema dos suprimentos, a narcosamina resolve. É perfeitamente segura. Quando estiver a caminho, vou tomar uma injeção que vai me deixar fora do ar por seis semanas. Estarei quase lá a essa altura. A bem da verdade, não é a comida e o oxigênio que me preocupam, mas sim mais o tédio.

O professor Sullivan fez que sim, pensativo.

– Sim, a narcosamina é segura o bastante, e pode ser dosada de modo bem preciso. Mas tenha em mente que vai precisar ter bastante comida à mão: vai estar morrendo de fome quando acordar, além de fraco como um gatinho. Imagine se você morrer por não ter força para usar um abridor de latas!

– Já pensei nisso – disse Jan, um pouco ofendido. – Vou me recuperar aos poucos, com açúcar e chocolate, como se costuma fazer.

– Ótimo. Fico contente de ver que você pensou bem no problema, em vez de tratar o assunto como alguma aventura da qual possa desistir se não gostar de como as coisas estão indo. É a sua vida que vai estar em jogo, mas eu ia detestar sentir que estou te ajudando a se suicidar.

Distraído, apanhou o crânio e o ergueu nas mãos. Jan agarrou o esboço, para impedir que se enrolasse.

– Felizmente – continuou o professor Sullivan – os equipamentos de que precisa são todos mais ou menos padrão, e a nossa oficina pode montar tudo em algumas semanas. E, se resolver mudar de ideia...

– Não vou – disse Jan.

* * *

Já pensei em todos os riscos que estou assumindo, e o plano parece não ter nenhuma falha. Depois de seis semanas vou aparecer, como qualquer clandestino, e me entregar. A essa altura, no meu tempo, é claro, a viagem vai estar quase no fim. Vamos estar a ponto de pousar no mundo dos Senhores Supremos.

É claro que o que vai acontecer daí em diante depende deles. Acho que vão me mandar pra casa na próxima nave... mas, pelo menos, tenho a esperança de ver alguma coisa. Vou levar uma câmera de quatro milímetros e milhares de metros de filme. No que depender de mim, vou usá-la. Mesmo na pior das hipóteses, terei provado que o homem não pode ser mantido em quarentena para sempre. Terei criado um precedente que vai forçar Karellen a tomar alguma medida.

Isto, minha querida Maia, é tudo o que tenho a dizer. Sei que não vai sentir muita falta de mim. Vamos ser sinceros e admitir que nunca tivemos laços muito fortes, e agora que você se casou com Rupert, vai se sentir muito feliz em seu próprio universo privado. Pelo menos, assim espero.

Adeus, então, e boa sorte. Não vejo a hora de conhecer os seus netos... cuide pra que eles saibam de mim, está bem?

Com um abraço do seu irmão,
Jan.

13

Quando Jan a viu pela primeira vez, achou difícil pôr na cabeça que não estava assistindo à montagem de um pequeno avião de passageiros. O esqueleto metálico tinha vinte metros de comprimento, era perfeitamente aerodinâmico e estava cercado de andaimes leves, nos quais os operários subiam com suas ferramentas elétricas.

– Sim – disse Sullivan, respondendo à pergunta de Jan. – Usamos técnicas-padrão de aeronáutica, e a maior parte dos homens é da indústria aeronáutica. É difícil acreditar que uma coisa deste tamanho pudesse estar viva, não é? Ou que pudesse se atirar com o corpo todo pra fora da água, como já vi elas fazerem.

Tudo aquilo era mais que fascinante, mas Jan tinha outras coisas em mente. Seu olhar percorria o enorme esqueleto, para ver se encontrava um bom esconderijo para sua pequena câmara: o "caixão com ar-condicionado", como Sullivan a batizara. Em um aspecto ficou logo tranquilo: no que dissesse respeito a espaço, haveria capacidade para uma dúzia de clandestinos.

– A armação parece quase completa – disse Jan. – Quando é que vão colocar a pele? Suponho que já tenham apanhado a baleia, ou não iam saber de que tamanho fazer o esqueleto.

Sullivan pareceu achar muita graça nesse comentário.

– Não temos a menor intenção de pegar uma baleia. De qualquer maneira, elas não têm pele, no sentido comum da palavra. Seria praticamente impossível cobrir a armação com uma manta de gordura grossa de vinte centímetros. Não, a coisa toda vai ser imitada com plástico e, depois, pintada de modo a parecer de verdade. Quando tivermos terminado, ninguém vai ser capaz de notar a diferença.

Nesse caso, pensou Jan, faria mais sentido se os Senhores Supremos tivessem tirado fotografias e fabricassem o modelo em escala real eles mesmos, lá em seu planeta natal. No entanto, quem sabe as naves de suprimentos voltassem vazias, e uma coisinha, como um cachalote de vinte metros, mal se fizesse notar. Quando alguém tinha tanto poder e tantos recursos, não podia se deixar incomodar com economias sem importância.

O professor Sullivan estava ao lado de uma das grandes estátuas que tanto haviam desafiado a arqueologia desde que a Ilha de Páscoa fora descoberta. Rei, deus ou o que quer que fosse, seu olhar cego parecia acompanhar o dele, enquanto apreciava seu trabalho. Tinha orgulho do que fizera: parecia uma pena que, em breve, esse trabalho viesse a ser banido para sempre da vista humana.

O quadro poderia ter sido a obra de algum artista louco em um delírio psicodélico. No entanto, era uma cópia meticulosa da vida: aqui, a própria natureza fora o artista. Era uma cena que, até o aperfeiçoamento da televisão submarina, poucos homens haviam sequer vislumbrado e, mesmo assim, apenas por alguns segundos, nas raras ocasiões em que os gigantescos antagonistas haviam se jogado para a superfície. Essas batalhas eram travadas na noite eterna das profundezas oceânicas, onde os cachalotes caçavam sua comida. Era uma comida que resistia com veemência a ser devorada viva.

Marcas lívidas de ventosas, com vinte ou mais centímetros de diâmetro, haviam sarapintado a pele da baleia nos pontos em que os tentáculos haviam se prendido. Um deles já era um toco incompleto, e não podia haver dúvida quanto ao resultado final da batalha. Quando os dois maiores animais da Terra se defrontavam, a baleia era sempre a vencedora. Pois, mesmo com a enorme força de sua floresta de tentáculos, a única esperança da lula estava em fugir, antes que a mandíbula, que triturava sem trégua, acabasse por serrá-la em pedaços. Seus olhos grandes e inexpressivos, de meio metro de diâmetro, fitavam o algoz... embora, muito provavelmente, nenhuma das criaturas pudesse ver a outra na escuridão abissal.

A peça toda tinha mais de trinta metros de comprimento, e agora estava envolvida por uma gaiola de vigas de alumínio, às quais o equipamento de elevação fora conectado. Tudo estava pronto, aguardando a vontade dos Senhores Supremos. Sullivan queria que fossem rápidos: o suspense estava começando a incomodar.

Alguém saíra do escritório para a luz intensa do Sol, claramente procurando por ele. Sullivan reconheceu o escrevente-chefe, e caminhou para encontrá-lo.

– Oi, Bill. O que é que há?

O outro segurava um formulário de mensagem e parecia bem satisfeito.

– Boas notícias, professor! Uma honra pra gente! O Supervisor em pessoa quer vir dar uma olhada no nosso quadro, antes que seja embarcado. Pense só na publicidade que vamos ganhar? Vai ajudar muito, quando a gente pedir a nova subvenção. Estava mesmo torcendo por uma coisa dessas.

O professor Sullivan engoliu em seco. Nunca tivera nada contra publicidade, mas dessa vez estava com medo de conseguir mais do que gostaria.

Karellen postou-se junto à cabeça da baleia e ergueu os olhos para o grande nariz rombudo e a mandíbula cravejada de marfim.

Sullivan, disfarçando sua apreensão, tentava adivinhar o que o Supervisor estaria pensando. Seu comportamento não indicava nenhuma suspeita, e a visita podia facilmente ser explicada como uma coisa normal. Sullivan, porém, ficaria muito feliz quando terminasse.

– Não temos criaturas tão grandes assim em nosso planeta – disse Karellen. – Essa é uma das razões por que pedimos que construísse este conjunto. Meus... compatriotas... vão achá-lo fascinante.

– Com sua baixa gravidade – respondeu Sullivan –, eu imaginaria que vocês tivessem alguns animais bem grandes. Afinal, olhe como vocês são muito maiores do que nós!

– Sim... mas não temos oceanos. E quando se trata de tamanho, a terra nunca pode competir com o mar.

Isso era uma verdade incontestável, pensou Sullivan. E, pelo que sabia, este era um fato nunca antes revelado sobre o mundo dos Senhores Supremos. Jan, maldito seja, ficaria muito interessado.

Naquele momento, o rapaz estava sentado em uma cabana, a um quilômetro dali, observando ansiosamente a inspeção, através de binóculos. Ficava repetindo para si mesmo que não tinha nada a temer.

Nenhuma inspeção da baleia, mesmo atenta, poderia revelar seu segredo. No entanto, sempre havia a chance de que Karellen suspeitasse de algo... e estivesse brincando com eles.

Era essa a suspeita que crescia na mente de Sullivan, enquanto o Supervisor espiava dentro da cavernosa garganta.

– Na sua Bíblia – disse Karellen –, há uma história notável de um profeta hebreu, um certo Jonas, que foi engolido por uma baleia e transportado a salvo para a terra, depois de ter sido lançado de um navio. Acha que uma lenda dessas pode ter base em fatos?

– Creio – respondeu Sullivan, cauteloso – que exista um caso razoavelmente comprovado de um baleeiro que foi engolido e depois regurgitado sem efeitos desfavoráveis. É claro que, se tivesse ficado dentro da baleia por mais de alguns segundos, teria se asfixiado. E deve ter tido muita sorte para escapar dos dentes. É uma história quase inacreditável, mas não *totalmente* impossível.

– Muito interessante – disse Karellen. Ficou mais um momento contemplando a enorme mandíbula e, em seguida, passou a examinar a lula. Sullivan esperou que ele não tivesse ouvido seu suspiro de alívio.

– Se soubesse pelo que eu ia passar – disse o professor Sullivan –, teria jogado você pra fora do escritório assim que tentou me contaminar com sua loucura.

– Sinto muito – replicou Jan. – Mas escapamos dessa.

– Assim espero. De qualquer forma, boa sorte. Se quiser mudar de ideia, ainda tem pelo menos seis horas.

– Não vou precisar delas. Só Karellen pode me impedir agora. Obrigado por tudo o que tem feito. Se algum dia voltar e escrever um livro a respeito dos Senhores Supremos, a dedicatória será para o senhor.

– Muita vantagem vou tirar disso! – disse Sullivan, brusco. – Vou estar morto há anos.

Para sua surpresa e ligeira consternação, pois não era um homem sentimental, Sullivan descobriu que a despedida estava começando a afetá-lo. Tinha se afeiçoado a Jan durante as semanas em que conspiraram juntos. Além disso, começara a temer que pudesse ser cúmplice de um complexo suicídio.

Segurou a escada de mão enquanto Jan subia na grande mandíbula, evitando, com cuidado, as fileiras de dentes. À luz da lanterna elétrica, viu Jan voltar-se e acenar; depois, sumir dentro do buraco cavernoso. Ouviu o som da escotilha da comporta sendo aberta e fechada. E, depois disso, o silêncio.

Ao luar, que transformara a batalha congelada em uma cena de pesadelo, o professor Sullivan retornou lentamente ao escritório. Pensava no que havia feito, e em qual seria o resultado. Só que isso, é claro, nunca saberia. Jan poderia voltar a caminhar neste mesmo lugar, sem ter perdido mais que alguns meses de sua vida na viagem ao planeta dos Senhores Supremos e de volta à Terra. E, no entanto, se o fizesse, estaria do outro lado da barreira intransponível do tempo, pois seriam oitenta anos no futuro.

As luzes se acenderam no minúsculo cilindro de metal logo que Jan fechou a porta interna da comporta. Não se permitiu tempo livre para mudar de ideia, começando, de imediato, a verificação de rotina que já praticara. Todos os suprimentos e provisões tinham sido carregados alguns dias antes, mas uma verificação final o colocaria no estado de espírito adequado, garantindo-lhe que nada fora deixado por fazer.

Uma hora depois, estava satisfeito. Recostou-se no assento de borracha esponjosa e recapitulou seus planos. O único som era o leve sussurro do relógio-calendário elétrico, que o avisaria quando a viagem estivesse próxima do fim.

Sabia que não poderia esperar sentir nada aqui em sua câmara, pois, quaisquer que fossem as enormes forças que impelissem as naves dos Senhores Supremos, elas deviam ser perfeitamente compensadas. Sullivan verificara isso, destacando que seu quadro vivo desmoronaria caso fosse sujeito a mais que algumas gravidades. Seus... clientes... lhe asseguraram que não haveria perigo neste sentido.

Haveria, porém, uma alteração significativa na pressão atmosférica. O que não tinha importância, visto que os modelos ocos podiam "respirar" através de vários orifícios. Antes de sair da câmara, Jan teria de equalizar a pressão, e presumira que a atmosfera dentro da nave dos Senhores Supremos fosse irrespirável. Um simples conjunto de máscara e oxigênio cuidaria disso; não havia necessidade de nada complexo. Se pudesse respirar sem auxílio mecânico, melhor ainda.

Não havia razão para esperar mais; isso só iria sobrecarregar seus nervos. Apanhou a pequena seringa, já cheia com a solução cuidadosamente preparada. A narcosamina fora descoberta durante pesquisas em hibernação animal. Não era verdade, como se acreditava popularmente, que gerasse animação suspensa. Tudo o que provocava era uma grande desaceleração dos processos vitais, embora o metabolismo prosseguisse, em um nível reduzido. Era como se alguém tivesse abafado o fogo da vida, de modo que continuasse a arder sem chamas, sem ser visto. No entanto, quando, depois de semanas ou meses, o efeito da droga se enfraquecesse, esse fogo voltaria à plena energia e o adormecido despertaria para a vida. A narcosamina era perfeitamente segura. A natureza a usara por um milhão de anos para proteger muitos de seus filhos de um inverno sem provisões.

Então, Jan adormeceu. Não sentiu o puxão dos cabos de içamento quando a enorme estrutura de metal fora erguida para dentro do compartimento da nave cargueira dos Senhores Supremos. Não ouviu as escotilhas se fecharem, para não se abrirem novamente por trezentos trilhões de quilômetros. Não ouviu, bem distante e atenuado através das paredes robustas, o grito de protesto da atmosfera da Terra, à medida que a nave rapidamente se elevava de volta a seu elemento natural.

E não sentiu quando o impulso estelar foi acionado.

14

A sala de imprensa ficava sempre abarrotada nessas reuniões semanais, mas hoje estava tão apinhada que os repórteres tinham dificuldade em escrever. Queixavam-se uns com os outros, pela centésima vez, do conservadorismo e da falta de consideração de Karellen. Em qualquer outra parte do mundo, poderiam ter levado câmeras de TV, gravadores e todas as demais ferramentas de seu ofício altamente mecanizado. Aqui, porém, tinham de contar com dispositivos arcaicos como lápis e papel, e, até mesmo, por incrível que pareça, com a *taquigrafia*.

Houvera, é claro, várias tentativas de contrabandear gravadores para a sala. Também haviam conseguido removê-los clandestinamente, mas um simples olhar para o interior fumegante dos aparelhos mostrava a futilidade da tentativa. Naquele momento, todos compreenderam por que sempre haviam sido advertidos de que, para o seu próprio bem, seria melhor deixar relógios e demais objetos metálicos do lado de fora da sala de imprensa.

Para tornar as coisas ainda mais injustas, o próprio Karellen gravava tudo. Repórteres culpados de negligência, ou de distorção evidente dos fatos (embora esta última fosse muito rara), tinham sido convocados para reuniões curtas e desagradáveis com subordinados de Karellen, e obrigados a ouvir com atenção às gravações do que o Supervisor havia *realmente* dito. Era uma lição que jamais precisara ser repetida.

Era estranho como a notícia se espalhava. Não havia um anúncio de antemão, mas a casa sempre ficava lotada quando Karellen tinha uma declaração importante a fazer. O que acontecia, em média, duas ou três vezes ao ano.

O silêncio desceu sobre o burburinho da multidão quando a grande porta se abriu e Karellen encaminhou-se para o palanque. Aqui, a luz era fraca, decerto similar à do sol tão longínquo dos Senhores Supremos, de modo que o Supervisor da Terra dispensara os óculos escuros que normalmente usava ao ar livre.

Respondeu ao coro dissonante de cumprimentos com um formal:

– Bom dia a todos.

Depois, virou-se para a figura alta e distinta à frente da multidão. O sr. Golde, decano do Clube de Imprensa, podia ter sido o inspirador original da frase do mordomo: "Três repórteres, meu senhor, e um cavalheiro do *Times*". Vestia-se e se comportava como um diplomata da velha guarda. Ninguém hesitaria em confiar nele, e ninguém jamais se arrependeu de fazê-lo.

– Uma porção de gente hoje, sr. Golde. Acho que estão sem notícias.

O cavalheiro do *Times* sorriu e limpou a garganta.

– Espero que possa corrigir isso, senhor Supervisor.

Observou com atenção enquanto Karellen pensava na resposta. Parecia tão injusto que os rostos dos Senhores Supremos, rígidos como máscaras, não deixassem escapar nenhum sinal de emoção. Os grandes olhos bem abertos, as pupilas extremamente contraídas, mesmo nesta luz medíocre, fitavam, insondáveis, os olhos francamente curiosos do humano. Os orifícios respiratórios gêmeos em cada bochecha, se é que aquelas curvas estriadas de basalto podiam ser chamadas de bochechas, emitiam um levíssimo zunido enquanto os hipotéticos pulmões de Karellen labutavam com o ar rarefeito da Terra. Golde podia entrever a cortina de minúsculos pelos brancos se agitando para a frente e para trás, mantendo-se precisamente fora de fase, enquanto reagiam ao ciclo respiratório rápido e de dupla ação de Karellen. Acreditava-se que eram filtros contra pó, e complexas teorias sobre a atmosfera do planeta natal dos Senhores Supremos tinham sido elaboradas com base nesse pequeno detalhe.

– Sim, tenho algumas notícias. Como devem saber, uma de minhas naves de suprimentos deixou recentemente a Terra para voltar à sua base. Acabamos de descobrir que havia um clandestino a bordo.

Uma centena de lápis estacaram de súbito. Uma centena de pares de olhos se fixaram em Karellen.

– Um *clandestino*, o senhor disse, sr. Supervisor? – perguntou Golde. – Podemos saber quem foi... e como conseguiu embarcar?

– O nome é Jan Rodricks. Um estudante de engenharia na Universidade da Cidade do Cabo. Mais detalhes, os senhores sem dúvida poderão descobrir sozinhos, através de seus tão eficientes canais.

Karellen sorriu. O sorriso do Supervisor era uma coisa curiosa. A maior parte do efeito repousava nos olhos. A boca, inflexível e desprovida de lábios, quase não se mexia. Seria este, Golde se indagou, outro dos muitos costumes humanos que Karellen copiara com tanta habilidade? Pois o efeito como um todo era, sem dúvida, o de um sorriso, e a mente logo o aceitava como tal.

– Quanto a *como* ele partiu – continuou o Supervisor –, isso é secundário. Posso lhes garantir, ou a qualquer outro astronauta em potencial, que não há possibilidade de se repetir a façanha.

– O que vai acontecer com esse jovem? – insistiu Golde. – Será mandado de volta à Terra?

– Isso está fora da minha jurisdição, mas espero que volte na próxima nave. Ele acharia as condições demasiado... alienígenas para ficar em conforto onde está. E isso me leva ao principal motivo deste nosso encontro.

Karellen fez uma pausa e o silêncio tornou-se ainda mais profundo.

– Alguns humanos mais jovens e mais românticos da Terra têm reclamado por que o espaço sideral lhes foi interditado... Tivemos um motivo para fazer isso. Não impomos proibições por prazer. Mas já pararam para pensar, se me perdoam uma analogia pouco lisonjeira, o que um homem da idade da pedra sentiria se, de repente, se encontrasse em uma cidade moderna?

– Decerto – protestou o repórter do *Herald Tribune* –, que há uma diferença fundamental. Nós estamos acostumados à ciência. Em seu mundo, há, sem dúvida, muitas coisas que podemos não entender, mas que não nos pareceriam sobrenaturais.

– Tem certeza mesmo disso? – perguntou Karellen, em um tom de voz tão baixo que era difícil ouvir as palavras. – Apenas uma centena de anos separa a era da eletricidade da era do vapor, mas o que pensaria um engenheiro da era vitoriana de um televisor, ou de um computador eletrônico? E por quanto tempo ele viveria, se começasse a investigar seu funcionamento? O abismo entre duas tecnologias pode facilmente se tornar tão grande a ponto de ser... fatal.

(– Ei! – murmurou o repórter da Reuters para o da BBC. – Estamos com sorte. Ele vai fazer uma declaração política importante. Conheço os sintomas.)

– E há outras razões pelas quais restringimos a raça humana à Terra. Observem.

As luzes se enfraqueceram até desaparecer. À medida que desvaneciam, uma opalescência leitosa se formava no centro da sala, coagulando-se em um redemoinho de estrelas: uma galáxia espiral, vista de um ponto muito além de seu sol mais externo.

– Nunca antes olhos humanos presenciaram esta cena – disse a voz de Karellen, vinda da escuridão. – Estão olhando, de uma distância de meio milhão de anos-luz, para seu próprio Universo, a galáxia insular da qual seu Sol faz parte.

Fez-se longo silêncio. Depois, Karellen prosseguiu, e agora sua voz continha algo que não era inteiramente pena, nem precisamente desprezo.

– A sua raça demonstrou uma notável incapacidade de lidar com os problemas de seu próprio não tão grande planeta. Quando chegamos, estavam prestes a se destruir com os poderes que a ciência havia, inadvertidamente, lhes oferecido. Sem a nossa intervenção, a Terra hoje seria um deserto radioativo. Agora, vocês têm um mundo em paz, e uma raça unida. Em breve, serão civilizados o bastante para conduzir seu planeta sem a nossa assistência. Quem sabe possam, um dia, lidar com os problemas de todo um sistema solar... digamos, de cinquenta luas e planetas. Mas vocês acham mesmo que poderiam algum dia lidar com isto?

A nebulosa expandiu-se. Agora, as estrelas individuais passavam correndo, aparecendo e desaparecendo tão rápido quanto centelhas de uma forja. E cada uma daquelas breves centelhas era um sol, com sabe-se lá quantos mundos à sua volta...

– Só nesta nossa galáxia – murmurou Karellen – há oitenta e sete bilhões de sóis. Mesmo esse número lhes dá apenas uma leve ideia da imensidão do espaço. Ao desafiá-lo, vocês seriam como formigas tentando rotular e classificar todos os grãos de areia em todos os desertos do mundo. A sua raça, em seu atual estágio de evolução, não pode enfrentar um desafio tão grande. Um de meus deveres tem sido protegê-los dos poderes e forças que existem entre as estrelas. Forças além de qualquer coisa que possam vir a imaginar.

A imagem do turbilhão de névoas incandescentes da galáxia se desvaneceu. A luz voltou ao súbito silêncio da grande sala.

Karellen se virou para partir. A audiência terminara. Na porta, fez uma pausa e voltou a olhar para a multidão silenciosa.

– É uma ideia terrível, mas precisam encará-la. Os planetas, um dia, talvez vocês conquistem. Mas as estrelas não são para o Homem.

* * *

"As estrelas não são para o Homem." Sim, eles não gostariam nada de dar com a cara nos portais celestes fechados. Contudo, precisavam aprender a enfrentar a verdade... Ou tanto da verdade quanto, piedosamente, podia ser lhes dada.

Das solitárias alturas da estratosfera, Karellen contemplou o mundo e as pessoas que haviam sido entregues à sua guarda relutante. Pensou em tudo o que estava por vir, e no que este mundo seria em uma mera década.

Nunca saberiam como tinham tido sorte. Por um período igual à duração de uma vida, o Homem alcançara tanta felicidade quanto qualquer raça poderia vir a conhecer. Fora a Era Dourada. Entretanto, essa era também a cor do ocaso, do outono. E só os ouvidos de Karellen podiam captar os primeiros lamentos das tempestades de inverno.

E só Karellen sabia com que inexorável rapidez a Era Dourada se aproximava do fim.

III

A ÚLTIMA GERAÇÃO

15

– Olhe isto! – explodiu George Greggson, atirando o jornal na direção de Jean. Apesar dos esforços dela para interceptá-lo, o jornal foi pousar, desconjuntado e espalhado, sobre a mesinha de café. Com enorme paciência, Jean raspou a geleia e leu o trecho que indignara George, fazendo o melhor que podia para mostrar desaprovação. Não era muito boa nisso, pois volta e meia concordava com os críticos. Quase sempre guardava para si essas opiniões heréticas; e não só em nome da paz e da tranquilidade. George estava perfeitamente pronto a aceitar elogios dela (ou de qualquer pessoa), mas, se ela arriscasse alguma crítica a seu trabalho, receberia uma aula massacrante sobre sua ignorância artística.

Leu a resenha duas vezes, e então desistiu. Parecia bastante favorável, e foi o que ela disse.

– Parece que ele gostou da apresentação. Do que você está reclamando?

– Disto – George falou entre dentes, batendo com o dedo no meio da coluna. – Leia de novo.

– "Foram especialmente agradáveis para os olhos os delicados tons de verde do cenário do número de balé." E daí?

– Daí que *não tinha* verde nenhum! Gastei um tempão pra conseguir aquela tonalidade exata de azul! E tudo pra quê? Ou algum maldito engenheiro da sala de controle estragou o balanço de cores, ou esse idiota do resenhista tem uma televisão com defeito. Ei, que cor parecia na *nossa* TV?

– Ah... não lembro – confessou Jean. – A Lindinha começou a gritar na hora, e tive que ir ver o que estava acontecendo.

– Oh! – disse George, recaindo em um silêncio de fervura lenta.

Jean sabia que podia esperar uma nova erupção a qualquer momento. No entanto, quando veio, foi até que suave.

– Inventei uma nova definição para a TV – resmungou ele, sorumbático. – Cheguei à conclusão de que é um aparelho para *atrapalhar* a comunicação entre o artista e o público.

– E o que você pretende fazer a respeito? – retrucou Jean. – Voltar ao teatro ao vivo?

– E por que não? – perguntou George. – É exatamente nisso que *estive* pensando. Sabe aquela carta do pessoal de Nova Atenas? Me escreveram de novo. Desta vez, vou responder.

– É mesmo? – disse Jean, um pouco alarmada. – Acho que são um bando de malucos.

– Bem, só há um jeito de descobrir. Pretendo ir lá, fazer uma visita na próxima quinzena. Adianto que o material de divulgação deles parece perfeitamente sensato. E conseguiram gente muito boa por lá.

– Se você acha que vou começar a cozinhar num fogão a lenha, ou me vestir com peles, está muito...

– Ah, não seja boba! Essas histórias são só besteira. A colônia tem tudo que é preciso de verdade pra uma vida civilizada. Só não acreditam em luxos supérfluos. De qualquer maneira, faz uns dois anos que não vou para o Pacífico. Será uma boa viagem pra gente.

– Aí concordo com você – disse Jean. – Mas não pretendo deixar o garoto e a Lindinha virarem dois selvagens polinésios.

– Não vão – disse George. – Posso lhe dar a minha palavra.

E tinha razão, embora não do jeito que planejara.

184

* * *

– Como devem ter notado quando aterrissavam – disse o homenzinho, no outro lado da varanda –, a colônia é formada por duas ilhas, unidas por uma ponte. Esta é Atenas. Chamamos a outra de Esparta. É uma ilha bastante rústica e rochosa, e é um lugar ótimo para esportes, ou para se exercitar. – Seu olhar vacilou por um momento sobre a cintura do visitante, e George se remexeu um pouco, embaraçado, na cadeira de palhinha. – Aliás, Esparta é um vulcão extinto. Ou, pelo menos, é o que os geólogos dizem. Ha-ha.

– Mas, de volta a Atenas. A ideia da colônia, como deve ter percebido, é formar um grupo cultural independente e estável, com suas próprias tradições artísticas. Devo destacar que fizemos muita pesquisa antes de começarmos este empreendimento. É, na verdade, um trabalho de engenharia social aplicada, com base em uma matemática tão complexa que nem sonho entender. Tudo o que sei é que os sociólogos matemáticos calcularam o tamanho que a colônia devia ter, quantos tipos de pessoas ela devia conter e, acima de tudo, o tipo de constituição que devia ter para ser estável a longo prazo.

– O nosso governo é um conselho de oito diretores, representando produção, energia, engenharia social, arte, economia, ciência, esporte e filosofia. Não temos um presidente fixo do conselho, nem um presidente da nação. O cargo de presidente do conselho é ocupado a cada ano por um dos diretores, em revezamento.

– Nossa população atual é de pouco mais de cinquenta mil, o que está um pouco abaixo do ideal desejado. É por isso que ficamos de olhos abertos para novatos. E, é claro, há certa perda. Ainda não somos totalmente autossuficientes em alguns dos talentos mais especializados.

– Aqui, nesta ilha, estamos tentando preservar alguma coisa da independência da humanidade, suas tradições artísticas. Não somos contra os Senhores Supremos. Apenas queremos ficar em paz para seguir nosso próprio caminho. Quando destruíram as velhas nações e o estilo de vida que o Homem conhecera desde o princípio da história, eles descartaram muitas coisas boas junto com as más. O mundo agora está quieto, maçante e morto do ponto de vista cultural: nada de realmente novo foi criado desde que os Senhores Supremos chegaram. E a razão é óbvia. Não sobrou mais nada para almejar, e temos distrações e entretenimentos demais. Já se deu conta de que, *a cada dia*, algo como quinhentas horas de rádio e TV são jogadas no ar pelos vários canais? Mesmo que você não dormisse e não fizesse mais nada, ia conseguir acompanhar menos de um vigésimo do entretenimento disponível ao girar de um botão! Não é de admirar que as pessoas estejam se transformando em esponjas passivas: absorvendo, mas nunca criando. Sabia que o tempo *médio* que uma pessoa passa assistindo TV, agora, é de três horas por dia? Daqui a pouco as pessoas não vão mais viver suas próprias vidas. Vai ser um trabalho de tempo integral se manter a par dos diversos seriados de família na TV!

– Aqui, em Atenas, o entretenimento fica no seu devido lugar. Além disso, é ao vivo, não enlatado. Numa comunidade deste tamanho, dá para ter uma participação quase completa do público, com tudo o que isso implica para os realizadores e artistas. Aliás, formamos uma orquestra sinfônica muito boa. Talvez entre as seis melhores do mundo.

– Mas não quero que aceite a minha palavra sobre tudo isso. O que costuma acontecer é que os candidatos a cidadãos ficam aqui alguns dias, sentindo o lugar. Caso decidam que gostariam de se juntar a nós, deixamos que façam a bateria de testes psicológicos, que são, na verdade, nossa principal linha de defesa. Cerca de um terço dos candidatos é rejeitado, em geral por razões que não são culpa deles, e que não fariam diferença lá fora. Os que passam vão para casa por tempo suficiente para colocar os negócios em ordem e, depois, voltam para cá. Às vezes, mudam de ideia nesse estágio, só que isso é muito raro e, quase sempre, por razões pessoais fora do controle deles. Nossos testes agora são quase cem por cento confiáveis: as pessoas que passam são as que querem mesmo vir para cá.

– E se alguém mudar de ideia *depois*? – perguntou Jean, preocupada.

– Ele pode ir embora. Não há nenhum impedimento. Já aconteceu, uma ou duas vezes.

Fez-se um longo silêncio. Jean olhou para George, que passava os dedos, pensativo, pelas costeletas, atualmente em alta nos círculos artísticos. Desde que não queimassem as pontes por trás deles, ela não se preocuparia à toa. A colônia parecia um lugar instigante e, com certeza, não tão excêntrico quanto ela temera. E as crianças iam adorar. E isso, no final das contas, era tudo o que importava.

Mudaram-se para lá seis semanas depois. A casa térrea era pequena, mas bastante adequada para uma família que não pretendia ultrapassar os quatro membros. Todos os aparelhos básicos destinados a poupar trabalho estavam à vista. Pelo menos, Jean reconheceu, não havia o perigo de voltar à idade das trevas da labuta doméstica. Contudo, foi um tanto perturbador descobrir que havia uma cozinha. Em uma comunidade deste tamanho, seria normal ligar para a central de alimentos, esperar cinco minutos e receber a refeição escolhida. Individualismo era uma coisa ótima, mas cozinhar, Jean suspeitava, podia ser levar as coisas um pouco longe *demais*. Ficou imaginando, preocupada, se teria de fabricar as roupas da família, além de preparar as refeições. Contudo, não havia roca de fiar entre a máquina lava-pratos e o forno a radar, de modo que não era tão mau assim...

É claro que o resto da casa ainda parecia muito nu e cru. Eram os primeiros ocupantes, e levaria algum tempo antes que todo esse aspecto asséptico de coisa nova se convertesse em um lar com calor humano. As crianças, sem dúvida, seriam eficazes catalisadores do processo. Já havia (embora Jean ainda não soubesse) uma desafortunada vítima de Jeffrey expirando na banheira, como resultado da ignorância do rapaz sobre a diferença básica entre água doce e salgada.

Jean aproximou-se da janela, ainda sem cortinas, e percorreu a colônia com os olhos. Era um belo lugar, não havia dúvida. A casa ficava na encosta oeste da colina que dominava, graças à falta absoluta de concorrentes, a ilha de Atenas. Dois quilômetros para o norte, ela podia ver a ponte, fina como o fio de uma faca partindo as águas, que levava a Esparta. A ilha rochosa, com seu sorumbático cone vulcânico, contrastava de tal maneira com este lugar pacífico que às vezes a assustava. Queria saber como os cientistas podiam ter tanta certeza de que ele não voltaria a despertar, acabando com todo mundo.

Seu olhar foi atraído para uma silhueta oscilante, subindo a encosta, mantendo-se estritamente à sombra das palmeiras a despeito da linha da estrada. George estava voltando de sua primeira palestra. Estava na hora de parar de sonhar acordada e se ocupar das coisas da casa.

Um estrondo metálico anunciou a chegada da bicicleta de George.

Jean se perguntava quanto tempo levaria para os dois aprenderem a andar de bicicleta. Este era mais um aspecto inesperado da vida na ilha. Carros particulares não eram permitidos e, de fato, não eram necessários, visto que a maior distância que se podia percorrer em linha reta era inferior a quinze quilômetros. Havia diversos veículos a serviço da comunidade: caminhões, ambulâncias e carros de bombeiros, todos limitados, exceto em casos de real emergência, a cinquenta quilômetros por hora. Como resultado, os habitantes de Atenas podiam fazer bastante exercício, as ruas eram descongestionadas... e não havia acidentes de trânsito.

George deu um beijinho mecânico em sua mulher e desabou, com um suspiro de alívio, na poltrona mais próxima.

– Puxa! – disse, enxugando a testa. – Todo mundo me deixou

pra trás na subida da colina, portanto, deve ser questão de hábito. Acho que já perdi dez quilos.

– Como foi seu dia? – perguntou Jean, dedicada. Tinha esperanças de que George não estivesse exausto demais para ajudá-la a desempacotar as coisas.

– Muito estimulante. É claro que não lembro da metade das pessoas que me apresentaram, mas pareceram todas muito agradáveis. E o teatro é tão bom quanto eu esperava. Na semana que vem, vamos começar a trabalhar em *Volta a Matusalém*, de Shaw. Vou ter controle total dos cenários e do projeto do palco. Vai ser uma novidade não ter uma dúzia de pessoas pra me dizer o que não posso fazer. É, acho que vamos gostar daqui.

– Mesmo com as bicicletas?

George reuniu energia suficiente para sorrir com ironia.

– É – disse ele. – Daqui a duas semanas não vou nem notar esta nossa pequena colina.

Não acreditava mesmo nisso, mas era a mais pura verdade. No entanto, mais um mês se passou antes que Jean deixasse de ansiar pelo carro e descobrisse todas as coisas que se podia fazer quando se tinha uma cozinha própria.

Nova Atenas não era um afloramento natural e espontâneo, como a cidade cujo nome ostentava. Tudo na colônia fora muito bem planejado, como resultado de muitos anos de estudos, por um grupo de homens mais do que notáveis. Começara como uma conspiração aberta contra os Senhores Supremos, um desafio implícito a suas políticas, se não a seu poder. A princípio, os patrocinadores da colônia haviam tido uma boa certeza de que Karellen habilmente frustraria seus planos, mas o Supervisor nada fizera. Absolutamente nada. Isso não era tão tranquilizador quanto se poderia esperar. Karellen tinha tempo de sobra: podia estar preparando um contra-ataque de efeito retardado. Ou podia estar tão certo do fracasso do projeto que não sentia necessidade de tomar nenhuma medida contra ele.

A maioria das pessoas previra que a colônia fracassaria. Apesar disso, mesmo no passado, muito antes que houvesse qualquer conhecimento real de dinâmica social, tinham existido muitas comunidades devotadas a fins religiosos ou filosóficos. De fato, a taxa de mortalidade delas havia sido alta, mas algumas haviam sobrevivido. E os alicerces de Nova Atenas eram os mais seguros que a ciência moderna podia fornecer.

Houve muitas razões para a escolha de uma ilha. Acima de tudo, as psicológicas. Em uma era de transporte aéreo universal, o oceano não significava nada como barreira física, mas ainda transmitia uma sensação de isolamento. Além disso, uma área terrestre limitada tornava impossível que gente demais vivesse na colônia. A população máxima foi fixada em cem mil. Mais do que isso, as vantagens inerentes de uma comunidade pequena e compacta seriam perdidas. Um dos objetivos dos fundadores era que todos os membros de Nova Atenas conhecessem todos os demais cidadãos que compartilhassem de seus interesses, além de mais um ou dois por cento dos restantes.

O homem que fora a locomotiva por trás de Nova Atenas era um judeu. E, como Moisés, não vivera para entrar em sua terra prometida, pois a colônia fora fundada três anos após a sua morte.

Nascera em Israel, a última nação independente a surgir e, por conseguinte, a de vida mais curta. O fim da soberania nacional fora sentido lá, talvez, com mais amargura do que em qualquer outro lugar, pois é difícil abrir mão de um sonho que havia sido alcançado há tão pouco tempo, depois de séculos de luta.

Ben Salomon não era um fanático, mas as lembranças de sua infância devem ter influenciado, e não pouco, a filosofia que ele colocaria em prática. Lembrava-se muito do que o mundo tinha sido antes do advento dos Senhores Supremos, e não desejava voltar àquilo. Como muitos outros homens inteligentes e bem-intencionados, era capaz de apreciar tudo o que Karellen fizera pela raça humana, ao mesmo tempo em que se sentia angustiado em relação aos planos finais do Supervisor. Seria possível, ele às vezes se questionava, que, a despeito de toda a sua colossal inteligência, os Senhores Supremos não compreendessem de fato a humanidade, e estivessem cometendo um terrível engano, partindo do melhor dos motivos? E se, em sua paixão altruísta por justiça e ordem, estivessem determinados a reformar o mundo, mas não tivessem se dado conta de que estavam destruindo a alma do homem?

O declínio mal havia começado, mas os primeiros sintomas da decadência não eram difíceis de perceber. Salomon não era um artista, mas tinha uma percepção aguda da arte e sabia que sua época não estava à altura, em nenhum campo individual, das realizações dos séculos anteriores. Talvez as coisas entrassem nos eixos no devido tempo, quando o choque do encontro com a civilização dos Senhores Supremos tivesse se enfraquecido. Contudo, podia ser que não, e um homem prudente estudaria a possibilidade de fazer uma apólice de seguro.

Nova Atenas era essa apólice. Sua fundação consumira vinte anos e alguns trilhões de libras decimais. Ou seja, uma fração relativamente trivial da riqueza total do mundo. Nada acontecera nos primeiros quinze anos. Tudo acontecera nos últimos cinco.

A tarefa de Salomon teria sido impossível se não tivesse sido capaz de convencer um punhado dos artistas mais famosos do mundo de que seu plano tinha uma base sólida. Eles haviam simpatizado com o plano porque agradava a seus egos, não porque fosse importante para a raça. Uma vez convencidos, porém, o mundo os escutara e dera apoio, tanto moral como material. Por trás da fachada espetacular de artistas temperamentais, os verdadeiros arquitetos da colônia haviam traçado seus planos.

Uma sociedade consiste em seres humanos cujo comportamento, como indivíduos, é imprevisível. No entanto, se tomarmos um número suficiente de unidades básicas, certas leis começam a aparecer, como fora descoberto, muito tempo atrás, pelas empresas de seguro de vida. Ninguém pode dizer quais pessoas vão morrer em determinado período, mas o número total de mortes pode ser previsto com considerável precisão.

Existem outras leis, mais sutis, divisadas no começo do século xx por matemáticos como Weiner e Rashavesky. Eles diziam que eventos como as depressões econômicas, os resultados de corridas armamentistas, a estabilidade de grupos sociais, as eleições políticas e assim por diante podiam ser analisados por técnicas matemáticas apropriadas. O grande problema era o imenso número de variáveis, muitas das quais difíceis de definir em termos numéricos. Não era possível traçar um conjunto de curvas e dizer com certeza: "Quando esta linha for alcançada, significará guerra". E nunca se podia levar totalmente em conta eventos tão imprevisíveis como o assassinato de uma figura-chave, ou os efeitos de alguma nova descoberta científica. Menos ainda de catástrofes naturais, como terremotos ou enchentes, que podiam ter um efeito profundo em um grande número de pessoas e nos grupos sociais nos quais viviam.

E, mesmo assim, podia-se conseguir muito, graças aos conhecimentos pacientemente acumulados durante os últimos cem anos. A tarefa teria sido impossível sem o auxílio dos gigantescos computadores, capazes de realizar o trabalho de mil calculistas humanos em questão de segundos. Esses auxílios haviam sido usados ao máximo quando a colônia fora planejada.

Mesmo assim, os fundadores de Nova Atenas podiam apenas fornecer o solo e o clima nos quais a planta que desejavam alentar poderia, ou não, vir a florescer. Como o próprio Salomon comentara: "Podemos ter a certeza do talento, mas apenas orar por um gênio". Contudo, era razoável esperar que em uma sociedade tão concentrada ocorressem algumas reações interessantes. Poucos artistas prosperam na solidão, e nada é mais estimulante do que o conflito de mentes com interesses similares.

Até o momento, o conflito gerara bons resultados na escultura, na música, na crítica literária e no cinema. Ainda era cedo demais para ver se o grupo que trabalhava em pesquisa histórica corresponderia às esperanças de seus fomentadores, cujo objetivo aberto era restaurar o orgulho da humanidade em suas próprias realizações. A pintura ainda definhava, o que reforçava o ponto de vista dos que consideravam que as formas de arte estáticas e bidimensionais não tinham mais possibilidades a explorar.

Embora ainda não houvesse nenhuma explicação satisfatória para tal, era perceptível que o tempo desempenhava um papel essencial nas mais bem-sucedidas realizações artísticas da colônia. Mesmo suas esculturas quase nunca eram estáticas. Os intrigantes volumes e curvas de Andrew Carson mudavam com lentidão enquanto eram observados, de acordo com padrões complexos que a mente podia apreciar, mesmo que não fosse capaz de compreendê-los de modo pleno. De fato, Carson afirmava, com certa verdade, ter levado os móbiles de um século atrás à sua conclusão definitiva, e dessa forma ter unido a escultura ao balé.

Muitas das experiências musicais da colônia se preocupavam, não por coincidência, com o que se poderia chamar de "duração do tempo". Qual era a nota mais breve que a mente podia captar, ou a mais longa que ela podia tolerar sem tédio? O resultado poderia ser variado pelo condicionamento, ou pelo uso de uma orquestração apropriada? Problemas como esses eram discutidos vezes sem fim, e as discussões não eram apenas acadêmicas: tinham resultado em algumas composições de extremo interesse.

Contudo, fora na arte do cinema de animação, com suas possibilidades ilimitadas, que Nova Atenas realizara seus experimentos mais bem-sucedidos. Os cem anos decorridos desde a época de

Disney haviam deixado muito por fazer nessa mídia tão flexível. Do lado puramente realista, podiam-se gerar resultados indistinguíveis de fotografias (para grande desprezo dos que desenvolviam animações seguindo linhas abstratas).

O grupo de artistas e cientistas que até agora menos criara era o que atraía o maior interesse... e o maior alarde. Era a equipe que trabalhava com "identificação total". A história do cinema dava uma pista para suas ações: primeiro, o som, depois a cor, depois a estereoscopia, depois o Cinerama haviam tornado as antigas "imagens em movimento" cada vez mais parecidas com a própria realidade. Como terminaria a história? Sem dúvida, o estágio final seria atingido quando o público se esquecesse de que era um público, e se tornasse parte da ação. Conseguir isso envolveria a estimulação de todos os sentidos e, quem sabe, também, a hipnose, mas muitos acreditavam que era possível. Quando essa meta fosse alcançada, a experiência humana seria imensamente enriquecida. Um homem poderia se transformar, por algum tempo, pelo menos, em outra pessoa, e poderia tomar parte em qualquer aventura concebível, real ou imaginária. Poderia até ser uma planta ou animal, caso a captura e o registro das impressões sensoriais de outras criaturas vivas se tornassem possíveis. E, quando o "programa" terminasse, ele teria adquirido uma recordação tão vívida quanto qualquer experiência de sua vida real. De fato, indistinguível da própria realidade.

As perspectivas eram fascinantes. Muitos também as achavam horripilantes, e esperavam que o empreendimento fracassasse. Entretanto, no fundo sabiam que, uma vez tendo a ciência declarado uma coisa possível, não havia como evitar sua realização, mais cedo ou mais tarde...

Assim era Nova Atenas e alguns de seus sonhos. Esperava se tornar o que a antiga Atenas poderia ter sido, caso tivesse máquinas em vez de escravos, ciência em vez de superstição. Contudo, ainda era muito cedo para dizer se o experimento teria sucesso.

16

Jeffrey Greggson era um ilhéu que, até agora, não se interessara por estética ou ciência, as duas grandes preocupações dos mais velhos. Mesmo assim, aprovava de coração a colônia, por razões estritamente pessoais. O mar, nunca a mais de alguns quilômetros em qualquer direção, fascinava o menino. A maior parte de sua curta existência fora vivida bem longe do mar, e ainda não estava acostumado à novidade de ficar rodeado de água. Era um bom nadador e, muitas vezes, saía de bicicleta com os amiguinhos, levando seus pés de pato e a máscara, para explorar as águas menos profundas da laguna. No início, Jean não ficara muito satisfeita com isso, mas depois de ela mesma ter dado alguns mergulhos, perdera o medo do mar e de suas estranhas criaturas, e deixara Jeffrey divertir-se à vontade, com a única condição de jamais nadar sozinho.

Outro membro da família Greggson que também aprovara a mudança era Fey, a linda golden retriever que, oficialmente, pertencia a George, mas que poucas vezes se desgrudava de Jeffrey. Os dois eram inseparáveis, tanto de dia como, se Jean não tivesse batido o pé, de noite. Apenas quando Jeffrey saía de bicicleta é que Fey permanecia em casa, deitada, sem fazer nada, defronte à porta e contemplando a estrada com olhos úmidos e pesarosos, o focinho repousando entre as patas.

Isso era um tanto humilhante para George, que pagara um preço salgado por Fey e seu pedigree. Parecia que ia ter de esperar pela próxima ninhada, prevista para dali a três meses, antes que pudesse ter um cão seu. Jean tinha outra opinião sobre o assunto. Gostava de Fey, mas achava que um cão por domicílio era mais do que o suficiente.

Apenas Jennifer Anne ainda não se decidira se gostava ou não da colônia. Isso, porém, não era de espantar, pois até agora nada vira do mundo além dos painéis plásticos de seu berço, e tinha, até o momento, pouquíssima suspeita de que existisse tal lugar.

George Greggson não costumava pensar muito no passado. Estava ocupado demais com planos para o futuro, absorvido demais pelo trabalho e pelos filhos. De fato, era raro que sua mente voltasse através dos anos para aquela noite na África, e nunca tocou no assunto com Jean. Por concordância mútua, o evitavam e, desde aquele dia, nunca mais visitaram os Boyce, apesar dos repetidos convites. Ligavam para Rupert com novas desculpas várias vezes por ano e, nos últimos tempos, ele parara de incomodá-los. Seu casamento com Maia, para surpresa de todos, parecia ter dado certo.

Um resultado daquela noite fora que Jean perdera toda a vontade de se envolver em mistérios nas fronteiras da ciência. Desaparecera completamente aquela admiração ingênua e indiscriminada que a atraíra para Rupert e seus experimentos. Quem sabe tivesse se convencido, e não quisesse mais provas. George preferia não perguntar. Era possível também que as preocupações da maternidade tivessem expulsado esses interesses de sua mente.

George sabia que não fazia sentido se preocupar com um mistério que jamais poderia ser resolvido. No entanto, às vezes, no silêncio da noite, acordava e ficava pensando. Lembrava-se de seu encontro com Jan Rodricks, na laje da casa de Rupert, e das poucas palavras que eram tudo o que conversara com o único ser humano que tivera sucesso em desafiar a interdição dos Senhores Supremos. "Nada no reino do sobrenatural", pensava George, "podia ser mais assustador do que o fato puramente científico de que, embora quase dez anos tivessem se passado desde que falara com Jan, aquele viajante, agora tão afastado, tivesse envelhecido só alguns dias."

O Universo era vasto, mas esse fato o apavorava menos do que seu mistério. George não era uma pessoa que pensasse a fundo nesses assuntos, mas às vezes lhe parecia que os homens eram como crianças, divertindo-se em um playground cercado, protegidos das terríveis realidades do mundo exterior. Jan Rodricks ressentira-se dessa proteção e escapara dela... para ninguém sabia o quê. Neste assunto, porém, George se vira ao lado dos Senhores Supremos. Não desejava enfrentar fosse o que fosse que estivesse espreitando nas trevas desconhecidas, logo além do pequeno círculo de luz projetado pela lâmpada da ciência.

– Como é – queixou-se George – que Jeff está sempre fora, em algum lugar, quando acontece de eu estar em casa? Aonde ele foi hoje?

Jean levantou os olhos do tricô, uma ocupação arcaica que fora recentemente revivida com grande sucesso. Essas modas iam e vinham na ilha com certa rapidez. O principal resultado desta mania específica era que todos os homens já haviam sido presenteados com suéteres multicor, quentes demais para usar de dia, mas bem úteis depois do pôr do Sol.

– Foi a Esparta com uns amigos – Jean respondeu. – Prometeu voltar pro jantar.

– Vim pra casa pensando em trabalhar um pouco – disse George, pensativo. – Só que o dia está tão bonito, então acho que também vou lá nadar. Que tipo de peixe você quer que eu traga?

George nunca pescara nada, e os peixes da laguna eram espertos demais para serem apanhados. Jean estava a ponto de dizer isso, quando o silêncio da tarde foi quebrado por um som que ainda tinha o poder, mesmo nesta era pacífica, de gelar o sangue e deixar o couro cabeludo formigando de apreensão.

Era o uivo de uma sirene, subindo e descendo, espalhando sua mensagem de perigo em círculos concêntricos, na direção do mar.

Durante quase cem anos, as pressões estiveram aumentando lentamente, aqui na escuridão ardente, muito abaixo do leito oceânico. Embora o canyon submarino tivesse se formado muitas eras geológicas atrás, as rochas torturadas nunca se reconciliaram com suas novas posições. Vezes sem conta, os estratos haviam rangido e se deslocado, à medida que o peso inimaginável da água perturbava o seu precário equilíbrio. E, mais uma vez, estavam prontos para se mover.

Jeff estava explorando as piscinas rochosas ao longo da praia estreita de Esparta, uma ocupação que ele achava de extremo interesse. Nunca se podia saber que criaturas exóticas poderiam ser encontradas, abrigadas das ondas que avançavam umas atrás das outras pelo Pacífico para esgotarem-se contra os recifes. Era um reino de fadas para qualquer criança e, naquele momento, Jeff era seu único proprietário, pois seus amigos haviam subido para as colinas.

O dia estava calmo e pacífico. Não soprava vento nenhum, e mesmo o eterno murmúrio de além dos recifes havia se reduzido a um som abafado ao fundo. Um sol escaldante pendia do céu, já na metade da descida, mas o corpo castanho-mogno de Jeff agora era praticamente imune aos seus ataques.

A praia, aqui, era um cinturão estreito de areia, com uma forte inclinação próxima da laguna. Olhando para dentro da água cristalina, Jeff podia ver as rochas submersas que lhe eram tão familiares quanto as formações em terra. Cerca de dez metros abaixo, as vigas cobertas de algas de uma antiga escuna curvavam-se para cima, em direção ao mundo que deixara quase dois séculos atrás. Jeff e seus amigos haviam explorado o naufrágio muitas vezes, mas as esperanças de um tesouro escondido foram frustradas. Tudo o que tinham recuperado fora uma bússola incrustada de cracas.

Com muita firmeza, alguma coisa se apossou da praia e deu um único e repentino puxão nela. O tremor passou tão depressa que Jeff ficou em dúvida se o teria imaginado. Quem sabe, tivesse sido uma tontura passageira, pois tudo à sua volta permanecia completamente inalterado. As águas da laguna estavam calmas, o céu, vazio de nuvens ou ameaças. E, então, algo muito estranho começou a acontecer.

Mais rápido do que qualquer maré vazante, a água recuava da costa. Jeff observou, profundamente intrigado, mas nem um pouco assustado, enquanto as areias molhadas eram expostas, cintilando ao Sol. Acompanhou o oceano em retirada, determinado a aproveitar ao máximo aquele milagre que abrira o mundo submarino à sua inspeção. Agora, o nível baixara tanto que o mastro partido do velho naufrágio se erguia no ar, com as algas pendendo dele, flácidas, à medida que perdiam seu apoio líquido. Jeff avançou com pressa, ansioso por ver que maravilhas seriam reveladas em seguida.

Foi então que reparou no barulho dos recifes. Nunca ouvira algo parecido antes, e parou para pensar no assunto, os pés descalços afundando devagar na areia úmida. Um grande peixe se debatia, em agonia, a poucos metros de distância, mas Jeff mal o notou. Ficou parado, alerta e ouvindo, enquanto o barulho do recife aumentava cada vez mais à sua volta.

Era um som de sucção, gorgolejante, como o de um rio correndo por um canal estreito. Era a voz do mar em retirada contra a vontade, zangado por perder, mesmo que por um momento, as terras que eram suas por direito. Através das graciosas ramificações do coral, através de cavernas submarinas ocultas, milhões de toneladas de água estavam sendo drenadas da laguna para a vastidão do Pacífico.

Muito em breve, e com grande velocidade, elas retornariam.

* * *

Horas mais tarde, um dos grupos de resgate encontrou Jeff sobre um grande bloco de coral que fora arremessado vinte metros acima do nível normal da água. Não parecia lá muito assustado, embora estivesse preocupado com a perda da bicicleta. Também sentia muita fome, já que ficara isolado de casa pela destruição parcial da ponte. Quando foi resgatado, estava pensando em nadar de volta a Atenas e, a menos que as correntes tivessem mudado drasticamente, era certo que teria feito a travessia sem grandes problemas.

Jean e George tinham testemunhado toda a sequência de eventos de quando o *tsunami* atingira a ilha. Embora os danos tivessem sido graves nas áreas baixas de Atenas, não houve nenhuma vida perdida. Os sismógrafos tinham sido capazes de dar apenas quinze minutos de advertência, mas isso fora o suficiente para que todos viessem para cima da linha de perigo. Agora, a colônia se recuperava e reunia uma massa de lendas que se tornariam cada vez mais apavorantes nos anos seguintes.

Jean irrompeu em lágrimas quando lhe devolveram o filho, pois estava completamente convencida de que ele fora levado pelo mar. Assistira, com olhos cheios de horror, enquanto o sombrio paredão de águas encimado por espuma se movera do horizonte, rugindo, para cobrir a base de Esparta com espuma e borrifos. Parecia incrível que Jeff pudesse ter alcançado um lugar seguro a tempo.

Não era de espantar que ele não fosse capaz de fazer uma descrição racional do que acontecera. Quando já havia se alimentado e estava em segurança na cama, Jean e George se reuniram ao seu lado.

– Agora durma, querido, e esqueça tudo – disse Jean. – Está tudo bem agora.

– Mas foi legal, mãe – protestou Jeff. – Não deu medo, de verdade.

– Ótimo – disse George. – Você é um rapaz corajoso, e ainda bem que teve juízo e correu a tempo. Já ouvi falar desses maremotos. Muita gente se afoga por sair para a praia descoberta, pra ver o que aconteceu.

– Foi isso que eu fiz – confessou Jeff. – Quem será que me ajudou?

– Que quer dizer? Não tinha ninguém com você. Os outros garotos estavam no alto da colina.

Jeff parecia intrigado.

– Mas alguém me disse pra correr.

Jean e George se entreolharam, ligeiramente alarmados.

– Você quer dizer... que imaginou ter ouvido algo?

– Ah, não amole ele agora – disse Jean, ansiosa, e um pouco apressada demais. George, porém, era teimoso.

– Quero chegar ao fundo disto. Conte exatamente o que aconteceu, Jeff.

– Bem, eu estava lá embaixo na praia, pertinho daquele navio velho afundado, quando a voz falou.

– E que foi que ela disse?

– Não lembro bem, mas foi algo assim: "Jeffrey, suba a colina o mais rápido que puder. Se ficar aqui, vai morrer afogado". Tenho certeza de que a voz me chamou de Jeffrey, e não Jeff. Então, não pode ter sido ninguém que eu conheço.

– Era uma voz de homem? E de onde vinha?

– Parecia bem pertinho, do meu lado. E parecia voz de homem... – Jeff hesitou por um momento, e George o estimulou:

– Vá em frente... Só imagine que está de volta na praia e diga exatamente o que aconteceu.

– Bem, não era como ninguém que eu tivesse ouvido falar antes. Acho que era um homem bem *grande*.

– Foi só isso que a voz disse?

– Foi... até que comecei a subir a colina. Aí aconteceu outra coisa engraçada. Sabe a trilha que sobe pelo rochedo?

– Sei.

– Eu estava correndo, subindo por ela, porque era o caminho mais rápido. Já sabia o que estava havendo, porque tinha visto a ondona vindo. Também fazia um barulho de dar medo. E aí eu descobri que tinha uma pedra enorme no caminho. Não estava lá antes, e eu não tinha por onde passar.

– Deve ter caído com o terremoto – disse George.

– Psiu! Continue, Jeff.

– Não sabia o que fazer, e dava pra ouvir a onda chegando. Aí, a voz disse: "Feche os olhos, Jeffrey, e ponha a mão na frente do rosto". Parecia uma coisa engraçada pra se fazer, mas tentei. E aí teve um brilho enorme, dava pra sentir no corpo todo. E, quando abri os olhos, a pedra tinha sumido.

– Sumido?

– Isso mesmo, não estava mais lá. Comecei a correr de novo, e foi aí que quase queimei os pés, porque a trilha estava quente pra caramba. A água assobiou quando passou ali, mas não conseguiu me pegar, eu já estava bem pra cima no rochedo. E foi só isso. Desci de volta quando não tinha mais ondas. Aí, vi que a minha bicicleta tinha sumido, e que a estrada pra casa tinha desabado.

– Não se preocupe com a bicicleta, querido – disse Jean, apertando o filho, grata. – A gente arranja outra. A única coisa que importa é que você está a salvo. Não vamos nos preocupar com *como* aconteceu.

Isso, é claro, não era verdade, pois a discussão começou tão logo saíram do quarto das crianças. Não chegaram a uma conclusão, mas a conversa teve duas consequências. No dia seguinte, sem dizer nada a George, Jean levou o filhinho ao psicólogo infantil da colônia, que ouviu com atenção enquanto Jeff repetia sua história, nem um pouco intimidado pelo novo ambiente. Em seguida, enquanto o menino, que nem desconfiava que estava lá como paciente, rejeitava em série os brinquedos na sala ao lado, o médico tranquilizou Jean:

– Não tem nada no histórico dele que sugira alguma anomalia mental. Temos que levar em conta que ele passou por uma experiência aterradora, e se saiu dela melhor do que era de se esperar. É uma criança cheia de imaginação, e deve acreditar na própria história. Então, apenas aceite a história, e não se preocupe, a não ser que haja outros sintomas depois. Nesse caso, me avise na hora.

À noite, Jean transmitiu o veredicto ao marido. George não pareceu tão aliviado quanto ela esperava, e Jean atribuiu isso à preocupação com os estragos sofridos por seu querido teatro. Ele apenas grunhiu "Tudo bem", e se acomodou com o último número da *Palcos e Ateliês*. Parecia que ele tinha perdido o interesse no assunto como um todo, e Jean ficou vagamente aborrecida.

Três semanas depois, porém, no dia em que a ponte foi reaberta, George e sua bicicleta partiram em ritmo ligeiro para Esparta.

A praia ainda estava coberta de coral despedaçado, e o próprio recife parecia ter sido rompido em um ponto. George ficou pensando quanto tempo as miríades de pólipos pacientes levariam para reparar os estragos.

Havia apenas um caminho subindo pela frente do rochedo e, assim que recobrou o fôlego, George começou a escalar. Alguns fragmentos secos de alga, aprisionados entre as rochas, marcavam o limite alcançado pelas águas em ascensão.

Por um longo tempo, George Greggson ficou ali, parado naquela trilha solitária, contemplando a mancha de rocha fundida debaixo de seus pés. Tentou dizer a si mesmo que era alguma bizarrice do vulcão há muito extinto, mas logo abandonou essa tentativa de autoilusão. Sua mente retornou àquela noite, anos atrás, quando ele e Jean haviam participado do tolo experimento de Rupert Boyce. Ninguém jamais entendera realmente o que havia acontecido naquela noite, e George sabia que, de alguma maneira insondável, os dois estranhos eventos estavam ligados. Primeiro fora Jean, agora o filho dela. Não sabia se devia ficar feliz ou com medo e, do fundo do coração, proferiu uma oração silenciosa:

– Obrigado, Karellen, por seja lá o que a sua gente tenha feito por Jeff. Mas queria saber *por que* fizeram isso.

Desceu lentamente para a praia, e as grandes gaivotas brancas ficaram fazendo curvas em torno de George, aborrecidas por ele não ter trazido comida para lhes jogar enquanto circulavam no céu.

17

O pedido de Karellen, embora fosse de se esperar a qualquer momento desde a fundação da colônia, caiu como uma bomba. Como todos sabiam muito bem, representava uma crise nos assuntos de Atenas, e ninguém conseguia determinar se resultaria em algo de bom ou de ruim.

Até agora, a colônia seguira seu caminho sem qualquer interferência dos Senhores Supremos. Haviam deixado a ilha totalmente à vontade, da mesma maneira como ignoravam a maior parte das atividades humanas que não fossem subversivas, nem ofendessem seus códigos de conduta. Se os objetivos da colônia podiam ou não ser chamados de subversivos, era duvidoso. Eram apolíticos, mas representavam uma busca de independência intelectual e artística. E, a partir daí, quem sabe o que poderia resultar? Os Senhores Supremos podiam muito bem ser capazes de prever o futuro de Atenas mais claramente que seus fundadores... e poderiam não gostar dele.

É claro que se Karellen desejasse enviar um observador, inspetor ou como quer que se quisesse chamá-lo, não havia nada que pudesse ser feito. Vinte anos antes, os Senhores Supremos anunciaram que tinham suspendido a utilização de seus aparelhos de vigilância, de modo que a humanidade não precisava mais se considerar espionada. No entanto, o fato de esses aparelhos ainda existirem significava que nada podia ser escondido dos Senhores Supremos, se eles realmente quisessem ver.

Algumas pessoas da ilha recebiam com alegria esta visita, como uma chance de solucionar um dos problemas menores da psicologia dos Senhores Supremos: sua postura em relação às artes. Será que as consideravam uma aberração infantil da raça humana? Será que têm alguma forma de arte deles mesmos? Nesse caso, a finalidade desta visita seria puramente estética, ou os motivos de Karellen seriam menos inocentes?

Todas essas questões foram debatidas incessantemente, enquanto os preparativos estavam em andamento. Nada se sabia a respeito do Senhor Supremo visitante, mas presumia-se que pudesse absorver cultura em quantidades ilimitadas. O experimento seria, pelo menos, tentado, e as reações da vítima, observadas com interesse por uma junta de mentes das mais aguçadas.

O atual presidente do conselho era o filósofo Charles Yan Sen, um homem irônico, mas no fundo bem-humorado, que ainda não chegara aos sessenta e estava, portanto, no auge da vida. Platão o teria aprovado como um exemplo do filósofo-estadista, embora Sen não aprovasse totalmente Platão, que suspeitava ter deturpado grosseiramente as ideias de Sócrates. Ele era um dos ilhéus decididos a tirar o máximo da visita, nem que fosse apenas para mostrar aos Senhores Supremos que os homens ainda tinham bastante iniciativa e ainda não estavam, como ele dizia, "completamente domesticados".

Em Atenas, nada se fazia sem um comitê, essa marca registrada definitiva do método democrático. De fato, alguém certa vez definira a colônia como um sistema de comitês interligados. No entanto, o sistema funcionava graças aos pacientes estudos dos psicólogos sociais que tinham sido os verdadeiros fundadores de Atenas. Visto que a comunidade não era grande demais, todo mundo tinha a chance de participar um pouco de sua administração e ser um cidadão, no sentido mais verdadeiro da palavra.

Era quase inevitável que George, como um líder da hierarquia artística, fizesse parte do comitê de recepção. Ele, porém, se garantiu duplamente, mexendo alguns pauzinhos. Se os Senhores Supremos queriam estudar a colônia, George também queria estudá-los. Jean não ficou muito satisfeita com isso.

Desde a noite na casa dos Boyce que sentia uma vaga hostilidade para com os Senhores Supremos, embora não tivesse, de fato, razão para isso. Apenas desejava lidar com eles o mínimo possível, e um dos principais atrativos da ilha fora, para ela, a esperança de independência. Agora, temia que essa independência pudesse estar ameaçada.

O Senhor Supremo chegou sem nenhuma cerimônia, em um carro aéreo de fabricação humana, para frustração dos que esperavam algo mais espetacular. Podia ser o próprio Karellen, pois ninguém jamais conseguira distinguir um Senhor Supremo de outro com qualquer grau de certeza. Todos pareciam duplicatas, saídas de um único molde-mestre. E quem sabe, graças a algum processo biológico desconhecido, fossem mesmo.

Depois do primeiro dia, os ilhéus deixaram de prestar muita atenção quando o carro oficial passava, murmurando, em seus roteiros turísticos. O nome correto do visitante, Thanthalteresco, se mostrou inconveniente demais para o uso geral, e logo ele foi apelidado de "Inspetor". Era um nome preciso, visto que sua curiosidade e apetite por estatísticas eram insaciáveis.

Charles Yan Sen estava exausto quando, bem depois da meia-noite, acompanhou o Inspetor de volta ao carro aéreo que lhe servia de base. Ali, sem dúvida, ele continuaria a trabalhar durante toda a noite, enquanto seus anfitriões humanos se rendiam à fraqueza do sono.

A sra. Sen recebeu o marido com ansiedade na volta.

Era um casal amoroso, a despeito do hábito brincalhão dele de tratá-la por Xantipa sempre que recebiam convidados. Ela há muito ameaçara revidar de acordo, preparando-lhe uma xícara de cicuta, mas, felizmente, essa erva era menos comum na Nova Atenas do que fora na antiga.

– Foi tudo bem? – perguntou ela, enquanto o marido se acomodava para uma refeição tardia.

– Acho que sim... só que a gente nunca pode ter certeza do que se passa naquelas mentes incríveis. Ele ficou mesmo interessado, foi até lisonjeiro. A propósito, pedi desculpas por não o convidar para vir aqui. Ele disse que entendia muito bem, e não tinha a menor vontade de bater com a cabeça no nosso teto.

– O que mostrou para ele hoje?

– O lado do ganha-pão da colônia, que ele não pareceu achar tão chato quanto eu sempre acho. Fez todo tipo de perguntas que você possa imaginar sobre produção, como equilibramos nosso orçamento, nossos recursos minerais, a taxa de natalidade, como conseguimos nossa comida, e assim por diante. Ainda bem que eu estava com o secretário Harrison, e ele veio preparado com todos os relatórios anuais desde o início da colônia. Você devia ter visto os dois trocando estatísticas... O Inspetor pediu os relatórios emprestados, e aposto que, quando nos virmos amanhã, vai ser capaz de citar qualquer número pra gente. Acho esse tipo de exibição mental tão deprimente!

Bocejou e começou a ciscar a comida, sem muito entusiasmo.

– Acho que amanhã vai ser mais interessante. Vamos visitar as escolas e a Academia. É aí que vou fazer umas perguntas, pra variar. Queria saber como é que os Senhores Supremos criam os filhos... supondo, claro, que tenham filhos.

Essa seria uma pergunta que Charles Sen jamais veria respondida, mas, em outros pontos, o Inspetor foi bastante prolixo. Esquivava-se de perguntas constrangedoras de tal maneira que dava gosto de ver, e então, sem que ninguém esperasse, se abria totalmente.

O primeiro momento de verdadeira intimidade ocorreu quando estavam indo embora da escola, que era um dos grandes orgulhos da colônia.

– É uma grande responsabilidade – comentou o dr. Sen – treinar essas mentes jovens para o futuro. Ainda bem que os seres humanos são muito resistentes. É preciso uma criação bem ruim para causar um dano permanente. Mesmo que nossos objetivos estejam errados, nossas pequenas vítimas deverão superar isso. E, como viu, elas parecem bem felizes.

Ficou em silêncio por um momento e, em seguida, levantou os olhos marotos para o vulto imponente de seu passageiro. O Inspetor estava completamente coberto com uma espécie de tecido prateado refletor, de modo que nem um centímetro do seu corpo expunha-se à luz ardente do sol. O dr. Sen estava ciente dos grandes olhos por trás dos óculos escuros, observando-o sem emoção... ou com emoções que ele jamais poderia compreender.

– Imagino que nosso problema na educação dessas crianças seja muito semelhante ao de vocês, com relação à raça humana. Não concorda?

– Sob certos aspectos – admitiu, gravemente, o Senhor Supremo. – Sob outros, talvez uma melhor analogia possa ser encontrada na história das suas potências coloniais. Por esse motivo, os Impérios Romano e Britânico sempre foram de muito interesse para nós. O caso da Índia é em especial instrutivo. A principal diferença entre nós e os ingleses na Índia é que eles não tinham motivos concretos para ir lá. Isto é, não tinham objetivos conscientes, exceto razões triviais e temporárias, como comércio e hostilidade para com outras potências europeias. Viram-se donos de um império antes de saberem o que fazer com ele, e nunca ficaram satisfeitos de verdade até terem se livrado dele.

– E os Senhores Supremos – perguntou o dr. Sen, incapaz de resistir à ocasião – vão se livrar do seu império quando chegar a hora?

– Sem a menor hesitação – retrucou o Inspetor.

O dr. Sen não insistiu no assunto. A franqueza da resposta não era muito lisonjeira. Além disso, já haviam chegado à Academia, onde os pedagogos, reunidos, aguardavam para afiar suas mentes em contato com um Senhor Supremo, real e ao vivo.

– Como nosso distinto colega deve ter mencionado – disse o professor Chance, reitor da Universidade de Nova Atenas –, nosso principal objetivo é manter as mentes de nosso povo alertas, e permitir que desenvolvam todas as suas potencialidades. Fora desta ilha – e seu gesto indicava, e rejeitava, o resto do globo –, receio que a raça humana tenha perdido a iniciativa. Tem paz, tem abundância... só não tem horizontes.

– Enquanto que aqui, é claro...? – interrompeu o Senhor Supremo, afável.

O professor Chance, que não tinha senso de humor e estava vagamente ciente do fato, olhou, desconfiado, para o visitante, e prosseguiu:

– Aqui não padecemos da antiquada obsessão de que o lazer é um pecado. Mas também não achamos que a recepção passiva de entretenimento seja tudo. Todo mundo nesta ilha tem uma ambição, que pode ser resumida de maneira muito simples: fazer algo, por menor que seja, melhor do que qualquer outra pessoa. É claro que se trata de um ideal que nem todos atingimos. Mas, neste mundo moderno, já é uma grande coisa ter um ideal. Alcançá-lo é muito menos importante.

O Inspetor não pareceu inclinado a fazer comentários. Havia descartado a roupa protetora, mas ainda usava óculos escuros, mesmo na luz branda do Salão de Conferências. O reitor desconfiava se seriam necessários por motivos fisiológicos, ou se eram mera camuflagem. O certo era que tornavam praticamente impossível a já difícil tarefa de ler os pensamentos dos Senhores Supremos. Não pareceu, contudo, opor-se às afirmações, um tanto duras, que lhe haviam sido lançadas, ou às críticas implícitas à política de sua raça com relação à Terra.

O reitor estava a ponto de insistir no ataque quando o professor

210

Sperling, diretor do Departamento de Ciências, resolveu transformá-lo em um combate de três frentes.

– Como o senhor decerto sabe, um dos grandes problemas de nossa cultura tem sido a dicotomia entre arte e ciência. Gostaria muito de conhecer sua opinião sobre o assunto. Concorda com a visão de que todos os artistas são anormais? Que o trabalho deles, ou, pelo menos, o impulso por trás desse trabalho, seja o resultado de algum descontentamento psicológico profundo?

O professor Chance limpou a garganta, deliberadamente, mas o Inspetor se antecipou a ele:

– Disseram-me que todos os homens são artistas até certo ponto, de modo que todo mundo é capaz de criar algo, mesmo que em um nível rudimentar. Por exemplo, ontem, em suas escolas, observei a ênfase dada à autoexpressão no desenho, na pintura e na modelagem. O impulso parecia bastante universal, mesmo entre os que claramente estão destinados a ser especialistas em ciências. Por isso, se todos os artistas são anormais, e todos os homens são artistas, temos aí um interessante silogismo...

Todos ficaram aguardando que ele o concluísse. Contudo, quando isso servia às suas finalidades, os Senhores Supremos sabiam ser impecavelmente diplomáticos.

O Inspetor passou pelo concerto sinfônico com esmero, o que era bem mais do que podia ser dito de muitos membros humanos do público. A única concessão ao gosto popular fora a *Sinfonia dos Salmos*, de Stravinsky; o resto do programa mantivera-se ferrenhamente modernista. Quaisquer que fossem os pontos de vista de cada um sobre seus méritos, a apresentação fora soberba, pois a alegação da colônia quanto a ter alguns dos melhores músicos do planeta não era falsa. Houve muita disputa entre os diversos compositores rivais pela honra de serem incluídos no programa, mesmo que alguns cínicos questionassem se isso seria mesmo uma honra. Embora tudo o que se sabia indicasse o contrário, os Senhores Supremos podiam ter ouvido duro.

No entanto, foi observado que, após o concerto, Thanthalteresco procurou os três compositores que estavam presentes e os cumprimentou pelo que chamou de "grande engenhosidade". Isso fez com que se retirassem com expressões satisfeitas, mas vagamente perplexas.

Foi só no terceiro dia que George Greggson teve a oportunidade de se encontrar com o Inspetor. O teatro providenciara uma espécie de grelhado misto em vez de um único prato: duas peças de um ato, um quadro cômico de um imitador de fama mundial e uma sequência de balé. Mais uma vez, tudo foi esplendidamente executado e a previsão de um crítico ("Agora, pelo menos, vamos descobrir se os Senhores Supremos são capazes de bocejar.") foi refutada. De fato, o Inspetor riu várias vezes, e nos pontos certos.

E mesmo assim... ninguém podia ter certeza. Ele podia estar também representando um esplêndido ato, acompanhando a apresentação apenas pela lógica, com suas estranhas emoções completamente insensíveis, como um antropólogo que tomasse parte em um ritual primitivo. O fato de que tivesse emitido os sons apropriados, e reagido como esperado, no fundo não provava coisa nenhuma.

Embora George tivesse a firme intenção de conversar com o Inspetor, fracassou totalmente. Depois do espetáculo, trocaram algumas palavras de apresentação e, em seguida, o visitante foi conduzido para longe. Seria impossível isolá-lo de sua comitiva, e George foi para casa em um estado de extrema frustração. Não tinha certeza do que pretendia dizer, mesmo que tivesse tido a oportunidade. De alguma maneira, porém, tinha a certeza de que teria conseguido conduzir a conversa para Jeff. E, agora, a oportunidade se fora.

Seu mau humor durou dois dias. O carro aéreo do Inspetor já partira, em meio a muitos protestos de respeito mútuo, antes que a consequência surgisse. Ninguém pensara em perguntar a Jeff, e o menino devia ter pensado muito no assunto, e por um bom tempo, antes de abordar George.

– Papai – disse ele, pouco antes de ir para cama. – Sabe esse Senhor Supremo que veio ver a gente?

– Sei – respondeu George, sem demonstrar emoção.

– Bem, ele foi na nossa escola, e ouvi ele falar com uns professores. Não deu pra entender o que ele falava... mas acho que já ouvi a voz dele. Foi ele quem disse para eu correr, quando veio aquela ondona.

– Tem certeza?

Jeff hesitou por um momento.

– Não *muita*... Mas, se não foi ele, foi outro Senhor Supremo. Não sabia se devia agradecer. Mas ele já foi, né?

– Já – respondeu George. – Infelizmente, já. Mesmo assim, quem sabe a gente tenha outra chance? Agora, vá pra cama como um bom menino e não se preocupe mais com isso.

Quando teve a certeza de que Jeff estava longe, e Jenny estava pronta para dormir, Jean voltou e sentou-se no tapete, ao lado da poltrona de George, inclinando-se contra suas pernas. Era um hábito que ele achava irritantemente sentimental, mas pelo qual não valia a pena criar caso. Apenas enrijecia os joelhos, para que ficassem bem desconfortáveis.

– O que é que você acha agora? – perguntou Jean, com uma voz cansada e monótona. – Acredita que aconteceu de verdade?

– Aconteceu – replicou George –, mas talvez seja bobagem a gente se preocupar. Afinal, a maioria dos pais ficaria grata... E, é claro que eu *estou* grato. A explicação pode ser muito simples. A gente sabe que os Senhores Supremos ficaram interessados na colônia, de modo que, com certeza, estão observando a ilha com seus instrumentos... apesar de terem feito aquela promessa. Imagine que um estava só patrulhando por aí com aquele aparelho de visualização, e viu a onda a caminho. Seria muito natural avisar qualquer um que estivesse em perigo.

– Mas ele sabia o nome de Jeff, não se esqueça disso. Não, eles estão nos observando. Tem algo de esquisito na gente, alguma coisa que atrai a atenção deles. Sinto isso desde a festa do Rupert. É engraçado como aquilo mudou a vida da gente.

George baixou os olhos para ela com pena, mas só isso. Era estranho o quanto a gente podia mudar em tão pouco tempo. Tinha carinho por ela; ela dera à luz os seus filhos e era parte de sua vida. Contudo, o quanto restara do amor que uma pessoa do passado distante, chamada George Greggson, certa vez sentira por um sonho passageiro chamado Jean Morrel?

Seu amor agora se dividia entre Jeff e Jennifer de um lado... e Carolle do outro. Não acreditava que Jean soubesse de Carolle, e pretendia contar-lhe antes que alguém mais o fizesse. Entretanto, por algum motivo, jamais conseguira.

– Muito bem... Jeff está sendo vigiado... ou melhor, protegido. Não acha que devíamos ficar orgulhosos? Talvez os Senhores Supremos tenham planejado um grande futuro pra ele. Fico imaginando o que pode ser.

Sabia que estava falando aquilo para tranquilizar Jean. Ele próprio não se sentia muito preocupado, só intrigado, sem saber o que pensar. E, de repente, outro pensamento lhe ocorreu, algo em que devia ter pensado antes. Seus olhos voltaram-se automaticamente para o quarto do bebê.

– Será que estão atrás só do Jeff? – perguntou.

No devido tempo, o Inspetor apresentou seu relatório. Os ilhéus teriam dado tudo para vê-lo. Todas as estatísticas e registros foram para as memórias insaciáveis dos grandes computadores, que eram apenas alguns dos poderes invisíveis por trás de Karellen. Contudo, antes mesmo que essas mentes elétricas impessoais tivessem chegado a suas conclusões, o Inspetor fizera suas próprias recomendações. Expressas por meio dos pensamentos e da língua da raça humana, elas seriam assim:

Não precisamos tomar medidas em relação à colônia. É um experimento interessante, mas que não pode, de maneira alguma, afetar o futuro. Suas realizações artísticas não nos dizem respeito, e não há indício de que alguma das pesquisas científicas esteja enveredando por caminhos perigosos.

Como planejado, consegui ver o histórico escolar do Indivíduo Zero, sem despertar curiosidade. As estatísticas pertinentes estão anexas, e pode-se observar que ainda não há sinais de qualquer desenvolvimento incomum. Contudo, como sabemos, um salto evolucionário raramente fornece grande aviso prévio.

Conheci também o pai do Indivíduo e tive a impressão de que ele desejava falar comigo. Felizmente, fui capaz de evitar isso. Não há dúvida de que suspeita de algo, embora, é claro, não tenha como deduzir a verdade, nem de afetar, de qualquer maneira, o resultado final.

Fico cada vez com mais pena dessa gente.

George Greggson teria concordado com o veredicto do Inspetor, de que não havia nada de incomum sobre Jeff. Apenas aquele incidente confuso, tão alarmante quanto um trovão isolado em um dia calmo e de céu claro. E depois disso... nada.

Jeff tinha toda a energia e curiosidade de qualquer outro menino de sete anos. Era inteligente (quando se esforçava), mas não corria perigo de se tornar um gênio. "Às vezes", pensava Jean, um pouco cansada, "ele correspondia perfeitamente à definição clássica de um menino pequeno: 'um barulho cercado de sujeira.'" Não que fosse muito fácil constatar a sujeira, que precisava se acumular por tempo considerável antes de ficar visível sobre o bronzeado usual de Jeff.

Alternadamente, ele podia ser afetuoso ou rabugento, reservado ou efervescente. Não demonstrava preferência por um dos pais em relação ao outro, e a chegada da irmãzinha não gerara nele nenhum sinal de ciúme. Seu histórico médico era imaculado: nunca, em sua vida, ficara um só dia doente. Nesta época e neste clima, porém, isso não era nada incomum.

Ao contrário de alguns garotos, Jeff não se fartava depressa da companhia do pai nem o trocava, sempre que possível, por amigos da sua própria idade. Era evidente que compartilhava dos talentos artísticos de George, e quase desde que começara a andar se tornara um visitante habitual dos bastidores do teatro da colônia. De fato, o teatro o adotara como mascote não oficial, e ele já tinha muita prática em oferecer flores a visitantes famosos do palco e da tela.

Sim, Jeff era um garoto perfeitamente normal. Assim George se tranquilizava, enquanto saíam para passeios a pé ou de bicicleta pelo terreno um tanto limitado da ilha. Ficavam conversando como pais e filhos fazem desde o começo dos tempos. Exceto que, nesta época, havia muito mais sobre o que falar. Embora Jeff nunca saísse da ilha, podia ver tudo o que desejasse do mundo circundante, através do olho ubíquo da tela da televisão. Como todos os colonos, sentia certo desdém pelo resto da humanidade. Eles eram a elite, a vanguarda do progresso. Levariam a humanidade às alturas que os Senhores Supremos haviam atingido... e, quem sabe, além. Não amanhã, claro, mas um dia.

Nunca imaginaram que esse dia viria cedo demais.

18

Os sonhos começaram seis semanas depois.

Na escuridão da noite subtropical, George Greggson nadou lentamente para cima, rumo à consciência. Não sabia o que o acordara e, por um momento, ficou em uma espécie de letargia confusa. Em seguida, percebeu que estava sozinho. Jean se levantara e fora, em silêncio, para o quarto das crianças. Estava falando em voz baixa com Jeff, baixo demais para que ele ouvisse o que dizia.

George levantou da cama e se juntou a ela. A Lindinha tornara essas excursões noturnas bastante comuns, mas naquela época não havia como ele continuar dormindo em meio à confusão. Isto era algo inteiramente diferente, e ele queria saber o que perturbara Jean.

A única luz no quarto das crianças vinha dos desenhos com fluoretinta nas paredes. À luz desse brilho tênue, George podia ver Jean sentada ao lado da cama de Jeff. Quando ele entrou, ela se voltou, e sussurrou:

– Não acorde a Lindinha.

– Qual o problema?

– Sabia que Jeff precisava de mim, e isso me acordou.

A própria sinceridade trivial da afirmação fez com que George tivesse uma sensação desagradável de apreensão. *"Sabia que Jeff precisava de mim.*" "Sabia como?", ele ficou imaginando. No entanto, tudo o que perguntou foi:

– Ele tem tido pesadelos?

– Não tenho certeza – respondeu Jean. – Parece estar bem, agora. Mas estava assustado quando cheguei.

– *Não estava* assustado, mãe – surgiu uma vozinha indignada. – Mas era um lugar tão estranho!

– Que lugar? – perguntou George. – Conte-me tudo.

– Tinha montanhas – disse Jeff, sonhador. – Eram tão altas, e não tinham neve em cima, como nas montanhas que já vi. Algumas estavam pegando fogo.

– Quer dizer, vulcões?

– Na verdade, não. Estavam pegando fogo inteiras, com um fogo azul engraçado. E enquanto eu estava olhando, o Sol apareceu.

– Continue... Por que parou?

Jeff voltou os olhos intrigados para o pai.

– Essa é a outra coisa que eu não entendo, pai. Ele nasceu tão rápido, e era grande demais. E... a cor estava errada. Era um azul tão bonito.

Fez-se um longo silêncio, de gelar o coração. Por fim, George perguntou baixinho:

– Isso foi tudo?

– Foi. Comecei a me sentir meio sozinho, e foi aí que a mamãe veio e me acordou.

George bagunçou o cabelo desleixado do filho com uma mão, enquanto apertava o roupão contra o corpo com a outra. Sentiu-se, de repente, pequeníssimo e com muito frio. Apesar disso, não havia nenhum sinal disso em sua voz, quando falou com Jeff.

– Foi só um sonho bobo. Você comeu demais no jantar. Esqueça tudo e tente dormir. Isso, bom garoto.

– Vou dormir, pai – Jeff respondeu. Ficou em silêncio por um momento e acrescentou, pensativo: – Acho que vou tentar voltar lá.

* * *

– Um sol azul? – disse Karellen, não muitas horas depois. – Isso deve ter deixado a identificação bastante fácil.

– Sim – respondeu Rashaverak. – É, sem dúvida, Alphanidon 2. As Montanhas de Enxofre o confirmam. E é interessante observar a distorção da escala do tempo. O planeta tem uma rotação razoavelmente lenta, de modo que ele deve ter observado muitas horas em alguns minutos.

– É só isso que consegue descobrir?

– Sim, sem interrogar diretamente a criança.

– Não nos atrevemos a fazer isso. Os eventos têm de seguir seu curso natural, sem nossa interferência. Quando os pais dele nos abordarem... então, talvez, possamos interrogá-lo.

– Pode ser que eles nunca nos procurem. E, quando o fizerem, pode ser tarde demais.

– Isso, infelizmente, não pode ser evitado. Não devemos nunca esquecer este fato: nestes assuntos, nossa curiosidade não tem importância. É menos importante, ainda, do que a felicidade dos Homens.

Estendeu a mão para interromper a conexão.

– Prossiga com a vigilância, claro, e me comunique todos os resultados. Só não interfira, de modo algum.

A despeito de tudo, enquanto estava acordado, Jeff ainda parecia o mesmo de sempre.

Isso, ao menos, pensou George, era algo pelo qual podiam ser gratos. O medo, porém, crescia em seu coração.

Para Jeff, era só uma brincadeira. Ainda não o assustava. Um sonho não passava de um sonho, por mais estranho que fosse. Não se sentia mais solitário nos mundos que o sono lhe abria. Só na primeira noite sua mente chamara por Jean, atravessando quaisquer que fossem os abismos desconhecidos que os cercavam. Agora, ele entrava sozinho e destemido no universo que se abria diante dele.

Nas manhãs, os pais o interrogavam, e o menino lhes contava tudo o que conseguia se lembrar. Às vezes, suas palavras tropeçavam e falhavam, ao tentar descrever cenas que não só estavam além de toda a sua experiência, mas também da imaginação humana. Eles o estimulavam com palavras novas, mostravam-lhe imagens e cores para refrescar sua memória, e depois formavam o padrão que conseguissem a partir das respostas. Muitas vezes não conseguiam chegar a nenhum resultado, embora tudo indicasse que, na própria mente de Jeff, seus mundos oníricos fossem perfeitamente simples e nítidos. Apenas era incapaz de comunicá-los aos pais. Apesar disso, alguns eram bastante claros...

Espaço... nenhum planeta, nenhuma paisagem em volta, nenhum mundo sob os pés. Apenas as estrelas na noite aveludada e, pendendo contra elas, um grande sol vermelho que batia como um coração. Enorme e tênue em um momento, encolhia-se lentamente, ao mesmo tempo em que ficava mais brilhante, como se um novo combustível estivesse alimentando suas chamas internas. Subia ao longo do espectro e parava à beira do amarelo. Depois, o ciclo se invertia, a estrela se expandia e se resfriava, tornando-se outra vez mais como uma nuvem de bordas difusas, vermelha como o fogo.

(– Típica variável pulsante – disse Rashaverak, ansioso. – Vista, além disso, sob tremenda aceleração temporal. Não posso identificá-la com precisão, mas a estrela mais próxima que se encaixa na descrição é Rhamsandron 9. Ou pode ser Pharanidon 12.

– Qualquer que seja – replicou Karellen –, ele está se afastando mais.

– Muito mais! – concordou Rashaverak. . . .)

* * *

Podia bem ser a Terra. Um sol branco pairava em um céu azul, sarapintado de nuvens que corriam à frente de uma tempestade. Uma colina descia, suavemente, para um oceano que se abria em borrifos, sob a força de um vento avassalador. Mesmo assim, nada se movia: a cena estava congelada, como se fosse vista de relance em meio ao clarão de um relâmpago. E longe, muito longe no horizonte, havia algo que não era da Terra: uma fileira de colunas enevoadas, afunilando-se levemente à medida que se elevavam do mar e se perdiam entre as nuvens. Estavam espaçadas, com perfeita precisão, ao longo da beira do planeta. Enormes demais para serem artificiais, mas regulares demais para serem naturais.

(– Sideneus 4 e os Pilares do Alvorecer – disse Rashaverak, com assombro na voz. – Ele chegou ao centro do Universo.

– E mal começou sua jornada! – respondeu Karellen.)

O planeta era perfeitamente plano. Sua gigantesca gravidade há muito reduzira a um nível uniforme as montanhas de sua ardente juventude... montanhas cujos picos mais altos jamais tinham ultrapassado alguns metros de altura. Contudo, aqui havia vida, pois a superfície estava coberta por uma miríade de padrões geométricos que se arrastavam, se moviam e mudavam de cor. Era um mundo de duas dimensões, habitado por seres que não teriam mais que uma fração de centímetro de espessura.

E em seu céu havia um sol como nenhum consumidor de ópio jamais poderia ter imaginado em seus sonhos mais desvairados. Quente demais para ser branco, era como um fantasma cauterizante nas fronteiras do ultravioleta, queimando seus planetas com radiações que seriam imediatamente fatais a todas as formas de vida terrestres. Por milhões de quilômetros à sua volta, estendiam-se grandes véus de gás e poeira, fluorescendo em inúmeras cores, à medida que as rajadas de ultravioleta abriam caminho. Era uma estrela contra a qual o pálido Sol da Terra teria parecido tão débil quanto um vaga-lume ao meio-dia.

(– Hexanerax 2, não pode ser outra coisa no Universo conhecido – disse Rashaverak. – Apenas um punhado de nossas naves já chegou lá... e nunca se arriscaram a pousar. Afinal, quem poderia imaginar que pudesse haver vida nesses planetas?

– Parece – retrucou Karellen – que vocês, cientistas, não foram tão meticulosos como achavam. Se esses... padrões são inteligentes, o problema da comunicação deverá ser fascinante. Será que eles têm alguma ideia da terceira dimensão?)

Era um mundo que nunca poderia ter conhecido o significado do dia e da noite, dos anos ou das estações. Seis sóis coloridos compartilhavam o céu, de modo que só havia mudanças de luz, jamais escuridão.

Por meio dos choques e do cabo de guerra dos campos gravitacionais em conflito, o planeta viajava ao longo dos laços e das curvas de sua órbita incrivelmente complexa, nunca percorrendo o mesmo caminho. Cada momento era único: a configuração que os seis sóis agora detinham nos céus não se repetiria deste lado da eternidade.

E mesmo aqui existia vida. Embora o planeta pudesse ser calcinado pelas chamas centrais em uma era, e congelado nos rincões exteriores em outra, mesmo assim era o lar de uma inteligência. Os grandes cristais multifacetados se agrupavam em intricados padrões geométricos, imóveis nas eras de frio, crescendo sem pressa ao longo dos veios de minério quando o mundo voltava a se aquecer. Não importava que levassem mil anos para completar um pensamento. O Universo ainda era jovem e o tempo estendia-se adiante sem fim...

(– Procurei em todos os nossos registros – disse Rashaverak. – Não temos conhecimento de um mundo desses, ou de uma combinação de sóis assim. Se ele existisse dentro do nosso Universo, os astrônomos já o teriam detectado, mesmo que ficasse fora do alcance de nossas naves.

– Então, ele saiu da Galáxia.

– Exato. Com certeza não falta muito agora.

– Quem sabe? Ele só está sonhando. Quando acorda, continua o mesmo. É só a primeira fase. Vamos saber em breve, quando a mudança começar.)

– Já nos conhecemos, sr. Greggson – disse o Senhor Supremo, solene. – Meu nome é Rashaverak. Decerto o senhor se lembra.

– Claro – respondeu George. – Naquela festa do Rupert Boyce. Acho que nunca vou esquecer. E imaginei que devíamos nos ver de novo.

– Diga-me... por que pediu esta entrevista?

– Acho que já sabe.

– Talvez. Mas será mais fácil, para nós dois, se me disser com suas próprias palavras. Pode ser uma grande surpresa para o senhor, mas também estou tentando compreender e, sob certos aspectos, minha ignorância é tão grande quanto a sua.

George, perplexo, encarou o Senhor Supremo. Essa era uma ideia que nunca lhe ocorrera. De modo subconsciente, partira do princípio de que os Senhores Supremos possuíam conhecimento e poder absolutos, que entendiam, e, provavelmente, eram os responsáveis pelas coisas que vinham acontecendo com Jeff.

– Suponho – George prosseguiu – que tenha visto os relatórios que entreguei ao psicólogo da ilha, de modo que deve saber dos sonhos.

– Sim, sabemos deles.

– Nunca acreditei que fossem apenas a imaginação de uma criança. Eram tão incríveis que... sei que parece ridículo, mas... *tinham* que ser baseados em alguma realidade.

Olhou ansioso para Rashaverak, não sabendo se devia desejar

uma confirmação ou uma negativa. O Senhor Supremo ficou em silêncio, limitando-se a observá-lo com seus grandes olhos serenos. Estavam sentados praticamente cara a cara, já que a sala, obviamente planejada para essas entrevistas, tinha dois planos, e a enorme poltrona do Senhor Supremo ficava mais de um metro abaixo do nível em que George se sentava. Era um gesto amigável, para tranquilizar os homens que solicitavam essas entrevistas e que raramente se encontravam em um estado de espírito de calma.

– A princípio, ficamos preocupados, mas não assustados de verdade. Jeff parecia perfeitamente normal quando acordava, e não parecia perturbado pelos sonhos. Até que, uma noite... – hesitou e olhou, defensivo, para o Senhor Supremo. – Nunca acreditei no sobrenatural. Não sou cientista, mas acho que existe uma explicação racional para tudo.

– E existe – disse Rashaverak. – Sei o que viu. Eu estava assistindo.

– Sempre suspeitei disso. Mas Karellen tinha prometido que não iam mais espionar a gente com seus instrumentos. Por que quebrou essa promessa?

– Não quebrei. O Supervisor disse que a raça humana não ficaria mais sob vigilância. Essa é uma promessa que foi mantida. Estava vigiando os seus filhos, não vocês.

Passaram-se vários segundos antes que George entendesse no que implicavam as palavras de Rashaverak. Em seguida, a cor abandonou lentamente seu rosto.

– Quer dizer?... – ele ofegou. Sua voz sumiu e ele teve de começar de novo. – Então, em nome de Deus, o que *são* os meus filhos?

– Isso – respondeu Rashaverak, solene – é o que estamos tentando descobrir.

Jennifer Anne Greggson, também conhecida como Lindinha, estava deitada de costas e com os olhos bem fechados. Não os abrira por muito tempo; nunca mais os abriria, pois a visão era, agora, tão supérflua para ela quanto para as criaturas de muitos sentidos das profundezas sem luz do oceano. Estava ciente do mundo que a rodeava. De fato, estava ciente de muito mais do que isso.

Restara um reflexo de sua breve infância, por algum engano inexplicável do desenvolvimento. O chocalho, que antes a encantara, agora soava sem parar, marcando um ritmo complexo e sempre variado em seu berço. Era uma síncope estranha, que despertara Jean e a levara, correndo, para o quarto das crianças. Contudo, não fora apenas o som que a fizera começar a gritar por George. Fora a visão daquele chocalho comum, de cores vivas, batendo constantemente no ar, a meio metro de qualquer apoio, enquanto Jennifer Anne, os dedos rechonchudos entrelaçados, ficava deitada com um sorriso calmo no rosto.

Ela começara mais tarde, mas estava progredindo depressa. Logo ultrapassaria o irmão, pois tinha muito menos para desaprender.

– Foi prudente – disse Rashaverak – não tocar no brinquedo. – Não acredito que pudesse tê-lo movido. Mas, se tivesse sucesso, ela poderia ter se aborrecido. E, então, não sei o que aconteceria.

– Quer dizer – perguntou George, entorpecido – que não pode fazer nada?

– Não vou enganá-lo. Podemos estudar e observar, como já estamos fazendo. Mas não podemos interferir, porque não conseguimos entender.

– Então, que vamos fazer? E por que essa coisa aconteceu com a gente?

– Tinha que acontecer com alguém. Não tem nada de excepcional com vocês, não mais do que há com o primeiro nêutron que começa a reação em cadeia numa bomba atômica. Apenas acontece de ser o primeiro. Qualquer outro nêutron teria servido. Exatamente como Jeffrey poderia ter sido qualquer um no mundo. Chamamos isso de Evolução Total. Não há mais necessidade de guardar segredo agora, o que me deixa muito feliz. Estivemos esperando que isso acontecesse desde que chegamos à Terra. Não havia como saber quando e onde começaria... até que, por puro acaso, nos encontramos na festa de Rupert Boyce. Então eu tive quase certeza de que os filhos de sua mulher seriam os primeiros.

– Mas... na época não éramos casados. Não tínhamos nem...

– Sim, eu sei. Mas a mente da srta. Morrel foi o canal que, embora apenas por um instante, deixou passar conhecimentos que ninguém que estivesse vivo, naquele momento, poderia ter. Esses conhecimentos podiam ter vindo apenas de outra mente, intimamente ligada à dela. O fato de que era uma mente ainda não nascida não tem importância, pois o tempo é muito mais estranho do que vocês pensam.

– Estou começando a entender. Jeff sabe essas coisas... pode ver outros mundos e dizer de onde vocês são. E, de alguma forma, Jean captou os pensamentos dele, mesmo antes de ele ter nascido.

– Há muito mais por trás disso... mas não creio que você vá, algum dia, chegar muito mais perto da verdade. Por toda a história existiram pessoas com poderes inexplicáveis, que pareciam transcender o espaço e o tempo. Nunca foram compreendidas. Quase sem exceção, as tentativas de explicação eram absurdas. Bem sei... li o bastante delas! Mas há uma analogia que é... bem, sugestiva e útil. Ela ocorre amiúde na sua literatura. Imagine que a mente de cada homem seja uma ilha, rodeada pelo oceano. Cada uma parece isolada, mas, na realidade, todas estão ligadas pelo leito rochoso de onde brotaram. Se os oceanos desaparecessem, seria o fim das ilhas. Todas seriam parte de um continente, mas sua individualidade teria desaparecido. A telepatia, como vocês a chamam, é algo assim. Em circunstâncias propícias, as mentes podem se fundir, compartilhar os conteúdos umas das outras e trazer consigo memórias da experiência, quando voltam a se isolar. Em sua forma mais elevada, esse poder não fica sujeito às limitações usuais do tempo e do espaço. Foi por isso que Jean pôde explorar o conhecimento de seu filho ainda por nascer.

Seguiu-se um longo silêncio, enquanto George lutava com essas ideias assombrosas. O padrão estava começando a tomar forma. Era um padrão incrível, mas que tinha sua própria lógica. E explicava, se é que essa palavra podia ser usada para algo tão incompreensível, tudo o que acontecera desde a noite na casa de Rupert Boyce. Também explicava, ele compreendia agora, a própria curiosidade de Jean pelo sobrenatural.

– O que começou essa coisa? – perguntou George. – E para onde vai nos levar?

– Isso é algo para o que não tenho respostas. Mas há muitas raças no Universo, e algumas delas descobriram esses poderes muito antes de a sua espécie, ou de a minha, entrar em cena. Raças que têm estado à espera de que vocês se juntem a elas, e agora o momento chegou.

– Então, onde *vocês* entram na história?

– É provável que, como a maior parte dos homens, o senhor tenha sempre nos considerado como seus mestres. Isso não é verdade. Nunca fomos mais do que guardiões, cumprindo um dever que nos foi imposto... de cima. Esse dever é difícil de definir. Quem sabe seja melhor pensar em nós como parteiras, ajudando em um parto difícil. Estamos ajudando a trazer algo novo e magnífico para o mundo.

Rashaverak hesitou. Por um momento, parecia quase como se tivesse ficado sem palavras.

– Sim, nós somos as parteiras. *Mas, nós mesmos, somos estéreis.*

Nesse instante, George entendeu que estava na presença de uma tragédia que transcendia a sua própria. Era incrível... e, mesmo assim, de certa forma, justo. A despeito de todos os seus poderes e inteligência, os Senhores Supremos estavam presos em um beco sem saída evolutivo. Aqui estava uma raça admirável e nobre, superior à humanidade em quase todos os aspectos; entretanto, não tinha futuro e sabia disso. Diante daquilo, os problemas de George pareceram, de uma hora para outra, triviais.

– Agora eu sei por que vocês têm observado Jeffrey. Ele foi a cobaia dessa experiência.

– Exatamente... embora a experiência estivesse além de nosso controle. Não a começamos... estávamos apenas tentando observar. Não interferimos, exceto quando necessário.

Sim, pensou George... o tsunami. Seria inaceitável deixar que um espécime valioso fosse destruído. Todavia, logo sentiu vergonha de si mesmo; um amargor desses era indigno dele.

– Tenho só mais uma pergunta. O que devemos fazer com nossos filhos?

– Aproveitem a companhia deles enquanto puderem – respondeu Rashaverak com brandura. – Não serão seus por muito tempo.

Era um conselho que poderia ter sido dado a qualquer pai, em qualquer época. Só que, agora, continha uma ameaça e um terror que nunca tinham estado ali antes.

19

Chegou um momento em que o mundo dos sonhos de Jeffrey já não se diferenciava com clareza de sua existência cotidiana. Já não ia à escola, e para Jean e George a rotina da vida também estava completamente despedaçada, da mesma maneira como, em breve, desmoronaria por todo o mundo.

Evitavam todos os amigos, como se já soubessem que, em breve, nenhum teria compaixão de sobra para eles. Às vezes, na quietude da noite, quando havia poucas pessoas em volta, saíam para longas caminhadas juntos. Estavam, agora, mais apegados do que tinham estado desde os primeiros dias de casamento. De novo unidos, em face da tragédia ainda desconhecida que logo os devastaria.

No começo, deixar as crianças dormindo sozinhas em casa lhes trouxera um sentimento de culpa, mas agora percebiam que Jeff e Jenny podiam tomar conta de si mesmos por meios além do conhecimento de seus pais. E, é claro, os Senhores Supremos também estariam vigiando. Esse pensamento era tranquilizador: sentiam que não lidavam sozinhos com o problema, mas que olhos sábios e solidários compartilhavam de sua vigília.

Jennifer dormia. Não havia outra palavra para descrever o seu estado. Em todos os aspectos visíveis, ainda era um bebê, mas à sua volta, agora, havia uma sensação de poder tão assustadora que Jean não conseguia mais entrar no quarto das crianças.

E não era mais necessário. A entidade que fora Jennifer Anne Greggson ainda não estava plenamente desenvolvida, mas mesmo naquele estado de crisálida adormecida já possuía suficiente controle do ambiente para tomar conta de todas as suas necessidades. Jean apenas uma vez tentara alimentá-la, sem sucesso. Ela preferia nutrir-se no momento de sua escolha, e à sua própria maneira. Porque os alimentos desapareciam do freezer em um fluxo lento, porém contínuo, apesar de Jennifer Anne nunca sair do berço.

O barulho do chocalho cessara, e o brinquedo descartado repousava no chão do quarto, onde ninguém se atrevia a tocá-lo, com receio de que Jennifer Anne voltasse a precisar dele. Às vezes, ela fazia com que a mobília se mexesse, formando padrões peculiares, e George tinha a impressão de que a fluoretinta da parede estava ficando mais brilhante do que jamais fora.

Ela não dava trabalho; estava além da assistência dos pais, e além de seu amor. Aquilo não podia demorar muito mais e, no tempo que lhes restava, apegavam-se, desesperados, a Jeff.

Ele também estava mudando, mas ainda os reconhecia. O menino, cujo crescimento acompanharam desde as névoas informes da primeira infância, estava perdendo a personalidade, que se dissolvia mais a cada hora, diante dos olhos dos pais. Contudo, às vezes ainda falava com eles como sempre fizera, e falava de seus brinquedos e amigos, como se não soubesse o que estava por vir. Na maior parte do tempo, porém, não os via, nem mostrava nenhuma consciência da presença deles. Não dormia mais, como os pais eram forçados a fazer, a despeito da necessidade desesperadora de perder o mínimo possível daquelas horas derradeiras.

Ao contrário de Jenny, ele não parecia ter poderes anormais sobre objetos físicos. Talvez porque, sendo já mais crescido, tais poderes fossem menos necessários. Sua estranheza residia apenas na vida mental, da qual os sonhos eram, agora, só uma pequena parte. Ficava completamente parado por horas a fio, os olhos bem fechados, como se estivesse escutando sons que ninguém mais pudesse ouvir. Sua mente estava sendo inundada de conhecimentos, vindos de algum lugar ou de alguma época. Conhecimentos que, em breve, esmagariam e destruiriam a criatura semiformada que fora Jeffrey Angus Greggson.

E Fey ficava sentada, vigilante, erguendo para ele olhos trágicos e intrigados, sem saber para onde o dono fora, e quando voltaria para ela.

Jeff e Jenny haviam sido os primeiros em todo o planeta, mas logo não estavam mais sozinhos.

Como uma epidemia que se espalhasse em ritmo acelerado de uma região para outra, a metamorfose infectou toda a raça humana. Praticamente não afetava ninguém acima dos dez anos, e praticamente ninguém abaixo dessa idade escapava. Era o fim da civilização, o fim de tudo pelo que os homens haviam lutado desde o começo dos tempos. No prazo de alguns dias, a humanidade perdera seu futuro, pois o coração de qualquer raça é destruído, e seu desejo de sobreviver é de todo subjugado, quando dela se retiram as crianças.

Não houve pânico, como teria acontecido um século antes. O mundo estava entorpecido, as grandes cidades paradas e silenciosas. Apenas as atividades essenciais continuavam a funcionar. Era como se o planeta estivesse enlutado, lamentando por tudo o que agora jamais poderia ser.

E então, como já fizera certa vez, em uma época já esquecida, Karellen falou pela última vez à humanidade.

20

– Meu trabalho aqui está quase terminado – disse a voz de Karellen, através de um milhão de rádios. – Por fim, depois de uma centena de anos, posso lhes dizer qual era ele.

– Há muitas coisas que tivemos de esconder de vocês, da mesma forma que nos ocultamos durante metade de nossa permanência na Terra. Sei que alguns de vocês achavam aquela ocultação desnecessária. Estão acostumados à nossa presença, não são mais capazes de imaginar como os seus ancestrais teriam reagido a nós. Mas, pelo menos, podem entender a finalidade de nossa ocultação, e saber que tínhamos uma razão para o que fizemos.

– O segredo supremo que guardamos foi nosso propósito ao vir à Terra... o propósito sobre o qual vocês têm especulado continuamente. Não podíamos contar até agora, pois o segredo não era nosso para ser revelado.

– Um século atrás, viemos ao seu mundo e os salvamos da autodestruição. Não creio que ninguém vá negar esse fato... mas qual seria essa autodestruição, isso vocês nunca suspeitaram.

– Como banimos as armas nucleares e todos os outros "brinquedos" mortíferos que vocês acumulavam em seus arsenais, o perigo da aniquilação física foi removido. Vocês pensavam que esse fosse o único perigo. Fizemos com que acreditassem nisso, mas nunca foi verdade. O maior perigo que os confrontava era de uma índole inteiramente diferente... e não dizia respeito apenas à sua raça.

– Muitos planetas chegaram à encruzilhada do poderio nuclear, evitaram a catástrofe, prosseguiram construindo civilizações pacíficas e felizes... e depois foram completamente destruídos por forças sobre as quais nada sabiam. No século XX, vocês começaram a mexer a sério com essas forças. Foi por isso que uma ação se tornou necessária.

– Durante todo aquele século, a raça humana foi se aproximando lentamente do abismo... sem ao menos suspeitar de sua existência. Sobre o abismo, há apenas uma ponte. Poucas raças conseguiram encontrá-la sem ajuda. Algumas recuaram enquanto ainda havia tempo, evitando tanto o perigo quanto o prêmio. Seus mundos tornaram-se ilhas paradisíacas de contentamento sem esforço, deixando de desempenhar um papel na história do Universo. Esse nunca seria o seu destino... ou a sua sorte. Sua raça tinha vigor demais para isso. Teria mergulhado na ruína e levado outras junto, pois vocês nunca teriam encontrado a ponte.

– É uma pena, mas quase tudo o que tenho a dizer agora terá que ser feito por meio de analogias. Vocês não têm palavras, nem conceitos, para muitas das coisas que desejo lhes dizer... e nosso próprio conhecimento delas também está longe da perfeição.

– Para entender, precisam voltar ao passado e recuperar muita coisa que seus ancestrais teriam achado familiar, mas que vocês esqueceram... Que nós, de fato, deliberadamente os ajudamos a esquecer. Pois toda a nossa curta passagem por aqui se baseou em um enorme embuste, em um acobertamento de verdades que vocês não estavam preparados para encarar.

– Nos séculos anteriores à nossa vinda, seus cientistas descobriram os segredos do mundo físico e os conduziram da energia do vapor até a energia do átomo. Deixaram a superstição de lado; a ciência era a única religião de fato da humanidade. Era a dádiva da minoria ocidental ao restante da humanidade, e havia destruído todas as outras fés. As que ainda existiam, quando chegamos, já estavam moribundas. Acreditava-se que a ciência podia explicar tudo. Não havia forças que escapassem a seu escopo, nem acontecimentos que ela não conseguisse explicar, em última análise. A origem do Universo poderia ficar para sempre desconhecida, mas tudo o que acontecera depois obedecia às leis da física.

– Não obstante, os seus místicos, embora perdidos nas próprias ilusões, enxergaram parte da verdade. Existem poderes da mente, e poderes além da mente, que a sua ciência nunca conseguiria encaixar em sua estrutura sem despedaçá-la por completo. Ao longo das eras, houve inúmeros relatos de fenômenos estranhos: poltergeists, telepatia, precognição... a que vocês deram nomes, mas nunca explicaram. A princípio, a ciência os ignorou, até mesmo negou a sua existência, a despeito do testemunho de cinco mil anos. Mas eles existem, e nenhuma teoria do Universo pode estar completa sem explicá-los.

– Durante a primeira metade do século xx, alguns dos seus cientistas começaram a investigar esses assuntos. Não sabiam, mas estavam brincando com o fecho da caixa de Pandora. As forças que eles poderiam ter libertado transcendiam qualquer perigo que o átomo pudesse representar. Pois os físicos conseguiriam, no máximo, arruinar a Terra, enquanto os parafísicos poderiam ter levado a devastação às estrelas.

– Isso não podia ser permitido. Não posso explicar a natureza plena da ameaça que vocês representavam. Não teria sido uma ameaça para nós e, por isso, não a compreendemos. Digamos que vocês poderiam ter se tornado um câncer telepático, uma mentalidade maligna que, em sua inevitável dissolução, teria envenenado outras mentes, maiores.

– E por isso viemos... fomos *enviados*... à Terra. Interrompemos o seu desenvolvimento em todos os níveis culturais, mas em especial bloqueamos todo trabalho sério sobre fenômenos paranormais.

Estou bem ciente do fato de que também inibimos, pelo contraste entre nossas civilizações, todas as outras formas de realização criativa. Mas isso foi um efeito secundário, e não tem importância.

– Agora, devo lhes dizer algo que podem achar muito surpreendente, quem sabe quase incrível. Todas essas potencialidades, todos esses poderes latentes... nós não os possuímos, nem os compreendemos. Nossos intelectos são muito superiores aos seus, mas existe algo em suas mentes que sempre nos escapou. Temos estudado vocês desde que chegamos à Terra. Aprendemos muito, e vamos aprender ainda mais, mas duvido que descubramos toda a verdade.

– Nossas raças têm muito em comum... e por isso fomos escolhidos para esta tarefa. Mas, em outros aspectos, representamos os pontos finais de duas evoluções diferentes. As mentes de nossa raça chegaram ao fim de seu desenvolvimento. Da mesma maneira que as da sua, em sua forma atual. No entanto, vocês podem dar o salto para o próximo estágio, e é nisso que reside a diferença entre nós. Nossas potencialidades estão esgotadas, mas as suas ainda não foram exploradas. Elas estão ligadas, de maneiras que nós não compreendemos, aos poderes que mencionei... os poderes que agora estão despertando em seu mundo.

– Seguramos os ponteiros do relógio, fizemos com que marcassem passo enquanto esses poderes se desenvolviam, até que pudessem fluir, em torrentes, pelos canais que estavam sendo preparados para eles. O que fizemos para melhorar o seu planeta, para elevar o seu padrão de vida, para trazer justiça e paz à Terra... teríamos feito essas coisas em quaisquer circunstâncias, uma vez que fomos forçados a intervir nos seus assuntos. Mas toda essa vasta transformação desviou a atenção de vocês da verdade e, por conseguinte, colaborou para atingirmos o nosso objetivo.

– Não somos mais seus guardiões. Muitas vezes vocês devem ter se perguntado qual a posição da minha raça na hierarquia do Universo. Da mesma forma como estamos acima de vocês, também há algo acima de nós, usando-nos para seus próprios fins. Nunca descobrimos o que é, embora sejamos seu instrumento há eras e não ousemos desobedecer. Vezes sem conta, temos recebido nossas ordens, ido para algum mundo no primeiro desabrochar de sua civilização, e o conduzido ao longo da estrada que nunca poderemos seguir... a estrada que vocês estão percorrendo agora.

– Vezes sem conta, estudamos o processo que fomos enviados para promover, esperando poder aprender a escapar de nossas próprias limitações. Mas conseguimos vislumbrar apenas os vagos contornos da verdade. Vocês nos chamaram de Senhores Supremos, sem imaginar a ironia desse título. Digamos que acima de nós está a *Mente Suprema*, que nos usa assim como o oleiro usa a roda. E a sua raça é o barro que está sendo moldado nessa roda.

– Acreditamos, apenas como teoria, que a Mente Suprema esteja tentando crescer, estender seus poderes e seu conhecimento do Universo. A esta altura, deve ser a soma de muitas raças. Há muito tempo deixou para trás a tirania da matéria. Ela tem consciência da inteligência, em toda parte. Quando soube que vocês estavam quase prontos, nos enviou para cumprir suas ordens, a fim de prepará-los para a transformação que agora se aproxima.

– Todas as mudanças anteriores que sua raça conheceu levaram eras sem fim. Mas esta é uma transformação da mente, não do corpo. Pelos padrões da evolução, será cataclísmica, instantânea. E já começou. Vocês têm que encarar este fato: a sua é a última geração do *Homo sapiens*.

– Quanto à natureza da mudança, podemos dizer muito pouco. Não sabemos como ela é gerada, que gatilho a Mente Suprema dispara quando decide que o momento chegou. Tudo o que descobrimos foi que começa com uma única pessoa, sempre uma criança, e depois se espalha de maneira explosiva, como a formação de cristais em torno do primeiro núcleo em uma solução saturada. Os adultos não serão afetados, pois suas mentes já estão solidificadas em uma matriz inalterável.

– Em alguns anos, tudo estará terminado, e a raça humana terá se dividido em duas. Não há como retroceder, e nenhum futuro para o mundo que vocês conhecem. Todas as esperanças e sonhos da sua raça terminam aqui. Vocês deram à luz seus sucessores, e a sua tragédia é que nunca os entenderão, nunca conseguirão sequer se comunicar com suas mentes. De fato, eles não terão mentes, no sentido que vocês compreendem. Serão uma só entidade, assim como vocês mesmos são a soma de suas incontáveis células. Vocês não pensarão neles como humanos, e estarão certos.

– Contei tudo isso para que saibam o que os espera. Em algumas horas a crise estará sobre nós. Minha tarefa e meu dever são proteger aqueles a quem fui enviado para guardar. A despeito do despertar de seus poderes, eles poderiam ser destruídos pelas multidões ao redor. Sim, até mesmo pelos pais, quando se dessem conta da verdade. Preciso levá-los comigo e isolá-los, para proteção deles, e para a sua. Amanhã, minhas naves começarão a remoção. Não os culparei se tentarem interferir, mas será inútil. Poderes maiores que os meus estão agora despertando; sou apenas um de seus instrumentos.

– E, depois... que é que vou fazer com vocês, os sobreviventes, quando sua finalidade tiver sido atingida? Talvez o mais simples e misericordioso fosse matá-los... como vocês mesmos matariam um animal de estimação amado que estivesse mortalmente ferido. Mas isso, não posso fazer. Seu futuro pertence a vocês para que o decidam nos anos que lhes restam. Minha esperança é que a humanidade siga para seu descanso em paz, sabendo que não viveu em vão. Pois o que vocês trouxeram para o mundo pode lhes ser completamente estranho, pode não compartilhar nenhum de seus desejos ou esperanças, pode encarar as suas maiores conquistas como brinquedos de criança... mesmo assim, será algo maravilhoso, e uma criação de vocês.

– Quando nossa raça estiver esquecida, uma parte da sua ainda existirá. Por isso, não nos condenem pelo que fomos obrigados a fazer. E lembrem-se disto: nós sempre os invejaremos.

21

Jean já havia chorado, mas agora não chora mais. A ilha jazia, dourada sob o Sol inclemente e insensível, quando a nave apareceu, devagar, por sobre os picos gêmeos de Esparta. Naquela ilha rochosa, não há muito, seu filho escapara da morte por um milagre que ela, agora, entendia muito bem. Às vezes, pensava se não teria sido melhor se os Senhores Supremos tivessem se omitido, deixando-o entregue ao destino. A morte era algo que ela podia encarar, como já encarara antes. Era a ordem natural das coisas. Isto, porém, era mais estranho do que a morte... e mais definitivo. Até este dia, os homens morriam, mas a raça continuava.

As crianças não faziam nenhum barulho, nem se mexiam. Estavam em grupos dispersos ao longo da areia, e não mostravam mais interesse umas nas outras do que nos lares que deixavam para sempre. Muitas carregavam bebês pequenos demais para andar... ou que não desejavam fazer uso dos poderes que tornavam o caminhar desnecessário. Porque, com certeza, pensou George, se eram capazes de mover a matéria inanimada, também podiam movimentar os próprios corpos. De fato, por que as naves dos Senhores Supremos as recolhiam?

Não importava. Estavam indo embora, e esta era a forma que escolheram para ir. Foi então que George deu-se conta do que estivera incitando sua memória. Em algum lugar, há muito tempo, vira um cinejornal, de um século atrás, de um êxodo idêntico. Devia ter sido no começo da Primeira Guerra Mundial... ou da Segunda. Viam-se longas filas de trens, abarrotados de crianças, saindo com lentidão das cidades ameaçadas, deixando para trás seus pais que muitas jamais voltariam a ver. Poucas choravam: algumas estavam confusas, agarrando com aflição seus pequenos pertences, mas a maioria parecia ansiosa, ávida por alguma grande aventura.

E, no entanto... a analogia era falsa. A história nunca se repetia. Os que agora partiam não eram mais crianças, o que quer que pudessem ser. E, desta vez, não haveria reencontro.

A nave pousara ao longo da orla, afundando bastante na areia macia. Em perfeita sincronia, a linha de grandes painéis curvos deslizou para cima e as pranchas de embarque se estenderam em direção à praia, como se fossem línguas de metal. Os vultos dispersos e indizivelmente solitários começaram a convergir, a se concentrar em uma multidão que se movia exatamente como uma multidão humana faria.

Solitárias? George não sabia por que teria pensado assim. Pois *isso* era justamente o que elas nunca mais seriam. Só as pessoas podem se sentir solitárias... só os seres humanos. Quando as barreiras tivessem, enfim, caído, a solidão desapareceria ao mesmo tempo em que a personalidade se apagava. As inúmeras gotas de chuva teriam se misturado ao oceano.

Sentiu a mão de Jean aumentar a pressão sobre a sua, em um repentino espasmo de emoção.

– Olhe ali – murmurou ela. – Estou vendo o Jeff. Perto daquela segunda porta.

A distância era grande, o que tornava bastante difícil dizer que o via ao certo. Havia uma névoa diante dos olhos de George, dificultando a visão. Mas era Jeff, ele tinha certeza. George conseguia reconhecer o filho agora, parado e já com um pé na prancha metálica.

E Jeff virou-se e olhou para trás. Seu rosto era apenas uma mancha branca. A esta distância, não havia como dizer se continha um sinal de reconhecimento, uma lembrança de tudo o que deixava para trás. E George também jamais saberia se Jeff se voltara para eles por puro acaso... ou se soube, nos últimos momentos em que ainda era o filho deles, que seus pais estavam assistindo enquanto ele ingressava na terra onde jamais poderiam entrar.

As grandes portas começaram a se fechar. E, nesse momento, Fey ergueu o focinho e soltou um uivo baixo e desolado. Levantou os belos e límpidos olhos para George, e ele soube que ela perdera o dono. Ele já não tinha mais rival.

Para os que haviam ficado, havia muitos caminhos, mas apenas um destino. Alguns diziam: "O mundo ainda é belo. Um dia vamos ter que deixá-lo, mas para que apressar a partida?".

Outros, porém, que davam mais valor ao futuro do que ao passado, e haviam perdido tudo o que fazia a vida valer a pena, não desejavam ficar. Despediram-se sozinhos, ou com amigos, de acordo com sua índole.

Foi assim com Atenas. A ilha nascera das chamas; nas chamas escolheu morrer. Os que desejaram partir, partiram, mas a maior parte ficou, para encontrar o fim entre os fragmentos de seus sonhos despedaçados.

Ninguém deveria saber quando seria o momento. Apesar disso, Jean acordou na quietude da noite e ficou deitada por um momento, olhando para a luz espectral do teto. Em seguida, estendeu o braço e agarrou a mão de George. Ele tinha um sono profundo, mas, desta vez, acordou de imediato. Não falaram nada, pois as palavras que desejavam dizer não existiam.

Jean já não estava assustada, nem mesmo triste. Conseguira chegar às águas calmas e agora estava além das emoções. Contudo, ainda havia algo a ser feito, e ela sabia que mal tinham tempo para isso.

Ainda sem trocarem uma palavra, George seguiu-a pela casa quieta. Atravessaram a mancha de luar que entrava pelo teto do ateliê, movendo-se tão silenciosamente quanto as sombras que projetavam, até chegarem ao quarto abandonado das crianças.

Nada mudara. Os fluoredesenhos que George pintara com tanto esmero ainda brilhavam nas paredes. E o chocalho, que uma vez pertencera a Jennifer Anne, ainda estava onde ela o deixara cair, quando sua mente se voltara para a distância inconcebível que agora habitava.

Ela deixara os brinquedos para trás, pensou George, mas os nossos irão conosco. Lembrou-se dos filhos imperiais dos faraós, cujas bonecas e bolinhas haviam sido enterradas com eles, cinco mil anos atrás. Mais uma vez, seria assim. Ninguém mais, disse a si mesmo, amará nossos tesouros; vamos levá-los conosco, não vamos nos desfazer deles.

Jean voltou-se lentamente para ele e pousou a cabeça em seu ombro. George apertou os braços em torno da cintura dela e o amor que uma vez sentira voltou, fraco, mas nítido, como um eco de montanhas distantes. Agora era tarde demais para dizer tudo o que devia, e os remorsos que sentia eram menos por suas infidelidades do que pela indiferença do passado.

Nesse momento, Jean disse baixinho:

– Adeus, meu amor – e apertou os braços em volta dele.

Não houve tempo para George responder, mas mesmo nessa hora final ele sentiu um breve assombro, enquanto pensava em como ela sabia que o momento chegara.

Bem nas profundezas rochosas, os segmentos de urânio começaram a se aproximar em busca da união que eles nunca alcançariam.

E a ilha ergueu-se ao encontro da alvorada.

22

A nave dos Senhores Supremos veio deslizando por sua trilha meteórica através do coração de Carina. Iniciara a louca desaceleração em meio aos planetas exteriores, mas mesmo ao passar por Marte ainda possuía uma fração considerável da velocidade da luz. Aos poucos, os imensos campos em volta do Sol absorviam a energia cinética, enquanto as energias extraviadas do impulso estelar pintavam os céus com fogo ao longo de um milhão de quilômetros para trás da nave.

Jan Rodricks voltava para o lar, apenas seis meses mais velho, para o mundo que deixara há oitenta anos.

Desta vez, não mais era um clandestino, escondido em uma câmara secreta. Estava atrás dos três pilotos ("Por que", ele se perguntava, "precisavam tantos?") observando os padrões surgirem e desaparecerem na grande tela que dominava a sala de controle. As cores e formas que ela exibia nada significavam para Jan. Presumia que apresentavam informações que, em uma nave projetada por humanos, teria sido exibida em conjuntos de medidores. Às vezes, porém, a tela mostrava os campos de estrelas circundantes e, ele esperava, em breve mostraria a Terra.

Estava satisfeito em voltar para casa, apesar do esforço que dedicara a escapar de lá. Nesses poucos meses, ele amadurecera. Vira tanto e viajara tão longe que agora só desejava seu próprio mundo familiar. Compreendia, agora, por que os Senhores Supremos haviam isolado a Terra das estrelas. A humanidade ainda tinha um longo caminho antes que pudesse desempenhar um papel na civilização que ele vislumbrara.

Podia ser – embora Jan se recusasse a aceitar isso – que a humanidade nunca pudesse ser mais do que uma espécie inferior, conservada em um zoológico afastado, com os Senhores Supremos como zeladores. Quem sabe fosse isso o que Vindarten quisera dizer ao lhe dar aquele aviso ambíguo pouco antes de sua partida: "Muita coisa pode ter acontecido no tempo que decorreu em seu planeta. Pode ser que não reconheça o seu mundo quando voltar a vê-lo".

Talvez não, pensou Jan. Oitenta anos era muito tempo e, embora ele fosse jovem e adaptável, poderia achar difícil compreender todas as mudanças que haviam ocorrido. De uma coisa, porém, estava certo: os homens iriam querer ouvir sua história e saber o que ele entrevira da civilização dos Senhores Supremos.

Tinha sido bem tratado, como havia suposto. Da viagem de ida, nada soubera. Quando a injeção parou de fazer efeito e ele despertou, a nave já estava entrando no sistema dos Senhores Supremos. Saíra de seu fantástico esconderijo e descobrira, para seu alívio, que o equipamento de oxigênio não era necessário. O ar era espesso e pesado, mas ele podia respirar sem dificuldade. Encontrara-se no gigantesco compartimento de carga da nave, iluminado em vermelho, entre inúmeros outros caixotes e demais bagagens que se poderia esperar em uma nave espacial ou em um navio de carga. Levara quase uma hora para encontrar o caminho até a sala de controle e se apresentar à tripulação.

A falta de surpresa dos Senhores Supremos o deixara intrigado. Sabia que eles demonstravam poucas emoções, mas esperara *alguma* reação. Em vez disso, haviam simplesmente prosseguido com o trabalho, atentos à grande tela e mexendo nos inúmeros botões dos painéis de controle. Foi então que Jan soube que estavam pousando, pois, de quando em quando, a imagem de um planeta, maior a cada vez, aparecia por um instante na tela.

Apesar disso, nunca houve a menor sensação de movimento ou aceleração, apenas uma gravidade perfeitamente constante, que ele avaliava como sendo mais ou menos um quinto da terrestre. As forças imensas que impeliam a nave deviam estar sendo compensadas com uma precisão admirável.

E então, em sincronia, os três Senhores Supremos haviam se levantado de seus assentos, e ele soubera que a viagem terminara. Não falaram com o passageiro ou entre si e, quando um deles fez sinal para que o seguisse, Jan deu-se conta de algo em que devia ter pensado antes. Podia muito bem não haver ninguém aqui, nesta extremidade da incrivelmente longa linha de suprimentos de Karellen, que entendesse uma palavra de inglês.

Eles o observaram, sérios, enquanto as grandes portas se abriam ante seus olhos ansiosos. Este era o momento supremo de sua vida: agora seria o primeiro ser humano a olhar para um mundo iluminado por outro sol. A luz vermelho-viva da estrela NGS 549672 inundou a nave e, diante dele, estava o planeta dos Senhores Supremos.

O que esperara? Não tinha certeza. Vastos edifícios, cidades cujas torres se perdiam entre as nuvens, máquinas além da imaginação... nada disso o teria surpreendido.

No entanto, o que viu foi uma planície uniforme, estendendo-se para um horizonte estranhamente próximo e interrompido apenas por mais três naves dos Senhores Supremos, a alguns quilômetros de distância.

Por um momento, Jan sentiu uma onda de frustração. Depois, encolheu os ombros, percebendo que, afinal de contas, era de se esperar que um espaçoporto estivesse em uma região tão remota e desabitada quanto esta.

Fazia frio, mas não a ponto de causar desconforto. A luz do grande sol vermelho que descia baixo no horizonte era mais do que suficiente para olhos humanos, mas Jan se preocupava com quanto tempo levaria até que estivesse ansioso por verdes e azuis. Então, viu o crescente enorme e delgado, erguendo-se no céu como um grande arco posto ao lado do sol. Não tirou os olhos dele por um longo tempo, até dar-se conta de que sua jornada não chegara realmente ao fim. *Aquele* era o mundo dos Senhores Supremos. Este devia ser seu satélite, uma simples base a partir da qual as naves operavam.

Levaram-no para o planeta em uma nave não maior do que um avião de passageiros terrestre. Sentindo-se um pigmeu, subira em um dos grandes assentos para tentar, através das janelas de observação, ver alguma coisa do planeta que se aproximava.

A jornada foi tão rápida que Jan teve tempo de observar apenas alguns detalhes do globo que se expandia abaixo. Ao que parecia, mesmo tão próximos de casa, os Senhores Supremos usavam um tipo de impulso estelar, pois em questão de minutos estavam despencando através de uma atmosfera profunda e sarapintada de nuvens. Quando as portas se abriram, desembarcaram em uma câmara abobadada, com um teto que devia ter se fechado rapidamente por trás deles, pois não havia sinal de qualquer entrada acima.

Levou dois dias para que Jan saísse desse prédio. Era uma remessa inesperada, e não tinham onde colocá-lo. Para piorar as coisas, nenhum dos Senhores Supremos entendia inglês. A comunicação era praticamente impossível, e Jan descobriu, do pior modo, que entrar em contato com uma raça alienígena não era tão fácil quanto a ficção costumava indicar. A linguagem de sinais mostrou-se especialmente inútil, pois dependia demais de um conjunto de gestos, expressões e posturas que os Senhores Supremos e a humanidade não tinham em comum.

Seria mais do que frustrante, pensou Jan, se os únicos Senhores Supremos que falavam sua língua estivessem todos lá na Terra. Só lhe restava aguardar e esperar pelo melhor. Sem dúvida algum cientista, algum especialista em raças alienígenas, apareceria para tomar conta dele! Ou seria ele tão desimportante que ninguém se daria ao trabalho?

Não havia como sair do prédio, pois as grandes portas não tinham controles visíveis. Quando um Senhor Supremo ia até elas, as portas simplesmente se abriam. Jan tentara o mesmo truque, agitara objetos alto no ar para interromper um eventual feixe de luz controlador, tentara tudo o que pudera imaginar... e nada de resultados. Percebeu que um homem da Idade da Pedra, perdido em uma cidade ou prédio moderno, ficaria da mesma maneira desamparado. Uma vez, tentara sair junto com um Senhor Supremo, mas fora, de modo gentil, enxotado de volta. Como estava muito receoso de irritar seus anfitriões, não insistira.

Vindarten chegou antes que Jan começasse a se desesperar. O Senhor Supremo falava um inglês muito ruim, além de rápido demais, porém melhorara com uma velocidade incrível. Em poucos dias, podiam conversar, com dificuldades mínimas, sobre qualquer assunto que não exigisse um vocabulário especializado.

Depois que Vindarten encarregou-se dele, Jan não teve mais preocupações. Também não teve a chance de fazer as coisas que desejava, pois quase todo o seu tempo era consumido em reuniões com cientistas dos Senhores Supremos, ansiosos em levar a cabo testes obscuros, com instrumentos complicados. Jan ficava com um pé atrás em relação àquelas máquinas e, depois de uma sessão com uma espécie de aparelho hipnótico, tivera uma dor de cabeça de rachar, que durou várias horas. Estava totalmente disposto a colaborar, mas não tinha a certeza de que os pesquisadores se davam conta de suas limitações, tanto mentais quanto físicas. De fato, levou muito tempo para que pudesse convencê-los de que precisava dormir a intervalos regulares.

Entre essas sessões de pesquisa, teve rápidos vislumbres da cidade e compreendeu como teria sido difícil (e perigoso) movimentar-se por ela. Praticamente não havia ruas, e parecia não haver transporte de superfície. Era o lar de criaturas que podiam voar, e que não temiam a gravidade. Era muito comum deparar-se, sem qualquer aviso, com um vertiginoso desnível de várias centenas de metros, ou descobrir que a única entrada para uma sala era uma abertura no alto da parede. De uma centena de maneiras, Jan começou a perceber que a psicologia de uma raça com asas tinha de ser fundamentalmente diferente daquela das criaturas presas ao chão.

Era estranho ver os Senhores Supremos voando como grandes pássaros entre as torres de sua cidade, as asas movendo-se em batidas lentas e poderosas. E havia um problema científico nisso.

Este era um planeta grande, maior do que a Terra. No entanto, sua gravidade era baixa, e Jan não compreendia como podia ter uma atmosfera tão densa. Interrogou Vindarten sobre isso e descobriu, como já meio que esperava, que este não era o planeta original dos Senhores Supremos. Haviam evoluído em um mundo bem menor e depois conquistado este, alterando não só a sua atmosfera, como também a gravidade.

A arquitetura dos Senhores Supremos era friamente funcional: Jan não viu ornamentos, nada que não tivesse um propósito, embora esse propósito muitas vezes estivesse além de seu entendimento. Se um homem da era medieval tivesse tido a chance de ver esta cidade iluminada em vermelho, e os seres que nela se moviam, com certeza teria acreditado estar no Inferno. Mesmo Jan, com toda a sua curiosidade e isenção científica, às vezes se descobria à beira de um terror irracional. A ausência de um único ponto de referência familiar pode ser absolutamente aterradora, até mesmo para a mente mais fria e lúcida.

E havia tanto que ele não compreendia, e que Vindarten não podia ou não queria tentar explicar. O que eram as luzes cintilantes e as formas cambiantes, as coisas que tremulavam pelo ar tão depressa que ele nunca conseguiu ter certeza de sua existência? Podiam ser algo espantoso e impressionante... ou tão espetacular e, ao mesmo tempo, tão trivial quanto os anúncios de néon da Broadway de antigamente.

Jan também ficara com a impressão de que o mundo dos Senhores Supremos estava cheio de sons que ele não podia ouvir. Uma ou outra vez, percebia padrões rítmicos complexos, subindo e descendo em disparada pelo espectro audível, para desaparecer no limite superior ou inferior da audição. Vindarten não parecia entender o que Jan queria dizer com música, de modo que nunca foi capaz de esclarecer esse problema a contento.

A cidade não era muito grande. Com certeza, era bem menor do que Londres ou Nova York tinham sido no auge. De acordo com Vindarten, havia vários milhares dessas cidades espalhadas pelo planeta, cada uma planejada para algum fim específico. Na Terra, o paralelo mais próximo teria sido uma cidade universitária... exceto que, ali, o grau de especialização havia avançado muito mais. Esta cidade inteira se dedicava, como Jan logo descobriu, ao estudo de culturas alienígenas.

Em uma das primeiras excursões para além da câmara nua em que Jan vivia, Vindarten levara-o ao museu. Descobrir-se em um lugar cujo propósito era capaz de entender plenamente proporcionara a Jan um estímulo psicológico muito necessário. Excetuando-se a escala em que fora construído, este museu bem poderia ficar na Terra. Tinham levado muito tempo para chegar lá, descendo sem parar em uma grande plataforma que se movia como um pistão em um cilindro vertical de comprimento desconhecido. Não havia controles visíveis, e a sensação de aceleração no início e no fim da descida era bastante notável. Ao que parecia, os Senhores Supremos não esbanjavam seus aparelhos de campo compensador com uso doméstico. Jan imaginou se todo o interior deste mundo estaria crivado de escavações. E por que teriam limitado o tamanho da cidade, estendendo-a para baixo, em vez de para os lados? Esse foi apenas mais um dos enigmas que ele nunca solucionou.

Podia-se passar toda uma vida explorando aquelas câmaras colossais. Aqui estava o produto da pilhagem de planetas, as conquistas de mais civilizações do que Jan poderia imaginar. Entretanto, não havia tempo para ver muito. Vindarten colocou-o, com cuidado, sobre uma faixa do piso que, à primeira vista, parecia um padrão ornamental. Jan, porém, lembrou-se de que não havia ornamentos ali... ao mesmo tempo em que algo invisível o agarrou suavemente e o lançou para a frente. Estava passando diante de itens em exibição, de paisagens antigas de mundos inimagináveis, a uma velocidade de vinte ou trinta quilômetros por hora.

Os Senhores Supremos haviam resolvido o problema da fadiga em museu. Não havia necessidade de andar.

Deviam ter percorrido vários quilômetros antes que o guia de Jan o agarrasse de novo e, com um movimento enérgico das grandes asas, o erguesse para longe da força desconhecida que os impelia. Diante deles se estendia um enorme salão, meio vazio e iluminado por uma luz familiar que Jan não via desde que saíra da Terra. Era uma luz débil, de modo a não ferir os olhos sensíveis dos Senhores Supremos, mas era, sem sombra de dúvida, a luz do Sol. Jan nunca teria acreditado que algo tão simples ou tão corriqueiro pudesse evocar tanta saudade em seu coração.

Então, esta era a exposição da Terra. Caminharam alguns metros, passando por uma bela maquete de Paris, por tesouros de arte de uma dezena de séculos agrupados de maneira incongruente, por modernas máquinas calculadoras e por machados paleolíticos, por receptores de TV e pela turbina a vapor de Heron de Alexandria. Uma grande porta se abriu à frente deles, e estavam no escritório do Curador para a Terra.

"Será que estava vendo um ser humano pela primeira vez?", Jan se perguntou. "Será que já tinha ido à Terra, ou ela seria apenas um dos muitos planetas a seu cargo, de cuja localização exata nem tinha muita certeza?"

O certo é que não falava nem entendia inglês, e Vindarten teve de atuar como intérprete.

Jan passou várias horas ali, falando para um dispositivo de gravação, enquanto os Senhores Supremos lhe apresentavam diversos objetos terrestres. Muitos deles, descobriu, para sua vergonha, ser incapaz de identificar. A ignorância que tinha em relação a sua própria raça e a suas realizações era gigantesca. Ficou imaginando se os Senhores Supremos, apesar de todos os seus extraordinários dotes mentais, seriam mesmo capazes de apreender todo o esquema da cultura humana.

Vindarten o levou para fora do museu por uma rota diferente. Mais uma vez, flutuaram sem esforço por grandes corredores abobadados, mas desta vez moviam-se por entre criações da natureza, não da mente consciente. "Sullivan", pensara Jan, "teria dado a vida para estar aqui, para ver as maravilhas que a evolução havia gerado em uma centena de mundos. Mas Sullivan já devia estar morto", se lembrou.

Depois, sem nenhum aviso, viram-se em um balcão bem alto, acima de uma grande câmara circular, com talvez cem metros de largura. Como de costume, não havia parapeito de proteção e, por um momento, Jan hesitara em se aproximar da borda. Vindarten, porém, estava de pé bem na beirada, olhando calmamente para baixo, de modo que Jan avançou, cauteloso, ao encontro dele.

O chão estava apenas vinte metros abaixo... perto, perto demais. Mais tarde, Jan teve a certeza de que seu guia não pretendera espantá--lo, e fora tomado de surpresa pela sua reação. Pois Jan deu um tremendo berro e pulou para trás, fugindo da borda do balcão, em um esforço involuntário para ocultar o que havia embaixo. Só quando os ecos abafados de seu grito haviam morrido na espessa atmosfera é que ele tomara coragem o bastante para se aproximar de novo.

Aquela coisa estava morta, é claro... e não olhando conscientemente para ele, como pensara naquele primeiro momento de pânico. Ocupava quase todo o grande espaço circular, e a luz vermelho-viva brilhava e tremulava nas suas profundezas de cristal.

Era um único olho gigante.

– Por que fez esse barulho? – perguntou Vindarten.

– Fiquei assustado – confessou Jan, com embaraço.

– Mas por quê? Decerto não imaginou que pudesse haver algum perigo aqui?

Jan ficou pensando se conseguiria explicar o que era um ato reflexo, mas decidiu não tentar.

– Qualquer coisa que seja completamente inesperada é assustadora. Até que uma situação inédita seja analisada, é mais seguro presumir o pior.

O coração de Jan ainda batia forte quando voltou a olhar para aquele olho monstruoso. É claro que podia ter sido um modelo, extremamente ampliado, como micróbios e insetos nos museus terrestres. No entanto, mesmo enquanto fazia a pergunta, Jan sabia, com uma certeza repugnante, que não era maior do que o original.

Vindarten pouco pôde lhe dizer; este não era seu campo de estudo, e ele não era lá muito curioso. A partir da descrição do Senhor Supremo, Jan montou uma imagem de uma fera ciclópica vivendo em meio aos escombros dos asteroides de algum sol distante, seu crescimento jamais inibido pela gravidade e dependendo, para comer e viver, do alcance e do poder de resolução de seu único olho.

Parecia não haver limites para o que a Natureza podia fazer quando pressionada, e Jan sentiu um prazer irracional em descobrir algo que os Senhores Supremos não tentariam. Haviam trazido uma baleia em tamanho natural da Terra... mas não haviam ousado fazer o mesmo com *aquilo*.

E uma vez ele subira, subira sem parar, até que as paredes do elevador se desvanecessem, em opalescência, até uma transparência de cristal. Era como se estivesse de pé, apoiado em nada, entre os mais elevados picos da cidade, sem nada para protegê-lo do abismo. Não sentiu, porém, mais vertigem do que se estivesse em um aeroplano, pois não havia a sensação de contato com o chão distante.

Estava acima das nuvens, compartilhando o céu com alguns pináculos de metal ou pedra. Um mar vermelho-rosado, a camada de nuvens se deslocava devagar abaixo de Jan. Havia duas luas pálidas e minúsculas no céu, não distantes do Sol mortiço. Próximo do centro do disco vermelho e inchado via-se uma pequena sombra escura, perfeitamente circular. Podia ser uma mancha solar, ou outra lua em trânsito.

Jan, sem pressa, deslocou o olhar ao longo do horizonte. A cobertura de nuvens estendia-se até a beira deste mundo enorme, mas em uma direção, a uma distância impossível de se calcular, havia um trecho sarapintado, que podia marcar as torres de outra cidade. Fitou-o por um longo tempo e, em seguida, prosseguiu com sua cuidadosa vistoria.

Quando já havia dado meia-volta, viu a montanha. Não estava no horizonte, mas *além* dele: um único pico denteado, erguendo-se por sobre a borda do mundo, as encostas mais baixas ocultas tal como a parte principal de um iceberg, escondida abaixo da linha da água.

Tentou estimar seu tamanho e fracassou totalmente. Mesmo em um mundo com gravidade tão baixa quanto este, era difícil acreditar que montanhas assim pudessem existir. Jan imaginou se os Senhores Supremos se divertiam em suas encostas e passavam roçando, como águias, em torno desses imensos contrafortes.

E, então, aos poucos, a montanha começou a mudar. Quando a viu pela primeira vez, era de um vermelho-fosco e quase sinistro, com algumas marcas tênues próximas do topo, que Jan não conseguia distinguir claramente. Estava tentando colocá-las em foco, quando percebeu que se moviam...

A princípio, não pôde acreditar em seus olhos. Depois, forçou-se a lembrar que todas as suas ideias preconcebidas eram inúteis ali; não podia permitir que sua mente rejeitasse qualquer mensagem que os sentidos levassem à câmara oculta do cérebro. Não devia tentar entender... apenas observar. A compreensão viria mais tarde, ou nunca.

A montanha (continuava a pensar nela como uma montanha, pois não conhecia nenhuma outra palavra que servisse) parecia estar viva. Lembrou-se daquele olho monstruoso na câmara subterrânea... mas, não, isso era inconcebível. Não era vida orgânica o que observava. Não era nem mesmo, suspeitava, matéria como a conhecia.

O vermelho sombrio estava ficando mais claro, assumindo um tom mais inflamado. Apareceram listras de amarelo-vivo, de modo que, por um momento, Jan pensou estar olhando para um vulcão despejando torrentes de lava sobre a terra abaixo. Mas as torrentes, como podia ver pelas manchas e pontinhos que apareciam de vez em quando, estavam correndo *para cima*.

Agora, algo mais se erguia das nuvens vermelho-vivas em torno da base da montanha. Era um enorme anel, perfeitamente horizontal e perfeitamente circular. Tinha a cor de tudo o que Jan deixara tão para trás, pois os céus da Terra nunca contiveram um azul mais adorável. Em nenhum outro lugar do mundo dos Senhores Supremos ele tinha visto tons desses, e sua garganta se apertou com a saudade e a solidão que evocavam.

O anel se expandia à medida que ia subindo. Agora, estava mais alto do que a montanha, e seu arco mais próximo se lançava rapidamente em direção a Jan. "Sem dúvida", ele pensou, "deve ser um vórtice de algum tipo... um anel de fumaça já com muitos quilômetros de largura". No entanto, não mostrava nada da rotação que Jan esperava, e não parecia ficar menos sólido à medida que o tamanho aumentava.

Sua sombra passou correndo muito antes que o anel em si passasse voando, majestosamente, sobre a cabeça dele, ainda erguendo-se para o espaço. Jan ficou observando até que se reduzisse a um fiozinho de azul, difícil de pôr em foco em meio à vermelhidão circundante do céu. Quando, por fim, desapareceu, já devia ter muitos milhares de quilômetros de largura. E ainda crescia.

Voltou a olhar para a montanha. Agora estava dourada, e despida de qualquer marca. Talvez fosse sua imaginação (podia acreditar em qualquer coisa a essa altura), mas parecia mais alta e mais estreita, e dava a impressão de estar girando como o funil de um tornado. Foi só então, ainda entorpecido e com o raciocínio quase suspenso, que Jan se lembrou de sua câmera. Levou-a ao nível do olho e a apontou para aquele enigma impossível a ponto de abalar a mente.

Vindarten moveu-se, rápido, para sua linha de visão. Com uma firmeza implacável, as grandes mãos cobriram a torreta da lente e o forçaram a abaixar a câmera. Jan não tentou resistir. Não porque, é claro, teria sido em vão, mas sim porque sentiu um repentino temor mortal daquela coisa lá, na beira do mundo, e não queria mais nada com ela.

Não houve mais nada, em todas as suas viagens, que eles não o deixassem fotografar, e Vindarten não deu nenhuma explicação.

Ao contrário, passou muito tempo fazendo com que Jan descrevesse, nos mínimos detalhes, o que testemunhara.

Foi então que ele deu-se conta de que os olhos de Vindarten haviam visto algo totalmente diferente. E foi então que intuiu, pela primeira vez, que os Senhores Supremos também tinham os seus senhores.

Agora Jan estava indo para casa, e toda admiração, medo e mistério haviam ficado para trás. Era a mesma nave, ele achava, embora com certeza não a mesma tripulação. Por mais longas que fossem suas vidas, era difícil acreditar que os Senhores Supremos se isolassem de bom grado de seu lar por todas as décadas consumidas em uma viagem interestelar.

É claro que o efeito da dilatação do tempo da relatividade funcionava em ambos os sentidos. Os Senhores Supremos envelheceriam apenas quatro meses na viagem de ida e volta, mas, quando voltassem, seus amigos estariam oitenta anos mais velhos.

Caso desejasse, Jan sem dúvida poderia ter ficado ali pelo resto da vida. Vindarten, porém, o avisara de que não haveria outra nave para a Terra durante muitos anos, e aconselhara-o a aproveitar a oportunidade. Talvez os Senhores Supremos compreendessem que, mesmo neste período relativamente curto, a mente de Jan quase alcançara o seu limite. Ou, quem sabe, ele tivesse se tornado um mero estorvo, e não quisessem lhe dedicar mais tempo.

Para Jan isso já não tinha mais importância, pois a Terra estava ali bem à frente. Já a vira assim uma centena de vezes, mas sempre através do olho mecânico e remoto de uma câmera de televisão. Agora, por fim, estava no espaço, enquanto o último ato de seu sonho se desdobrava. E a Terra girava, lá embaixo, em sua eterna órbita.

A grande meia-lua verde-azulada estava em seu quarto crescente: mais de metade do disco visível ainda se encontrava na escuridão. As nuvens eram poucas, algumas faixas, espalhadas ao longo da linha de ventos alísios. A calota ártica resplandecia intensamente, mas era de longe ofuscada pelo reflexo deslumbrante do Sol no Pacífico Norte.

Era possível imaginar que se tratava de um mundo de água: este hemisfério era quase destituído de terra. O único continente visível era a Austrália, uma neblina mais escura em meio à névoa atmosférica ao longo da orla do planeta.

A nave se dirigia para o grande cone de sombra da Terra. O brilhante crescente minguou, encolheu-se até um arco incandescente de fogo e desapareceu em um piscar. Abaixo, a escuridão e a noite.

O mundo dormia.

Jan percebeu então o que estava errado. Havia terra, lá embaixo, mas onde estavam os cintilantes colares de luzes, onde estavam os pontos de luzes brilhantes que foram as cidades dos homens? Em todo o hemisfério sombrio, não havia uma única centelha para afastar a noite. Sem deixar vestígio, os milhões de quilowatts que outrora eram lançados sem o menor cuidado em direção às estrelas tinham desaparecido. Era como se estivesse olhando para a Terra como ela fora antes da chegada do Homem.

Esta não era a volta ao lar que Jan esperara. Tudo o que podia fazer era assistir, enquanto o medo do desconhecido crescia dentro de si. Algo acontecera... algo inimaginável. E, mesmo assim, a nave descia de forma determinada em uma longa curva que a levava de volta ao hemisfério iluminado pelo Sol. Nada viu do pouso, pois a imagem da Terra sumiu de repente e foi substituída por aquele padrão de linhas e luzes sem sentido. Quando a vista foi restaurada, já estavam no solo. Havia a distância grandes prédios, máquinas movendo-se de um lado para o outro e um grupo de Senhores Supremos que as observava.

De alguma parte veio o rugido abafado do ar, enquanto a nave igualava as pressões e, em seguida, o som das grandes portas se abrindo. Jan não aguardou; os gigantes silenciosos observaram-no, com tolerância ou indiferença, enquanto ele corria para fora da sala de controle.

Estava de volta ao lar, enxergando outra vez com a luz cintilante de seu próprio Sol familiar, respirando o ar que primeiro banhara seus pulmões. A prancha de desembarque já fora baixada, mas ele teve de esperar um momento até que o clarão de fora deixasse de cegá-lo.

Karellen estava parado, um pouco afastado de seus colegas, ao lado de um grande veículo de transporte carregado de caixotes. Jan não parou para pensar como reconhecera o Supervisor, nem ficou surpreso em vê-lo completamente inalterado. Essa era quase a única coisa que saíra como ele havia planejado.

– Tenho estado à sua espera – disse Karellen.

23

– Nos primeiros dias – disse Karellen – era seguro andar entre eles. Mas não precisavam mais de nós. Nosso trabalho foi concluído quando os recolhemos e demos um continente só para eles. Olhe.

A parede diante de Jan desapareceu. Em vez dela, passou a contemplar, de uma altitude de algumas centenas de metros, uma região agradavelmente arborizada. A ilusão era tão perfeita que teve de lutar contra uma vertigem momentânea.

– Isso foi cinco anos depois, quando a segunda fase começou.

Havia vultos movendo-se lá embaixo, e a câmera arremeteu sobre eles como uma ave de rapina.

– Isso vai te dar aflição – disse Karellen. – Mas lembre-se de que os seus padrões não se aplicam mais. Não está vendo crianças humanas.

Entretanto, foi essa a impressão imediata que veio à mente de Jan, e lógica nenhuma seria capaz de desfazê-la. Podiam ter sido selvagens, envolvidos em alguma complicada dança ritual. Estavam nus e imundos, os cabelos grudados cobrindo os olhos. Pelo que podia ver, eram de todas as idades entre cinco e quinze anos, mas todos se moviam com a mesma velocidade, precisão e completa indiferença para com os arredores.

Foi então que Jan viu os rostos. Engoliu em seco e forçou-se a não desviar os olhos. Estavam mais vazios do que os rostos dos mortos, pois até um cadáver tem, em suas feições, alguma marca entalhada pelo cinzel do tempo, que fala quando os próprios lábios estão mudos. Não havia mais emoção ou sentimento aqui do que no rosto de uma cobra ou de um inseto. Os próprios Senhores Supremos eram mais humanos do que isto.

– Você está procurando algo que não está mais lá – disse Karellen. – Lembre-se: eles não têm mais identidade do que as células que formam o seu corpo. Mas, unidos, são algo muito maior do que você.

– Por que ficam andando desse jeito?

– Chamamos de Longa Dança – respondeu Karellen. – Nunca dormem, sabe, e durou quase um ano. Trezentos milhões deles, movendo-se em um padrão controlado, por um continente inteiro. Analisamos sem parar esse padrão, mas não quer dizer nada, talvez porque só possamos ver a parte física... a pequena porção que está aqui, na Terra. Há a chance de que aquilo que chamamos de Mente Suprema ainda os esteja treinando, moldando-os em uma unidade antes que possa incorporá-los integralmente em seu ser.

– Mas como se viram com a comida? E o que acontece quando encontram obstáculos, como árvores, penhascos ou água?

– A água não faz diferença; não poderiam se afogar. Quando encontravam obstáculos, às vezes se machucavam, mas nem notavam. Quanto à comida... bem, tinham toda a caça e fruta de que precisavam. Mas agora deixaram essa necessidade para trás, como tantas outras, pois os alimentos são, em grande medida, uma fonte de energia, e eles aprenderam a acessar fontes mais vastas.

A imagem tremulou, como se uma onda de calor passasse sobre ela. Quando voltou a ficar nítida, o movimento embaixo cessara.

– Veja de novo – disse Karellen. – Três anos depois.

Os pequenos vultos, tão desamparados e tocantes para alguém que desconhecesse a verdade, estavam imóveis, espalhados pelas florestas, clareiras e planícies. A câmera passeou, impaciente, de um para o outro: "seus rostos", pensou Jan, "já estavam se fundindo em um molde comum". Certa vez vira algumas fotografias feitas por meio da superposição de dezenas de imagens, para produzir um rosto "médio". O resultado fora tão vazio, tão sem personalidade quanto isto.

Pareciam estar dormindo ou em êxtase. Tinham os olhos bem fechados, e não demonstravam ter mais noção do que os cercava do que as árvores acima deles. "Que pensamentos", imaginou Jan, "estariam ecoando através da complexa rede da qual suas mentes não eram agora nada mais (e nada menos) do que os fios individuais de uma grande tapeçaria?" E uma tapeçaria, ele se dava conta agora, que cobria muitos mundos e muitas raças... e que ainda estava crescendo.

Aconteceu com uma rapidez que deslumbrava a vista e atordoava o cérebro. Em um momento, Jan olhava para uma terra bela e fértil, sem nada de estranho, exceto as inúmeras pequenas estátuas espalhadas, embora não a esmo, sobre todo o seu comprimento e largura. E, em seguida, em um instante, todas as árvores e o mato, todas as criaturas vivas que habitavam aquela terra, cintilaram para fora da existência e desapareceram. Ficaram apenas os lagos parados, os rios serpenteantes, as suaves colinas castanhas, agora despidas de seu tapete verde... e os vultos silenciosos e indiferentes que haviam gerado toda essa destruição.

– Por que fizeram isso? – Jan engasgou.

– Talvez a presença de outras mentes os tenha perturbado... mesmo as mentes rudimentares das plantas e animais. Acreditamos que, um dia, também possam achar o mundo material incômodo. E, então, quem sabe o que vai acontecer? Agora, você compreende por que nos retiramos quando concluímos nosso dever. Ainda estamos tentando estudá-los, mas nunca entramos na terra deles, nem mesmo enviamos nossos instrumentos. Só nos atrevemos a observar do espaço.

– Isso foi há muitos anos – disse Jan. – O que aconteceu desde então?

– Muito pouco. Nunca se moveram durante todo esse tempo nem procuraram tomar conhecimento se é dia ou noite, verão ou inverno. Ainda estão testando seus poderes: alguns rios mudaram de curso e há um que corre ladeira acima. Mas não fizeram nada que pareça ter qualquer finalidade.

– E não ligam a mínima pra vocês?

– Sim, embora isso não seja de surpreender. A... entidade da qual fazem parte sabe tudo de nós. Não parece se importar quando tentamos estudá-la. Quando desejar que partamos, ou tiver uma nova tarefa para nós, em outro lugar, vai deixar seus desejos bem claros. Até lá, ficaremos aqui, de modo que nossos cientistas possam acumular o máximo possível de conhecimento.

Então isto – pensou Jan, com uma resignação que estava além de toda a tristeza – era o fim do Homem. Era um fim que nenhum profeta jamais previra... um fim que repudiava igualmente o otimismo e o pessimismo.

No entanto, era adequado: tinha a inevitabilidade sublime de uma grande obra de arte. Jan vislumbrara o Universo em toda a sua terrível imensidão, e sabia que não era lugar para o homem. Percebia, por fim, como fora vão, em última análise, o sonho que o atraíra para as estrelas. Pois o caminho para as estrelas bifurcava-se e nenhuma das duas direções conduzia a um destino que levasse em conta as esperanças ou os temores humanos.

No fim de um dos caminhos estavam os Senhores Supremos. Haviam preservado sua individualidade, seus egos independentes. Tinham autoconsciência e o pronome "eu" possuía significado em sua língua. Tinham emoções, pelo menos algumas das quais compartilhadas pela humanidade. No entanto, Jan entendia, agora, que estavam encurralados em um beco, do qual nunca conseguiriam escapar. Suas mentes eram dez, quem sabe cem vezes mais poderosas que as dos homens. No cômputo geral, isso não fazia diferença. Ficavam igualmente desamparados, igualmente esmagados pela inimaginável complexidade de uma galáxia de cem bilhões de sóis e de um cosmos de cem bilhões de galáxias.

E no final do outro caminho? Ali estava a Mente Suprema, o que quer que fosse, que estava para o homem assim como o homem estava para as amebas. Potencialmente infinita, além da mortalidade. Por quanto tempo estivera absorvendo raça após raça enquanto se alastrava pelas estrelas? Teria também desejos, objetivos dos quais tinha uma noção vaga, mas que podia nunca atingir? Agora, puxara para dentro de si tudo o que a raça humana já conquistara. Não era uma tragédia, mas uma realização. Os bilhões de centelhas transitórias de consciência que haviam formado a humanidade não mais piscariam como vaga-lumes na noite. Não tinham, porém, vivido inteiramente em vão.

Jan sabia que o último ato ainda estava por vir. Podia acontecer amanhã, ou daqui a séculos. Nem mesmo os Senhores Supremos tinham certeza.

Agora, Jan compreendia o objetivo deles, o que tinham feito com o Homem e por que ainda estavam na Terra. Sentia uma grande humildade em relação a eles, assim como admiração pela paciência inflexível que os mantivera aguardando aqui por tanto tempo.

Nunca descobriu toda a história da estranha simbiose entre a Mente Suprema e seus servos. De acordo com Rashaverak, nunca houve uma época na história de sua raça em que a Mente Suprema não tivesse estado com eles, embora não os usasse até que atingissem uma civilização científica e pudessem se deslocar pelo espaço para cumprir suas ordens.

– Mas por que a Mente Suprema precisa de vocês? – perguntou Jan. – Com todos os enormes poderes que ela tem, com certeza poderia fazer o que bem entendesse.

– Não – disse Rashaverak. – Ela tem limites. Sabemos que, no passado, tentou atuar de forma direta sobre as mentes de outras raças e influenciar o desenvolvimento cultural delas. Sempre fracassou, talvez porque o abismo seja grande demais. Somos os intérpretes... os guardiões. Ou, para usar uma de suas próprias metáforas, lavramos o campo até que as plantas estejam maduras. A Mente Suprema colhe a safra... e nós seguimos para outra tarefa. Esta é a quinta raça cuja apoteose testemunhamos. A cada vez, aprendemos um pouco mais.

– E não se incomodam de serem usados como instrumentos da Mente Suprema?

– Esse esquema tem algumas vantagens. Além disso, nenhuma pessoa inteligente se incomoda com o inevitável.

Essa máxima, Jan refletiu com ironia, nunca fora muito bem aceita pela humanidade. Havia coisas além da lógica que os Senhores Supremos nunca compreenderiam.

– Parece estranho – disse Jan – que a Mente Suprema tenha escolhido vocês para executar o trabalho dela, se não têm nenhum resquício dos poderes parafísicos latentes na humanidade. Como ela se comunica com vocês e os informa de seus desejos?

– Essa é uma pergunta que não posso responder... e não posso dizer qual a razão de ocultar os fatos. Um dia, talvez, você saberá uma parte da verdade.

Jan ficou intrigado por um momento, mas sabia que era inútil seguir esta linha de investigação. Teria de mudar de assunto e esperar conseguir pistas depois.

– Então me diga isto, que é uma coisa que nunca explicaram. Quando a sua raça chegou à Terra pela primeira vez, lá no passado distante, o que deu errado? Por que se tornaram o símbolo do medo e do mal para nós?

Rashaverak sorriu. Não fazia isso tão bem quanto Karellen, mas era uma boa imitação.

– Ninguém nunca suspeitou, e agora você vai entender por que nunca pudemos contar. Havia só um acontecimento que podia ter

causado um impacto desses sobre a humanidade. E esse acontecimento não foi na alvorada da história, *mas no seu exato final.*

– Que quer dizer? – perguntou Jan.

– Quando nossas naves penetraram os céus deste planeta, um
século e meio atrás, esse foi o primeiro encontro das duas raças, embora, é claro, tivéssemos estudado vocês a distância. E, mesmo assim,
vocês nos temeram e nos reconheceram, como sabíamos que fariam.
Não era exatamente uma recordação. Você já pôde comprovar que o
tempo é mais complexo do que a sua ciência alguma vez imaginou.
Pois essa lembrança não era do passado, mas sim do futuro... dos
anos finais, quando a sua raça soube que tudo estava perdido. Fizemos o que pudemos, mas não foi um final tranquilo. E, por estarmos
presentes, fomos identificados com a morte da sua raça. Sim, mesmo
ela estando ainda dez mil anos no futuro! Era como se um eco distor-
cido tivesse reverberado pelo círculo fechado do tempo, do futuro
para o passado. Não chamemos de recordação, mas de premonição.

A ideia era difícil de aceitar e, por um momento, Jan lutou com
ela em silêncio. No entanto, já devia estar preparado: recebera provas suficientes de que causa e efeito podiam inverter sua sequência
normal.

Devia haver algo como uma memória racial, e essa memória
era, de alguma forma, independente do tempo. Para ela, o futuro
e o passado eram um só. E foi por isso que, milhares de anos atrás,
os homens já haviam vislumbrado uma imagem distorcida dos
Senhores Supremos, em meio a uma névoa de medo e terror.

– Agora entendo – disse o último homem.

O Último Homem! Jan achava muito difícil pensar em si mesmo
dessa forma. Quando fora ao espaço, aceitara a possibilidade de um
exílio eterno da raça humana, e a solidão ainda não recaíra sobre ele. À
medida que os anos passassem, o desejo de ver outro ser humano pode-

ria crescer e tomar conta de sua mente, mas, por enquanto, a companhia dos Senhores Supremos evitava a sensação de estar absolutamente só.

Houvera homens na Terra até dez anos atrás, mas eram sobreviventes degenerados, e Jan nada perdera por não tê-los encontrado. Por razões que os Senhores Supremos não podiam explicar, mas que Jan suspeitava fossem em grande parte psicológicas, não existiram crianças para substituir as que haviam partido. O *Homo sapiens* estava extinto.

Quem sabe, perdido em uma das cidades ainda intactas, estivesse o manuscrito de algum Gibbon moderno, registrando os últimos dias da raça humana. Se assim fosse, Jan não tinha certeza de que faria questão de lê-lo. Rashaverak lhe contara tudo o que desejava saber.

Aqueles que não tinham se matado haviam buscado o esquecimento em atividades cada vez mais febris, em esportes violentos e suicidas que muitas vezes não se distinguiam de pequenas guerras. À medida que a população decaía com rapidez, os sobreviventes, envelhecidos, haviam se agrupado, um exército derrotado cerrando fileiras em sua última retirada.

O ato final, antes que a cortina descesse para sempre, deve ter sido iluminado por lampejos de heroísmo e sacrifício, e obscurecido por crueldade e egoísmo. Quer tenha terminado em desespero ou em resignação, Jan nunca saberia.

Havia muito com o que ocupar a mente. A base dos Senhores Supremos ficava a cerca de um quilômetro de uma casa de campo abandonada, e Jan passara meses instalando nela equipamentos que pegara na cidade mais próxima, a uns trinta quilômetros de distância. Voara até lá com Rashaverak, cuja amizade, ele suspeitava, não era completamente altruísta. O psicólogo dos Senhores Supremos ainda estudava o último espécime do *Homo sapiens*.

A cidade devia ter sido evacuada antes do fim, pois as casas e até mesmo vários dos serviços públicos ainda estavam em ordem.

"Não teria sido difícil religar os geradores, de modo que as largas ruas voltassem a brilhar com a ilusão da vida". Jan brincou com a ideia, mas logo a abandonou como sendo mórbida demais. A coisa que menos desejava era remoer o passado.

Aqui havia tudo de que precisava para se manter pelo resto da vida, mas o que mais queria era um piano eletrônico e certos arranjos de Bach. Nunca tivera tanto tempo para a música quanto desejara, e agora iria compensar. Quando não estava tocando ele mesmo, ouvia fitas das grandes sinfonias e concertos, de modo que a casa nunca ficava em silêncio. A música tornara-se seu talismã contra a solidão que, um dia, certamente tomaria conta do seu ser.

Muitas vezes saía para longas caminhadas pelas colinas, pensando em tudo o que acontecera nos poucos meses decorridos desde que vira a Terra pela última vez. Nunca imaginara, ao dizer adeus a Sullivan, oitenta anos terrestres atrás, que a última geração da humanidade já estava no útero.

Que jovem tolo ele fora! Não tinha certeza, porém, de que se arrependera daquele ato. Caso tivesse ficado na Terra, teria testemunhado os anos derradeiros, que o tempo agora ocultava. Em vez disso, pulara aqueles anos, indo para o futuro, e ficara sabendo as respostas de perguntas que nenhum outro homem jamais saberia.

Sua curiosidade estava quase satisfeita, mas, às vezes, ficava imaginando o que os Senhores Supremos estariam aguardando, e o que aconteceria quando sua paciência fosse, por fim, recompensada.

Na maior parte do tempo, porém, com a resignação satisfeita, que normalmente vem a um homem apenas no final de uma vida longa e ativa, sentava-se diante do teclado e enchia o ar com seu querido Bach. Quem sabe estivesse se iludindo, quem sabe fosse algum truque misericordioso da mente, mas Jan agora tinha a impressão de que era isso o que sempre desejara fazer. Sua ambição secreta, por fim, ousara se manifestar à luz plena da consciência.

Jan sempre fora um bom pianista. Agora, era o melhor do mundo.

24

Foi Rashaverak quem lhe deu a notícia, mas ele já a antecipara. Durante a madrugada, havia sido acordado por um pesadelo e não conseguira mais dormir. Não se lembrava do sonho, o que era muito estranho, pois achava que todos podiam ser lembrados, se a pessoa se esforçasse o bastante, logo depois de acordar. Tudo de que conseguia lembrar do sonho era que voltara a ser um menininho, em uma vasta planície vazia, e ouvia uma voz formidável que gritava em uma língua estranha.

O sonho o perturbara. Ficou cismado se este seria o primeiro assalto da solidão sobre sua mente. Inquieto, saíra da enorme casa para o gramado negligenciado.

A Lua cheia banhava o cenário com uma luz dourada tão brilhante que era possível enxergar com perfeição. O cilindro imenso e reluzente da nave de Karellen estava pousado logo depois dos prédios da base dos Senhores Supremos, erguendo-se acima deles e reduzindo-os a proporções de algo feito pelo homem. Jan olhou para a nave, tentando recordar as emoções que ela outrora lhe despertara. Tinha havido uma época em que a nave fora uma meta inatingível, um símbolo de tudo o que jamais esperara realmente alcançar. E, agora, não significava nada.

Como estava tranquila e silenciosa! Os Senhores Supremos,

é claro, estavam tão ativos como sempre, embora, no momento, não houvesse sinais deles. Jan poderia estar sozinho na Terra. Como, de fato, em um sentido muito real, estava. Olhou de relance para a Lua, buscando uma vista familiar na qual seus pensamentos pudessem repousar.

Ali estavam os antigos mares, que sabia de cor. Estivera a quarenta anos-luz da Terra, mas nunca caminhara por aquelas planícies poeirentas e silenciosas, a menos de dois segundos-luz de distância. Por um momento, divertiu-se tentando localizar a cratera Tycho. Quando a descobriu, ficou intrigado em ver que a mancha reluzente ficava mais afastada da linha central do disco do que pensara. E foi então que se deu conta de que a oval escura do Mare Crisium havia desaparecido completamente.

A face que o satélite da Terra agora apresentava ao planeta não era aquela que contemplara o mundo desde a aurora da vida. A Lua começara a girar em seu eixo.

Aquilo só podia significar uma coisa: do outro lado da Terra, na região que haviam despido de vida tão abruptamente, *eles* estavam saindo de seu longo transe. Da mesma forma que uma criança ao acordar pode estirar os braços para acolher o dia, também estavam flexionando os músculos e brincando com seus poderes recém-descobertos...

– Sua conclusão está correta – disse Rashaverak. – Não é mais seguro para nós ficar aqui. Pode ser que eles continuem a não dar atenção à nossa presença, mas não podemos correr o risco. Vamos partir logo que nossos equipamentos possam ser embarcados. Ao que tudo indica, em duas ou três horas.

Olhou para o céu, como se estivesse temeroso de algum novo milagre a ponto de se desencadear. Tudo, porém, estava em paz: a Lua se pusera, e apenas algumas nuvens passavam no alto com o vento oeste.

– Não importa muito se eles mexerem com a Lua – Rashaverak acrescentou –, mas, e se começarem a interferir com o Sol? Vamos deixar para trás alguns instrumentos, é claro, de modo que possamos saber o que acontece.

– Vou ficar – disse Jan, de súbito. – Já vi o bastante do Universo. Agora, só tenho curiosidade sobre uma coisa... e é o destino do meu próprio planeta.

Com muita brandura, o chão tremeu sob seus pés.

– Já esperava isso – Jan prosseguiu. – Se alteram a rotação da Lua, o momento angular precisa ir para algum lugar. Por isso a Terra está indo mais devagar. Não sei o que me intriga mais: *como* estão fazendo isso, ou *por quê*.

– Ainda estão brincando – disse Rashaverak. – Que lógica há nos atos de uma criança? E, sob muitos aspectos, a entidade em que sua raça se transformou ainda é uma criança. Ainda não está pronta para se unir à Mente Suprema. Mas muito em breve estará, e então a Terra será toda sua.

Não complementou a frase, e Jan a concluiu por ele:

– Se, é claro, ainda houver uma Terra.

– Vejo que percebe o perigo... e, mesmo assim, prefere ficar?

– Prefiro. Já estou aqui há cinco... ou seis anos. Aconteça o que aconteça, não vou reclamar.

– Tínhamos a esperança – começou Rashaverak, devagar – de que preferisse ficar. Há algo que pode fazer por nós...

O clarão do impulso estelar foi se extinguindo até morrer, em algum lugar além da órbita de Marte. Por aquela estrada, pensou Jan, apenas ele viajara, dentre todos os bilhões de seres humanos que viveram e morreram na Terra. E nenhum outro jamais a percorreria novamente.

O mundo era dele. Tudo de que precisasse, todos os bens materiais que alguém jamais pudesse desejar, eram dele, bastando pegar. Contudo, não estava mais interessado. Não temia a solidão do planeta abandonado, nem a presença que ainda se encontrava ali nos últimos momentos, antes de partir em busca de sua herança desconhecida. No rastro inconcebível dessa partida, Jan não esperava que ele e seus problemas sobrevivessem por muito tempo.

E isso era bom. Fizera tudo o que desejara fazer, e prolongar uma vida sem sentido, neste mundo vazio, teria sido um anticlímax insuportável. Poderia ter partido com os Senhores Supremos, mas com que finalidade? Sabia, como ninguém jamais soubera, que Karellen falara a verdade quando havia dito: "As estrelas não são para o Homem".

Voltou as costas à noite e passou pela vasta entrada da base dos Senhores Supremos. O porte dela não o afetava em nada; a imensidão em si já não tinha nenhum poder sobre sua mente. As luzes avermelhadas estavam acesas, acionadas por energias que poderiam alimentá-las ainda por eras. De cada lado havia máquinas cujos segredos ele jamais saberia, abandonadas pelos Senhores Supremos em retirada. Passou por elas e escalou, desajeitado, os grandes degraus, até chegar à sala de controle.

O espírito dos Senhores Supremos ainda se demorava ali: suas máquinas ainda estavam vivas, cumprindo as ordens de seus mestres, agora tão distantes. "O que ele poderia acrescentar", pensou Jan, "às informações que elas já lançavam ao espaço?"

Jan subiu na enorme cadeira e se posicionou do jeito mais cômodo que pôde. O microfone, já ligado, aguardava por ele. Alguma coisa que seria o equivalente a uma câmera de TV devia estar observando, mas não foi capaz de descobri-la.

Do outro lado da mesa e de seus painéis de instrumentos sem sentido, as amplas janelas contemplavam a noite estrelada, uma ponta a outra de um vale adormecido sob uma Lua quase cheia, além de uma longínqua cordilheira. Um rio serpenteava pelo vale, reluzindo aqui e ali quando o luar batia em algum trecho de água agitada. Tudo era tão pacífico. Devia ter sido desse jeito na origem do Homem, como era agora, em seu fim.

Lá fora – e não se sabe quantos milhões de quilômetros no espaço – Karellen estaria aguardando. Era estranho pensar que a nave dos Senhores Supremos estava em retirada para longe da Terra quase tão rapidamente quanto seu sinal poderia correr atrás dela. Quase... mas não tão rapidamente. Seria uma perseguição demorada, mas suas palavras alcançariam o Supervisor e Jan teria redimido a dívida que contraíra.

"Quanto disto", pensou Jan, "fora planejado por Karellen, e quanto seria uma improvisação magistral? Teria o Supervisor, de caso pensado, permitido que ele fugisse para o espaço, quase um século atrás, de modo a voltar e desempenhar o papel que agora cumpria?" Não, isso parecia fantástico demais. Jan, porém, tinha agora a certeza de que Karellen estava envolvido em alguma vasta e intricada conspiração. Mesmo enquanto a servia, estava estudando a Mente Suprema com todos os instrumentos a seu dispor. Jan suspeitava que não fosse apenas curiosidade científica o que inspirava o Supervisor. Quem sabe os Senhores Supremos sonhassem um dia fugir daquela servidão peculiar, quando tivessem aprendido o bastante sobre os poderes a que serviam.

Parecia difícil de acreditar que Jan pudesse acrescentar algo a esses conhecimentos com o que estava fazendo agora. "Conte-nos o que você vir", Rashaverak dissera. "As imagens que chegarem a seus olhos serão duplicadas por nossas câmeras. Mas a mensagem que entrar no seu cérebro pode ser muito diferente, e pode nos dizer muito."

Bem, faria o melhor que pudesse.

– Ainda nada a informar – começou. – Alguns minutos atrás, vi a trilha da sua nave desaparecer no céu. A Lua acabou de entrar na fase minguante, e quase a metade do seu lado familiar está agora voltado para longe da Terra... Mas acho que vocês já sabem disso.

Jan fez uma pausa, sentindo-se um tanto ridículo. Havia algo incongruente, até mesmo um pouco absurdo, no que estava fazendo. Aqui estava o clímax de toda a história. No entanto, ele agia como se fosse um comentarista de rádio em um hipódromo ou ringue de boxe. Deu de ombros e pôs a ideia de lado. Em todos os momentos de grandeza, Jan suspeitava, o anticlímax estava sempre por perto... e, com certeza, apenas ele podia sentir sua presença aqui.

– Houve três pequenos tremores na última hora – prosseguiu. – O controle deles sobre a rotação da Terra deve ser incrível, mas não cem por cento perfeito. Sabe, Karellen, vai ser bem difícil dizer algo que seus instrumentos já não tenham te contado. Teria sido útil se tivessem me dado alguma ideia do que poderia acontecer, e me dissessem por quanto tempo posso ter que esperar. Se nada ocorrer, voltarei a informar em seis horas, conforme combinamos...

– Alô! Eles deviam estar esperando que vocês fossem embora. Alguma coisa está começando a acontecer. As estrelas estão perdendo o brilho. É como se uma grande nuvem estivesse subindo, muito rápido, cobrindo todo o céu. Só que não é uma nuvem de verdade. Parece ter algum tipo de estrutura... consigo perceber uma rede nebulosa de linhas e faixas que ficam mudando de posição. É quase como se as estrelas estivessem emaranhadas numa teia de aranha fantasma.

– A rede toda está começando a brilhar... a pulsar com luz, exatamente como se estivesse viva. E acho que está. Ou será alguma coisa tão além da vida quanto *aquilo* está acima do mundo inorgânico?

– O brilho parece estar se deslocando para uma só parte do céu... esperem um minuto enquanto passo para a outra janela.

– Sim... Já devia ter desconfiado. Tem uma enorme coluna de fogo, como uma árvore de chamas, acima do horizonte, a oeste. Está a uma grande distância, do outro lado do mundo. Sei de onde ela brota: *eles* estão, por fim, a caminho de se tornarem parte da Mente Suprema. O período de experiência terminou. Estão deixando os últimos vestígios de matéria para trás.

– À medida que o fogo se espalha para cima a partir da Terra, posso ver a rede se tornar mais firme e menos nebulosa. Em alguns pontos, parece quase sólida... mesmo que as estrelas ainda brilhem um pouco através dela.

– Acabo de perceber. Não é exatamente o mesmo, mas a coisa que vi disparando para o alto no seu mundo, Karellen, era muito parecida com isto. Será que era parte da Mente Suprema? Acho que me esconderam a verdade para que não tivesse ideias preconcebidas... para que fosse um observador isento. Queria saber o que as suas câmeras estão mostrando agora, para comparar com o que meu cérebro imagina que estou vendo!

– É desse jeito que ela fala com vocês, Karellen? Com cores e formas assim? Lembrei das telas de controle nas suas naves e dos padrões que passavam por elas, falando com vocês em um tipo de linguagem visual que os seus olhos podiam ler.

– Agora, ela se parece exatamente com as cortinas da aurora, dançando e tremeluzindo entre as estrelas. Ora, mas é isso mesmo que é na verdade: uma grande tempestade de aurora. A paisagem inteira está iluminada... está mais claro do que de dia... vermelhos, amarelos e verdes correm uns atrás dos outros pelo céu... ah, não tenho palavras, não parece justo que seja o único a ver isso... nunca imaginei essas cores.

– A tempestade está passando, mas a grande rede nebulosa continua lá. Acho que a aurora era só um subproduto das energias que estão sendo desprendidas lá em cima, na fronteira do espaço.

– Só um minuto; reparei em outra coisa. *Meu peso está caindo.* O que isso quer dizer? Soltei um lápis no ar... está caindo devagar. Alguma coisa aconteceu com a gravidade, tem um vento forte começando, dá para ver as árvores balançando os galhos lá embaixo no vale.

– É claro... A atmosfera está escapando. Galhos e pedras estão se erguendo no céu, quase como se a própria Terra estivesse tentando ir atrás *deles* no espaço. Há uma grande nuvem de pó, batida pela ventania. Está ficando difícil de ver... Quem sabe clareie daqui a pouco.

– Sim... Assim está melhor. Tudo o que não estava preso foi arrancado... As nuvens de poeira desapareceram. Não sei por quanto tempo este prédio vai aguentar. E está ficando difícil de respirar... preciso tentar falar mais devagar.

– Dá para ver com clareza de novo. A coluna de fogo enorme ainda está lá, mas está se contraindo, se estreitando... parece o funil de um tornado, prestes a se recolher nas nuvens. E... Oh, é difícil descrever, mas acabo de sentir uma grande onda de emoção tomar conta de mim. Não é alegria ou tristeza. É uma sensação de satisfação, de conquista. Imaginação? Ou será que veio de fora? Não sei.

– E agora... *Isto* não pode ser só imaginação... O mundo dá a sensação de estar vazio. Totalmente vazio. É como escutar um rádio que fica mudo de repente. E o céu está limpo de novo... A teia nebulosa sumiu. Para que mundo ela vai agora, Karellen? E você, estará lá para continuar a servi-la?

– Estranho: tudo ao meu redor está inalterado. Não sei por quê, mas pensei que...

Jan ficou em silêncio. Por um momento, teve dificuldade em achar as palavras e, em seguida, fechou os olhos em um esforço para recuperar o controle. Agora não havia lugar para medo ou pânico. Tinha um dever a cumprir: um dever para com o Homem, e um dever para com Karellen.

A princípio devagar, como um homem acordando de um sonho, começou a falar:

– Os prédios em torno de mim, o chão, as montanhas... tudo parece de vidro... *posso ver através deles*. A Terra está se dissolvendo. Meu peso já se foi quase todo. Vocês estavam certos: eles terminaram com seus brinquedos.

– Só faltam alguns segundos para o fim. Lá se vão as montanhas, como se fossem fumaça. Adeus, Karellen, Rashaverak... Sinto muito por vocês. Apesar de não ser capaz de entender, vi o que minha raça se tornou. Tudo o que já fizemos subiu para as estrelas. Quem sabe fosse isso o que as velhas religiões queriam dizer. Mas numa coisa todas erraram: pensavam que a humanidade era tão importante, mas somos apenas uma raça em... *vocês* sabem quantas? E, ainda assim, nos transformamos em algo que vocês nunca poderiam ser.

– Lá se vai o rio. Mas o céu continua igualzinho. Mal posso respirar. É estranho ainda ver a Lua brilhando lá em cima. Que bom que a deixaram, mas agora vai ficar solitária...

– A luz! Vem de baixo de mim, de dentro da Terra, brilhando para cima, através das rochas, do solo, de tudo, ficando cada vez mais brilhante, mais brilhante, ofuscante...

Com um choque mudo de luz, o núcleo da Terra liberou suas energias acumuladas. Por um breve instante, as ondas gravitacionais atravessaram o sistema solar de um lado a outro e de volta, perturbando um quase nada da órbita dos planetas. Logo, os filhos remanescentes do Sol voltaram a seguir seus velhos caminhos, como rolhas flutuantes em um lago plácido superam as minúsculas ondulações provocadas por uma pedra que cai.

Não sobrara nada da Terra. *Eles* haviam sugado os últimos átomos de sua substância. Ela os nutrira durante os momentos extremos de sua inconcebível metamorfose, da mesma forma que o alimento armazenado em um grão de trigo alimenta o broto enquanto ele ascende em direção ao Sol.

Seis bilhões de quilômetros além da órbita de Plutão, Karellen estava sentado diante de uma tela subitamente escurecida. O registro estava concluído, a missão, terminada; ele voltava para o mundo que deixara há tanto tempo. Os séculos pesavam sobre ele, além de uma tristeza que nenhuma lógica poderia afastar. Não lamentava pelo Homem: sua dor era por sua própria raça, para sempre privada da grandeza por forças que não poderia vencer.

"Apesar de todas as suas conquistas", pensou Karellen, "apesar de seu domínio do universo físico, seu povo não era melhor do que uma tribo que tivesse passado toda a existência em alguma planície rasa e poeirenta. Ao longe ficavam as montanhas, a morada do poder e da beleza, onde o trovão alardeava acima das geleiras e o ar era limpo e penetrante. Lá o Sol ainda caminhava, transfigurando os picos com sua glória, enquanto toda a terra abaixo era envolvida pela escuridão. E eles podiam apenas olhar e se admirar. Jamais poderiam escalar as alturas."

No entanto, Karellen sabia, aguentariam firmes até o fim. Aguardariam sem desespero seu destino, qualquer que fosse. Serviriam à Mente Suprema porque não tinham escolha, mas, mesmo ao servi-la, não perderiam suas almas.

A grande tela de controle cintilou por um momento com uma luz escura, vermelho-viva. Sem nenhum esforço consciente, Karellen leu a mensagem nos padrões em constante mudança. A nave estava deixando os limites do Sistema Solar. As energias que alimentavam o impulso estelar estavam declinando em ritmo acelerado, mas tinham feito seu trabalho.

Karellen ergueu a mão, e a imagem mudou mais uma vez. Uma única estrela radiante brilhava no centro da tela. Ninguém saberia, desta distância, que o Sol alguma vez possuíra planetas, ou que um deles estava agora perdido. Por um longo tempo, Karellen manteve os olhos fixos naquele abismo que se alargava em ritmo acelerado, ao mesmo tempo em que muitas lembranças corriam por sua vasta e labiríntica mente. Em um adeus silencioso, saudou os homens que conhecera, quer o tivessem atrapalhado ou ajudado em sua meta.

Ninguém ousou perturbá-lo ou interromper seus pensamentos. Logo depois, virou as costas para o Sol que se encolhia.

278

EXTRAS

281 | *Capítulo 1*
Versão revisada pelo autor (1989)

285 | *Anjo da Guarda*
Conto que deu origem ao livro

Em 1989, o autor atualizou o primeiro capítulo de O fim da infância para refletir a crença comum de que os russos (e não os alemães) seriam os pioneiros no espaço. Após o colapso da União Soviética, ele decidiu reverter para o texto original. O que segue é a versão revisada de 1989.

1

Antes de voar para o local do lançamento, Helena Lyakhov sempre passava pelo mesmo ritual. Ela não era o único cosmonauta a fazê-lo, embora poucos sequer falassem a respeito.

Já estava escuro quando ela deixou o Edifício Administrativo e caminhou pelos pinheiros, até chegar à famosa estátua. O céu estava límpido como cristal, e uma Lua cheia brilhante havia acabado de nascer. Automaticamente, os olhos de Helena se concentraram no Mare Imbrium, e sua mente voltou para as semanas de treinamento na Base Armstrong, agora mais conhecida como Pequeno Marte.

– Você morreu antes de eu nascer, Yuri... Nos dias da Guerra Fria, enquanto nosso país ainda estava debaixo da sombra de Stalin. O que você acharia, se ouvisse todos os sotaques estrangeiros na Cidade das Estrelas de hoje? Acho que ficaria muito feliz...

– *Sei* que você ficaria feliz, se pudesse nos ver agora; você seria um homem velho, mas ainda poderia estar vivo. Que tragédia você... o primeiro a entrar no espaço... não ter vivido para ver homens andarem na Lua! Mas você também deve ter sonhado com Marte... E agora estamos prontos para ir lá, e abrir a Nova Era com que Konstantin Tsiolkovsky sonhou, cem anos atrás. Quando nos encontrarmos de novo, terei muito para contar.

Ela já estava na metade do caminho de volta ao escritório quando um ônibus cheio de turistas retardatários parou de repente. As portas se abriram, derramando passageiros para fora, câmeras preparadas. Não havia nada que a vice-comandante da Expedição Marte pudesse fazer além de evocar seu sorriso público.

Então, antes que uma única foto fosse tirada, todos começaram a gritar e a apontar para a Lua. Helena se voltou a tempo de vê-la sumir por trás de uma gigantesca sombra que deslizava pelo céu; e pela primeira vez na vida, a cosmonauta temeu a Deus.

O comandante da missão, Mohan Kaleer, estava na borda da cratera, olhando por sobre o mar de lava congelada para a borda distante da caldeira. Era difícil apreender a escala da cena, ou imaginar as forças que haviam reinado aqui enquanto as marés de rocha derretida subiam e desciam, criando os paredões e terraços espalhados diante dele. E, mesmo assim, tudo o que ele via poderia se perder no interior do vulcão que estaria encarando em menos de um ano. O Kilauea era apenas um modelo em escala do Olympus Mons, e todo o treinamento ainda poderia deixá-los irremediavelmente despreparados para a realidade.

Ele se lembrava de como, na cerimônia de posse de 2001, o presidente dos Estados Unidos havia ecoado a promessa feita quarenta anos atrás por Kennedy, "Precisamos ir à Lua!", ao proclamar que este seria o "Século do Sistema Solar". Antes que 2100 chegasse, ele havia predito com convicção que os homens teriam visitado todos os mais importantes corpos que orbitavam o Sol... e estariam vivendo, de forma permanente, em pelo menos um deles.

Os raios do Sol que acabara de nascer brilhavam nos fiapos de vapor que emergiam de rachaduras na lava, e o dr. Kaleer se lembrou das névoas matutinas que se acumulavam no Labirinto da Noite. Sim, era fácil imaginar que já estivesse em Marte, com colegas de meia dúzia de países. Desta vez nenhuma nação queria (ou, de fato, podia) ir sozinha.

Ele estava voltando ao helicóptero quando algum pressentimento, algum movimento entrevisto pelo canto do olho, o fez parar. Intrigado, lançou o olhar de volta para a cratera; isso foi um pouco antes de pensar em olhar para o céu.

Então, Mohan Kaleer percebeu, tal como Helena Lyakhov o fez nesse mesmo momento, que a história como os homens a conheceram havia chegado ao fim. Os monstros reluzentes navegando além das nuvens, mais quilômetros acima de sua cabeça do que ele se atrevia a adivinhar, faziam o pequeno enxame de espaçonaves lá em cima, em Lagrange, parecerem tão primitivas quanto canoas de tronco. Por um momento que pareceu durar para sempre, Mohan assistiu, da mesma forma que todo o planeta estava fazendo, as grandes naves que desciam em sua avassaladora grandiosidade.

Não lamentou que o trabalho de uma vida tivesse se perdido. Batalhara para levar os homens às estrelas e, em seu momento de triunfo, as estrelas, distantes e indiferentes, tinham vindo até eles.

Este era o momento em que a história prendia a respiração, e o presente se destacava do passado da mesma forma que um iceberg se rompe dos despenhadeiros gelados que lhe dão origem para navegar pelo oceano, solitário e orgulhoso. Tudo o que as eras passadas haviam conquistado era, agora, como nada. Um único pensamento se repetia na mente de Mohan:

"A raça humana não estava mais só".

Publicado pela primeira vez na revista *Famous Fantastic Mysteries*, em abril de 1950. Reunido na antologia *The Sentinel*.

Escrito originalmente em 1946, Anjo da guarda foi recusado por John W. Campbell, editor da Astounding. Após diversas outras negativas, meu agente, Scott Meredith, pediu a James Blish que reescresse a história, o que ele fez acrescentando um novo final, depois do quê o conto foi vendido para a Famous Fantastic Mysteries. Eu achei que o novo desfecho era muito bom, mas não soube dele por muito tempo. Isso foi uma travessura de Scott. Mais tarde, em 1952, Anjo da guarda foi expandido para se tornar a Parte 1 – A Terra e os Senhores Supremos – de O fim da infância.

ANJO DA GUARDA[*]

Pieter Van Ryberg tremeu, como sempre fazia, ao entrar no escritório de Stormgren. Olhou para o termostato e encolheu os ombros, numa paródia de resignação.

– Sabe, chefe – disse ele –, embora eu vá lamentar a sua perda, é bom saber que a taxa de morte por pneumonia cairá em breve.

– E como você sabe? – Stormgren sorriu. – O próximo Secretário-geral poderá bem ser um esquimó. Quanto alarde algumas pessoas fazem por causa de uns poucos graus centígrados!

Van Ryberg riu e andou até a janela dupla em curva. Ele ficou parado e em silêncio por um momento, olhando para a avenida de grandes edifícios brancos, ainda parcialmente incompletos.

– Bem – disse ele, com uma súbita mudança de tom –, você vai recebê-los?

– Sim, acho que vou. Geralmente evita problemas no longo prazo.

De repente, Van Ryberg enrijeceu e grudou o rosto no vidro.

– Estão aqui! – disse. – Estão vindo pela Avenida Wilson. Não tantos quanto eu esperava... diria que cerca de dois mil.

Stormgren foi até o lado do Secretário-assistente. A um quilômetro dali, uma multidão pequena, porém determinada, carrega-

---

[*] Traduzido por Carlos Orsi.

va cartazes pela avenida, em direção ao Edifício do Quartel-General. Agora ele podia ouvir, mesmo com o isolamento acústico, o som funesto das vozes entoando palavras de ordem. Sentiu uma onda de repugnância percorrer seu corpo. Com certeza o mundo já estava farto de turbas em marcha e slogans furiosos!

A multidão agora estava diante do prédio: devia saber que ele estava olhando, pois cá e lá havia punhos cerrados agitando-se no ar. Eles não o desafiavam, embora o gesto tivesse a intenção de ser visto por ele. Como pigmeus que pudessem ameaçar um gigante, os punhos irados erguiam-se contra o céu, cerca de oitenta quilômetros acima de sua cabeça.

"E muito provavelmente", pensou Stormgren, "Karellen olhava para baixo, para a coisa toda, e divertia-se enormemente."

Esta era a primeira vez que Stormgren se reunia com o líder da Liga da Liberdade. Ele ainda se perguntava se seria sábio fazê-lo. Em última análise, só havia aceitado porque a Liga usaria qualquer recusa como munição contra ele. O Secretário-geral sabia que o abismo era largo demais para que qualquer acordo saísse dessa reunião.

Alexander Wainwright era um homem alto mas levemente encurvado, perto dos sessenta anos. Parecia inclinado a desculpar-se pelos mais barulhentos de seus seguidores, e Stormgren foi pego de surpresa por sua óbvia sinceridade e, também, por seu considerável charme pessoal.

– Suponho – disse Stormgren – que o objetivo principal de sua visita seja registrar um protesto formal contra o Esquema da Federação. Estou certo?

– Este é meu objetivo principal, senhor secretário. Como sabe, pelos últimos cinco anos temos tentado despertar a raça humana para o perigo que a confronta. Devo admitir que, pelo nosso ponto de vista, a resposta tem sido desapontadora. A grande maioria parece satisfeita em permitir que os Senhores Supremos governem o mundo como lhes apraz. Mas esta Federação Europeia é tão intolerável quanto será inviável. Nem mesmo Karellen pode apagar dois mil anos de história mundial com uma canetada.

– Então você considera – interrompeu Stormgren – que a Europa, e todo o mundo, devem continuar indefinidamente divididos em dezenas de Estados soberanos, cada um com sua própria moeda, forças armadas, alfândegas, fronteiras e todo o resto dessa... dessa parafernália medieval?

– Não tenho nada contra a federação como um objetivo final, embora alguns de meus apoiadores possam discordar. Meu ponto é que ela deve vir de dentro, não ser imposta de fora. Temos de resolver nosso próprio destino... Temos o direito à independência. Não deve mais haver interferências nos assuntos humanos!

Stormgren suspirou. Tudo isso ele já havia ouvido uma centena de vezes antes, e sabia que só tinha a oferecer as velhas respostas que a Liga da Liberdade tinha se recusado a aceitar. Ele tinha fé em Karellen, e eles, não. Essa era a diferença fundamental, e não havia nada que ele pudesse fazer a respeito. Por sorte, não havia nada que a Liga pudesse fazer, também.

– Deixe-me fazer algumas perguntas – disse ele. – Você nega que os Senhores Supremos trouxeram segurança, paz e prosperidade ao mundo?

– É verdade. Mas eles tiraram nossa liberdade. Nem só de pão...

– Vive o homem. Sim, eu sei... Mas esta é a primeira época em que todo homem tem certeza de conseguir pelo menos isso. De qualquer maneira, que liberdade perdemos comparada à que os Senhores Supremos nos deram, pela primeira vez na história humana?

– Liberdade para controlar nossas vidas, sob a orientação de Deus.

Stormgren balançou a cabeça.

– No mês passado, quinhentos bispos, cardeais e rabinos assinaram uma declaração conjunta, comprometendo-se a apoiar as políticas do Supervisor. As religiões do mundo estão contra você.

– Porque muito poucas pessoas percebem o perigo. Quando se derem conta, poderá ser tarde demais. A humanidade terá perdido a iniciativa e se tornado uma raça de vassalos.

Stormgren não parecia ouvir. Observava a multidão lá embaixo, movendo-se sem rumo, agora que havia perdido o líder. Quanto tempo, perguntou-se, até que o homem deixasse de abandonar a razão e a identidade quando mais que uns poucos se reuniam? Wainwright podia ser um homem sincero e honesto, mas não se poderia dizer o mesmo de muitos de seus seguidores.

Stormgren retornou ao visitante.

– Dentro de três dias vou me reunir com o Supervisor novamente. Explicarei suas objeções a ele, já que é meu dever representar as opiniões do mundo. Mas isso não mudará nada.

Um tanto lentamente, Wainwright recomeçou.

– Isso me traz a outro ponto. Uma de nossas principais objeções aos Senhores Supremos, você sabe, é seu sigilo. Você é o único ser humano que já falou com Karellen... e nem mesmo você jamais o viu. É de surpreender que muitos de nós tenhamos suspeitas quanto aos motivos dele?

– Você ouviu seus discursos. Eles não são convincentes o bastante?

– Francamente, palavras não bastam. Não sei o que causa mais ressentimento... a onipotência de Karellen ou sua ocultação.

Stormgren ficou quieto. Não havia nada que ele pudesse responder – nada, de qualquer modo, que fosse convencer o outro. Ele, às vezes, se perguntava se havia, de fato, convencido a si mesmo.

Era, obviamente, apenas uma operação muito pequena, do ponto de vista deles, mas, para a Terra, era o maior acontecimento de todos os tempos. Não houvera nenhum aviso, mas uma grande sombra caíra, repentinamente, sobre duas dezenas das maiores cidades do mundo. Erguendo os olhos de suas mesas de trabalho, um milhão de homens viu, naquele instante de gelar o coração, que a raça humana não estava mais só.

As vinte naves eram símbolos inquestionáveis de uma ciência que o Homem não poderia ter a esperança de igualar por séculos. Por sete dias elas flutuaram, imóveis, sobre suas cidades, sem dar a entender que sabiam de sua existência. Mas não era preciso: não seria apenas por coincidência que as poderosas naves teriam parado tão precisamente sobre Nova York, Londres, Paris, Moscou, Camberra, Roma, Cidade do Cabo, Tóquio...

Antes mesmo do fim dos dias inesquecíveis, alguns homens haviam adivinhado a verdade. Não se tratava de uma primeira tentativa de contato por parte de uma raça que não sabia nada do Homem. Dentro das naves silenciosas e imóveis, mestres psicólogos estudavam as reações da humanidade. Quando a curva de tensão atingisse o pico, eles agiriam.

E no oitavo dia, Karellen, Supervisor da Terra, fez-se conhecer pelo mundo; em inglês impecável. Mas o conteúdo do discurso foi ainda mais surpreendente que a forma. Por quaisquer padrões, era a obra de um gênio insuperável, mostrando um domínio completo e absoluto dos assuntos humanos.

Não poderia haver nenhuma dúvida de que sua erudição e virtuosismo, os vislumbres tentadores de um conhecimento ainda inexplorado, tinham sido deliberadamente concebidos para convencer a humanidade de que estava na presença de um poder intelectual esmagador. Quando Karellen terminou, as nações da Terra souberam que seus dias de soberania precária estavam acabando. Os governos locais, internos, ainda conservariam seus poderes, mas, no campo mais amplo dos assuntos internacionais, as decisões supremas haviam abandonado as mãos humanas. Discussões, protestos, tudo era inútil. Nenhuma arma seria capaz de tocar os gigantes soturnos, e mesmo se pudessem, a queda das naves destruiria por completo as cidades abaixo. Da noite para o dia, a Terra havia se tornado um protetorado de algum obscuro império estelar, além da compreensão humana.

Em pouco tempo o tumulto passou, e o mundo voltou a tratar de seus assuntos. A única mudança que um Rip Van Winkle subitamente despertado notaria era a expectativa reprimida, uma atitude mental de apreensão, enquanto a humanidade aguardava que os Senhores Supremos se mostrassem e descessem de suas naves brilhantes.

Cinco anos mais tarde, ainda aguardava.

A sala era pequena e, exceto por uma única cadeira e pela mesa, sob a tela do visor, não estava mobiliada. Como era a intenção, nada dizia a respeito das criaturas que a haviam construído. Havia uma única entrada, que conduzia diretamente à escotilha no flanco recurvado da grande nave. Pela escotilha apenas Stormgren, apartado de todos os homens vivos, já havia entrado para se reunir com Karellen, Supervisor da Terra.

A tela do visor estava vazia agora, como sempre estivera. Atrás daquele retângulo de trevas havia um mistério absoluto – mas também afeição, e uma compreensão imensa e tolerante da humanidade. Uma compreensão que, Stormgren sabia, só poderia ter sido adquirida por meio de séculos de estudo.

Da grade oculta veio a voz calma e nunca apressada, com seu tom implícito de humor – a que Stormgren conhecia tão bem, embora o mundo só a tivesse ouvido três vezes na história.

– Sim, Rikki, eu estava ouvindo. O que pensa do sr. Wainwright?

– É um homem honesto, a despeito do que sejam seus seguidores. O que vamos fazer com ele? A Liga em si não é perigosa, mas alguns de seus extremistas estão pregando a violência abertamente. Andei me perguntando se deveria pôr uma guarda na minha casa. Mas espero que não seja preciso.

Karellen fugiu do assunto com o jeito irritante que, às vezes, tinha.

– Os detalhes da Federação Mundial já foram divulgados há um mês. Houve um aumento substancial nos sete por cento que não me aprovam, ou nos nove por cento de indecisos?

– Ainda não, a despeito das reações na imprensa. O que me preocupa é um sentimento generalizado, mesmo entre seus simpatizantes, de que já é hora dessa reclusão acabar.

O suspiro de Karellen foi tecnicamente perfeito, embora, de alguma forma, lhe faltasse convicção.

– Você sente a mesma coisa, não é?

A pergunta era tão retórica que Stormgren não se deu ao trabalho de responder.

– Você realmente compreende – prosseguiu, sem meias palavras – como este estado de coisas dificulta meu trabalho?

– Não que ajude o meu – replicou Karellen, com certo vigor. – Gostaria que as pessoas parassem de pensar em mim como um ditador e se lembrassem de que sou apenas um funcionário público, tentando pôr em prática uma política colonial um tanto idealista.

– Não pode pelo menos nos dar alguma razão para a sua reclusão? Porque não conseguimos entendê-la, ela nos aborrece e gera todo tipo de boato.

Karellen deu aquela sua gargalhada, intensa e profunda, um pouco musical demais para ser completamente humana.

– O que acham que sou agora? A teoria do robô ainda é a principal? Preferiria ser uma massa de engrenagens a rastejar pelo chão feito uma centopeia, como alguns tabloides parecem imaginar.

Stormgren soltou um palavrão finlandês que tinha uma boa certeza de que Karellen não reconheceria – embora nunca fosse possível estar absolutamente certo nessas questões.

– Você não pode levar isso a sério?

– Meu caro Rikki – Karellen retrucou –, é só por não levar a raça humana a sério que consigo manter os fragmentos que ainda possuo de meus outrora consideráveis poderes mentais.

Mesmo sem querer, Stormgren sorriu.

– Isso não me ajuda muito, não é? Tenho que descer lá e convencer meus semelhantes de que, embora você não vá se mostrar, não tem nada a esconder. Não é trabalho fácil. A curiosidade é uma das características humanas mais marcantes. Não vai poder afrontá-la para sempre.

– De todos os problemas com que nos defrontamos quando viemos para a Terra, esse foi o mais difícil – admitiu Karellen. – Vocês têm confiado em nossa sabedoria em outros assuntos. Com certeza também podem confiar em nós neste!

– *Eu* confio em vocês – disse Stormgren –, mas Wainwright não, nem os simpatizantes dele. Pode realmente culpá-los se interpretam mal sua relutância em se mostrar?

– Ouça, Rikki – Karellen respondeu, por fim. – Essas questões estão além do meu controle. Acredite-me, lamento a necessidade dessa reclusão, mas os motivos são... suficientes. No entanto, tentarei obter uma declaração de meu superior que poderá satisfazer a você e, talvez, aplacar a Liga da Liberdade. Agora, por favor, podemos voltar à pauta e recomeçar a gravação? Só chegamos ao item 23, e quero ter um desempenho melhor que o de meus predecessores dos últimos milhares de anos em resolver a questão do meio...

– Teve sorte, chefe? – perguntou Van Ryberg, ansioso.

– Não sei – respondeu, cansado, Stormgren, enquanto atirava as pastas de arquivo sobre a escrivaninha e se deixava cair na cadeira. – Karellen está consultando o superior dele agora, seja quem, ou o quê, for. Não quis fazer promessas.

– Escute – disse Pieter, abruptamente –, acabo de pensar em algo. Que motivo temos para acreditar que *haja* alguém além de Karellen? Os Senhores Supremos podem ser um mito. Você sabe como ele odeia o título.

Cansado como estava, Stormgren endireitou-se abruptamente na cadeira.

– É uma teoria engenhosa, mas entra em choque com o pouco que sabemos do passado de Karellen.

– E quanto é isso?

– Bem, ele era um professor de astropolítica em um planeta chamado Skyrondel, e resistiu o máximo que pôde antes que lhe impusessem este serviço. Ele finge detestá-lo, mas na verdade gosta do que faz.

Stormgren fez uma breve pausa, e um sorriso bem-humorado suavizou suas feições enrugadas.

– De qualquer modo, certa vez ele disse que administrar um zoológico particular é uma boa diversão.

– Hummm. Um cumprimento um tanto ambíguo. Ele é imortal, não é?

– Sim, de certo modo, embora haja algo, milhares de anos adiante, que parece temer. Não consigo imaginar o que seja. E isso realmente é tudo o que sei sobre ele.

– Ele pode ter inventado isso. Minha teoria é que a flotilha dele se perdeu no espaço e está procurando um novo lar. Não quer que a gente saiba que seus camaradas são poucos. Talvez todas as outras naves sejam automáticas, e não haja ninguém nelas. Talvez seja apenas uma fachada imponente.

– Você – disse Stormgren – anda lendo ficção científica demais durante o trabalho.

Van Ryberg sorriu sem graça.

– A "Invasão do Espaço" não saiu exatamente como o previsto, não é? Minha teoria certamente explicaria por que Karellen nunca se mostra. Não quer que a gente saiba que não há Senhores Supremos.

Stormgren sacudiu a cabeça, discordando, bem-humorado.

– A sua explicação, como quase sempre, é engenhosa demais para ser verdade. Embora só possamos inferir sua existência, deve haver uma grande civilização por trás do Supervisor. E uma que sabe a respeito da humanidade há muito tempo. O próprio Karellen deve ter nos estudado por séculos. Veja o seu domínio do inglês, por exemplo. Ele me ensinou a usar expressões idiomáticas!

– Às vezes, acho que ele foi um pouco longe demais – riu Van Ryberg. – Você já descobriu qualquer coisa que ele *não* soubesse?

– Ah, sim, muitas vezes... mas só coisas triviais. No entanto, tomados um de cada vez, não creio que seus dotes intelectuais estejam muito além do alcance das conquistas humanas. Só que nenhum homem poderia fazer todas as coisas que ele faz.

– Isso é mais ou menos o que já concluí – concordou Van Ryberg. – Podemos discutir sobre Karellen para sempre, mas no final sempre voltaremos à mesma pergunta: por que o diabo não se mostra? Até que ele o faça, vou continuar teorizando e a Liga da Liberdade vai continuar berrando.

Ergueu um olho rebelde para o teto.

– Uma noite escura, sr. Supervisor, espero que um repórter pegue um foguete para sua nave e suba pela porta dos fundos com uma câmera. Que furo *isso* seria!

Se Karellen estava escutando, não deu sinal. Mas, é claro, nunca dava.

Estava completamente escuro quando Stormgren acordou. No início, sentia tanto sono que não se deu conta de como isso era estranho. Então, quando a consciência plena retornou, sentou-se com um sobressalto e procurou o interruptor ao lado da cama.

Na escuridão, sua mão encontrou uma parede de pedra nua, fria ao toque. Imobilizou-se de imediato, a mente e o corpo paralisados pelo impacto do inesperado. Então, mal acreditando em seus sentidos, ajoelhou-se na cama e começou a explorar, com a ponta dos dedos, a parede tão surpreendentemente desconhecida.

Fazia isso há apenas um momento quando ouviu um clique repentino e parte da escuridão deslizou para o lado. Viu, de relance, a silhueta de um homem contra um fundo de luz fraca. Em seguida, a porta tornou a se fechar e a escuridão voltou. Aconteceu tão depressa que não teve chance de ver nada do aposento em que se encontrava.

Um instante depois, foi ofuscado pela luz intensa de uma lanterna elétrica. O feixe de luz passou sobre seu rosto, fixou-se nele por um instante e, em seguida, desceu para iluminar toda a cama, que era, ele via agora, nada mais que um colchão apoiado em tábuas rústicas.

Da escuridão, uma voz suave dirigiu-se a ele em um inglês excelente, mas com um sotaque que Stormgren, a princípio, não conseguiu identificar.

– Ah, sr. Secretário. Fico satisfeito em vê-lo acordado. Espero que se sinta bem.

As perguntas indignadas que estivera a ponto de fazer morreram em seus lábios. Cravou os olhos na escuridão e retorquiu calmamente:

– Por quanto tempo estive inconsciente?

– Vários dias. Prometeram-nos que não haveria efeitos colaterais. É bom ver que era verdade.

Em parte para ganhar tempo, em parte para testar as próprias reações, Stormgren girou as pernas para fora da cama. Ainda vestia as roupas de dormir, mas estavam bem amarrotadas e pareciam ter acumulado uma sujeira considerável. Ao se mexer, sentiu uma ligeira tontura. Não o bastante para ser desagradável, mas o suficiente para convencê-lo de que, de fato, tinha sido drogado.

A oval de luz deslizou pelo aposento e, pela primeira vez, Stormgren teve uma ideia de suas dimensões. Compreendeu que estava debaixo do solo, talvez a uma grande profundidade. E, se estivera inconsciente por vários dias, podia estar em qualquer parte da Terra.

A lanterna iluminou uma pilha de roupas dobradas sobre um caixote.

– Essas roupas devem bastar ao senhor – disse a voz, na escuridão. – O serviço de lavanderia é um tanto problemático aqui, de modo que apanhamos alguns dos seus ternos e meia dúzia de camisas.

– Isso – disse Stormgren, sem humor – foi muita consideração de sua parte.

– Sentimos muito pela ausência de mobília e de luz elétrica. Este lugar é conveniente, mas deixa a desejar em conforto.

– Conveniente para quê? – perguntou Stormgren, enquanto se enfiava em uma camisa. A sensação do tecido familiar em seus dedos era estranhamente tranquilizadora.

– Apenas... conveniente – disse a voz. – E, a propósito, já que é provável que passemos um bom tempo juntos, pode me chamar de Joe.

– Apesar da sua nacionalidade? – retrucou Stormgren. – Você é polonês, não é? Acho que seria capaz de pronunciar seu nome verdadeiro. Não pode ser pior do que muitos nomes finlandeses.

Houve uma pequena pausa, e a luz oscilou por um instante.

– Bem, eu devia ter esperado por isso – disse Joe, conformado. – Deve ter bastante prática nesse tipo de coisa.

– É um passatempo útil para um homem em minha posição. Suponho que você nasceu na Polônia, e aprendeu inglês na Grã--Bretanha durante a Guerra? Imagino que tenha ficado um bom tempo na Escócia, pelo jeito que pronuncia os erres.

– Isso – disse Joe, com firmeza – é mais do que o suficiente. Como parece que já terminou de se vestir... Obrigado.

As paredes ao redor, embora aqui e ali revestidas de concreto, eram, no geral, rocha nua. Ficou claro para Stormgren que estava em uma mina abandonada, e dificilmente poderia imaginar uma prisão mais eficaz. Até então, a ideia de ter sido vítima de sequestro não chegara, por algum motivo, a preocupá-lo demais. Tinha imaginado que, o que quer que acontecesse, os recursos imensos do Supervisor em breve o localizariam e resgatariam. Agora, já não estava tão certo. Devia existir um limite até mesmo para os poderes de Karellen e, se de fato estivesse enterrado em algum continente remoto, toda a ciência dos Senhores Supremos poderia ser incapaz de rastreá-lo.

Havia outros três homens sentados à mesa na sala simples, mas intensamente iluminada. Ergueram os olhos com interesse e uma boa dose de respeito, enquanto Stormgren entrava. Joe era, de longe, o personagem mais interessante – e não apenas pelo tamanho. Os demais eram indivíduos comuns, provavelmente europeus também. Ele seria capaz de determinar seus locais de origem quando falassem.

– Bem – disse ele, com voz neutra –, agora, talvez, vocês me digam do que se trata, e o que esperam obter com isso.

Joe pigarreou.

– Quero deixar uma coisa clara – disse ele. – Isso não tem nada a ver com Wainwright. Ele vai ficar tão surpreso quanto o resto do mundo.

Stormgren tinha esperado por isso. Dava-lhe pouca satisfação confirmar a existência de um movimento extremista dentro da Liga da Liberdade.

– Só por curiosidade – ele disse –, como foi que me sequestraram?

Não tinha muita esperança de que contassem, e foi com certo espanto que recebeu a boa vontade, até mesmo o entusiasmo, com que o outro respondeu.

– Foi como num dos velhos filmes de Fritz Lang – disse Joe, esfuziante. – Não tínhamos certeza se Karellen mantinha você sob vigilância, por isso tomamos algumas precauções um tanto complexas. O senhor foi nocauteado por um gás no ar-condicionado.

Fácil. Em seguida, foi levado para o carro. Moleza. Tudo isso, devo dizer, não foi feito por nenhum dos nossos. Contratamos... profissionais para o serviço. Karellen talvez os pegue. De fato, deve pegar. Mas não vai descobrir nada. Quando saiu da sua casa, o carro entrou num longo túnel, a menos de mil quilômetros de Nova York. Voltou a sair, no tempo esperado, na outra extremidade, ainda transportando um homem drogado e muito parecido com o Secretário-geral. Quase ao mesmo tempo, um grande caminhão carregado de caixas metálicas saiu do túnel na direção oposta e dirigiu-se para o aeroporto onde as caixas foram carregadas em um cargueiro. Enquanto isso, o carro que realmente havia feito o serviço prosseguiu, em uma série de manobras evasivas, rumo à fronteira canadense. Quem sabe, Karellen já o tenha apanhado. Não sei.

– Como vê – continuou Joe –, e espero que aprecie minha franqueza, todo o nosso plano dependia de uma única coisa. Temos uma boa certeza de que Karellen pode ver e ouvir tudo o que acontece na superfície da Terra. Mas, a menos que use magia, e não ciência, não pode ver debaixo dela. Dessa forma, não vai saber da transferência dentro do túnel. É claro que assumimos um risco, mas houve também uma ou duas etapas em sua remoção de que não falarei agora. Podemos querer usá-las de novo, e seria uma pena entregá-las.

Joe narrara toda a história com um prazer tão evidente que Stormgren teve dificuldade em sentir a fúria apropriada. No entanto, também se sentia muito perturbado. O plano fora engenhoso, e parecia mais que provável que, qualquer que fosse a guarda que Karellen mantivesse sobre ele, ela tivesse sido enganada pela finta.

O polonês observava as reações de Stormgren de perto. Ele teria de parecer confiante, quaisquer que fossem seus sentimentos reais.

– Vocês devem ser uns tontos – disse Stormgren, fazendo pouco caso – se acham que podem enganar os Senhores Supremos assim, tão fácil. De qualquer modo, que benefício isso pode trazer?

Joe lhe ofereceu um cigarro, que Stormgren recusou, e, em seguida, acendeu um.

– Os nossos motivos – começou – são óbvios. Constatamos que discutir é inútil, então tivemos que tomar outras medidas. Karellen, quaisquer que sejam os poderes que tenha, não vai achar fácil lidar conosco. Estamos dispostos a lutar pela nossa independência. Não me entenda mal. Não vai ser nada violento... no começo, pelo menos. Mas os Senhores Supremos têm que empregar agentes humanos, e nós podemos tornar a vida deles bem desconfortável.

"Começando comigo, pelo jeito", pensou Stormgren.

– Que pretendem fazer comigo? – perguntou, por fim. – Sou um refém, ou o quê?

– Não se preocupe. Vamos cuidar do senhor. Esperamos algumas visitas daqui a um ou dois dias e, até lá, procuraremos hospedá-lo o melhor que pudermos.

Acrescentou algumas palavras em seu próprio idioma, e um dos outros tirou do bolso um baralho novinho.

– Compramos este especialmente para o senhor – explicou Joe. – Sua voz tornou-se subitamente grave. – Espero que tenha bastante dinheiro vivo – ele disse, ansioso. – Afinal, dificilmente poderíamos aceitar cheques.

Chocado, Stormgren encarou, inexpressivo, seus captores. E então ocorreu-lhe, de repente, que todas as responsabilidades e preocupações do cargo haviam evaporado de seus ombros. O que quer que acontecesse, não havia absolutamente nada que pudesse fazer a respeito. E agora, estes fantásticos criminosos queriam jogar pôquer com ele.

De modo abrupto, jogou a cabeça para trás e riu como não fazia há anos.

* * *

Nos três dias seguintes, Stormgren analisou seus captores com certa profundidade. Joe era o único que tinha alguma importância, os outros eram nulidades: a gentalha que se poderia esperar na periferia de qualquer movimento ilegal.

Joe era uma pessoa mais complexa, de modo geral, embora às vezes lembrasse a Stormgren um bebê gigante. As intermináveis partidas de pôquer eram entremeadas de violentas discussões políticas, mas logo ficou claro para Stormgren que o enorme polonês jamais pensara a fundo na causa pela qual estava lutando. A emoção e o conservadorismo extremo nublavam todas as suas opiniões. A longa batalha de seu país pela independência o condicionara tão completamente que ele ainda vivia no passado. Era um curioso atavismo, uma dessas pessoas que jamais veriam graça em uma vida normal. Quando o seu tipo desaparecesse, se é que isso se daria, o mundo seria um lugar mais seguro, mas menos interessante.

Havia poucas dúvidas agora, pelo menos para Stormgren, de que o Supervisor não conseguira localizá-lo. Não se surpreendeu quando, cinco ou seis dias após sua captura, Joe lhe disse que esperasse visitas. Já há algum tempo que o pequeno grupo vinha mostrando um nervosismo crescente, e o prisioneiro adivinhou que os líderes do movimento, tendo visto que a barra estava limpa, finalmente viriam apanhá-lo.

Já estavam aguardando, reunidos ao redor da mesa precária, quando Joe, educadamente, fez um sinal para que viesse até a sala de estar. Os três capangas haviam desaparecido, e o próprio Joe parecia um tanto contido. Stormgren, de imediato, pôde ver que agora se defrontava com homens de calibre muito maior. Havia força intelectual, determinação férrea e inflexibilidade nestes seis homens. Joe e seus colegas eram inofensivos. Ali estavam os verdadeiros cérebros da organização.

Com um breve aceno de cabeça, Stormgren se dirigiu a uma cadeira e tentou aparentar calma. Enquanto se aproximava, o homem idoso e atarracado, no lado oposto da mesa, inclinou-se para a frente e encarou-o com olhos cinzentos e penetrantes. Eles deixaram Stormgren tão pouco à vontade que ele falou primeiro, coisa que não pretendera fazer.

– Suponho que tenham vindo discutir as condições. De quanto é o meu resgate?

Percebeu que, ao fundo, alguém tomava nota de suas palavras em um caderno de taquigrafia. Tudo muito profissional.

O líder respondeu com um sotaque galês cadenciado.

– Pode pôr as coisas nesses termos, sr. Secretário-geral. Mas estamos interessados em informações, não em dinheiro. O senhor conhece nossos motivos. Pode nos chamar de um movimento de resistência, se quiser. Acreditamos que, cedo ou tarde, a Terra terá que lutar pela independência. Sequestramos o senhor, em parte, para mostrar a Karellen que não estamos de brincadeira e que somos bem organizados, mas principalmente porque o senhor é o único homem que pode nos dizer algo sobre os Senhores Supremos. O senhor é um homem razoável, sr. Stormgren. Coopere conosco, e poderá recuperar a sua liberdade.

– Exatamente o que desejam saber? – perguntou Stormgren, cauteloso.

– O senhor sabe quem, ou o quê, os Senhores Supremos realmente são?

Stormgren quase sorriu.

– Pode me acreditar – disse –, estou tão ansioso quanto vocês para descobrir isso.

– Então, vai responder às nossas perguntas?

– Não prometo nada. Mas pode ser que sim.

Houve um tênue suspiro de alívio, vindo de Joe, e um ruge-ruge de antecipação passou pela sala.

– Temos uma ideia geral – prosseguiu o outro – das circunstâncias em que o senhor se reúne com Karellen. Mas gostaríamos que as descrevesse minuciosamente, sem deixar de fora nada de importante.

Aquilo parecia bastante inofensivo, pensou Stormgren. Já o fizera muitas vezes antes, e daria a impressão de que estava cooperando. Stormgren apalpou os bolsos e retirou um lápis e um envelope velho. Esboçando rapidamente, ao mesmo tempo em que falava, começou:

– Sabem, é claro, que uma pequena máquina voadora, sem nenhum meio visível de propulsão, vem me buscar em intervalos regulares e me leva para a nave de Karellen. Há somente uma pequena sala na máquina, e é bem vazia, exceto por uma poltrona e uma mesa. A disposição é mais ou menos esta.

Enquanto Stormgren falava, tinha a sensação de que sua mente estava operando em dois níveis ao mesmo tempo. Por um lado, tentava desafiar os homens que o capturaram, ainda que, por outro, tivesse a esperança de que pudessem ajudá-lo a desvendar o segredo de Karellen.

O galês conduziu a maior parte do interrogatório. Era fascinante ver aquela mente ágil tentar uma abertura depois da outra, testando e rejeitando todas as teorias que o próprio Stormgren abandonara há tanto tempo. Então, jogou-se para trás com um suspiro.

– Não estamos chegando a lugar nenhum – ele disse, resignado. – Queremos mais fatos, e isso significa ação, não discussão. – Os olhos penetrantes fitavam Stormgren, pensativos. Por um minuto, tamborilou nervosamente na mesa: era o primeiro sinal de indecisão que Stormgren notava. Depois, prosseguiu:

– Estou um pouco surpreso, sr. Secretário, que nunca tenha feito nenhum esforço para saber mais sobre os Senhores Supremos.

– O que sugere? – perguntou Stormgren friamente, tentando disfarçar seu interesse. – Já lhe disse que há apenas um modo de sair do aposento em que falo com Karellen, e que leva direto para a escotilha.

– Pode ser viável – refletiu o outro – projetar instrumentos que nos ajudem a descobrir algo. Não sou cientista, mas podemos investigar o assunto. Se lhe dermos a liberdade, o senhor estaria disposto a nos ajudar em um plano assim?

– De uma vez por todas – disse Stormgren, zangado –, quero deixar a minha posição perfeitamente clara. Karellen está trabalhando por um mundo unido, e não farei nada para ajudar seus inimigos. Não sei quais são seus planos finais, mas acredito que sejam bons. Vocês podem incomodá-lo, vocês podem até atrasar a conquista de seus objetivos, mas nada disso fará diferença no final. Vocês podem ser sinceros nas crenças que têm: posso entender seu temor de que as tradições e culturas dos pequenos países serão esmagadas quando o Estado Mundial chegar. Mas vocês estão enganados: é inútil agarrar-se ao passado. Mesmo antes de os Senhores Supremos chegarem à Terra, o Estado soberano estava moribundo. Ninguém pode salvá-lo agora, e ninguém deveria tentar.

Não houve resposta. O homem do outro lado da mesa não se mexeu nem falou. Ficou sentado, com os lábios entreabertos, os olhos, agora, sem vida e cegos. Ao seu redor, os outros estavam igualmente imóveis, congelados em posições forçadas e anormais. Com um grito sufocado de puro horror, Stormgren levantou-se e recuou em direção à porta. Enquanto o fazia, o silêncio foi subitamente quebrado:

– Um belo discurso, Rikki. Obrigado. Agora, acho que podemos ir.

– Karellen! Graças a Deus! Mas o que foi que você fez?

– Não se preocupe, está tudo bem com eles. Pode chamar de paralisia, mas é muito mais sutil do que isso. Estão simplesmente vivendo mil vezes mais lentamente do que o normal. Quando tivermos ido, nunca vão saber o que aconteceu.

– Vai deixá-los aqui até a polícia chegar?

– Não. Tenho um plano muito melhor. Vou deixar que partam.

Stormgren teve uma sensação de alívio que preferiu não analisar. Lançou um olhar de despedida ao pequeno aposento e seus ocupantes congelados. Joe estava sobre um pé só, olhando de maneira tremendamente idiota para o nada. De repente, Stormgren riu e remexeu nos bolsos.

– Obrigado pela hospitalidade, Joe – ele disse. – Acho que vou deixar uma lembrança.

Mexeu nos pedacinhos de papel até encontrar os números que desejava. Então, em uma folha razoavelmente limpa, escreveu, com cuidado:

BANK OF MANHATTAN
Pagar a Joe a quantia de quinze dólares e trinta e cinco centavos (US$ 15,35).
R. Stormgren.

Enquanto punha a tira de papel ao lado do polonês, a voz de Karellen indagou:

– Exatamente o que está fazendo?

– Pagando uma dívida de honra. Os outros dois trapacearam, mas acho que Joe jogou limpo.

Enquanto caminhava para a porta, sentia-se muito alegre e despreocupado. Flutuando do lado de fora estava uma grande esfera lisa de metal, que se moveu para o lado para deixá-lo passar. Presumiu que fosse uma espécie de robô, o que explicava como Karellen havia conseguido alcançá-lo através de sabe-se lá quantas camadas de rocha acima.

– Siga direto em frente por uns cem metros – disse a esfera, falando com a voz de Karellen. – Depois vire à esquerda até eu lhe dar mais instruções.

Ele correu, ansioso, embora se desse conta de que não havia necessidade de pressa. A esfera permaneceu suspensa no corredor e Stormgren supôs que fosse o gerador do campo de paralisia.

Um minuto depois, encontrou uma segunda esfera, aguardando por ele em uma bifurcação do corredor.

– Tem um quilômetro pela frente – disse ela. – Mantenha-se à esquerda, até nos encontrarmos de novo.

Por seis vezes ele achou as esferas em seu caminho para o céu aberto. A princípio imaginou se, de alguma forma, o primeiro robô havia se adiantado a ele. Depois, concluiu que devia haver uma cadeia, mantendo um circuito completo até as profundezas da mina. Na entrada, um grupo de guardas formava uma inusitada natureza morta, vigiada por ainda outra das ubíquas esferas. No declive da colina, a alguns metros de distância, repousava a pequena máquina voadora na qual Stormgren fizera todas as suas viagens até Karellen.

Stormgren ficou piscando por um momento, à luz do Sol. Enquanto entrava na pequena nave, teve um último vislumbre da entrada da mina e dos homens congelados ao redor. De repente, uma fileira de esferas de metal voou às pressas para fora da abertura, como balas de canhão prateadas. Em seguida, a porta se fechou às suas costas e, com um suspiro de alívio, ele afundou na poltrona familiar.

Aguardou por um instante até ter recuperado o fôlego. Então, pronunciou uma sílaba, única e sincera:

– Bem?

– Sinto muito não ter podido resgatá-lo antes. Mas você compreende como era de extrema importância aguardar que todos os líderes estivessem ali reunidos.

– Quer dizer – gaguejou Stormgren – que sabia onde eu estava o tempo todo? Se eu achasse...

– Não seja tão precipitado – respondeu Karellen. – Pelo menos, deixe-me acabar de explicar.

– É melhor que seja uma boa explicação – disse Stormgren, de mau humor. Estava começando a suspeitar de que não passara de uma isca em uma complexa armadilha.

– Já faz algum tempo que eu tenho um rastreador em você – começou Karellen. – Embora seus ex-amigos estivessem corretos em pensar que eu não poderia segui-lo debaixo da terra, fui capaz de rastreá-lo até que o trouxessem para a mina. A transferência no túnel foi engenhosa, mas, quando o primeiro carro deixou de reagir, a jogada ficou clara e logo voltei a localizá-lo. Depois, foi só aguardar. Sabia que uma vez que tivessem a certeza de que eu o perdera, os líderes viriam até aqui e eu seria capaz de apanhá-los.

– Mas está deixando todos soltos!

– Até agora – disse Karellen – eu não tinha como saber quais, dos dois bilhões de homens neste planeta, eram os verdadeiros líderes da organização. Agora que foram localizados, posso seguir seus movimentos em qualquer lugar da Terra. Isso é muito melhor do que prendê-los. Estão efetivamente neutralizados, e sabem disso.

A gargalhada profunda ecoou no diminuto compartimento.

– De certa maneira, toda a coisa foi uma comédia, mas com uma finalidade séria. Será uma lição prática importante para outros conspiradores.

Stormgren ficou em silêncio por um instante. Não estava inteiramente satisfeito, mas compreendia o ponto de vista de Karellen, e uma parte da sua raiva se evaporara.

– É uma pena ter que fazer isso nas minhas últimas semanas no cargo – disse –, mas, de agora em diante, vou ter uma guarda na minha casa. Pieter que seja sequestrado, da próxima vez. Aliás, como ele tem se virado? A confusão é tão grande quanto eu imagino?

– Você ficaria desapontado em saber o quanto foi pequeno o efeito de sua ausência. Observei Pieter cuidadosamente durante a última semana, e evitei ajudá-lo, de propósito. No geral, saiu-se muito bem... Mas não é o homem para assumir o seu lugar.

– Sorte dele – disse Stormgren, ainda um tanto ressentido. – E já recebeu uma resposta de seu superior, a respeito... a respeito de se mostrar? Agora tenho a certeza de que esse é o mais forte argumento dos seus inimigos. Vezes e vezes sem conta, eles disseram-me: "Nunca vamos confiar nos Senhores Supremos até podermos vê-los".

Karellen deu um suspiro.

– Não. Não recebi nada. Mas sei qual deverá ser a resposta.

Stormgren não insistiu no assunto. Outrora ele poderia tê-lo feito, mas agora, pela primeira vez, a sombra tênue de um plano começava a se formar em sua mente. O que se recusara a fazer sob coação, Stormgren poderia ainda tentar de livre e espontânea vontade.

Pierre Duval não mostrou surpresa quando Stormgren entrou, sem avisar, em seu escritório. Eram velhos amigos e não havia nada de incomum em o Secretário-geral fazer uma visita pessoal ao Diretor da Divisão de Ciência. Karellen certamente não acharia isso estranho se, por acaso, voltasse sua atenção para este canto do mundo.

Por algum tempo os amigos falaram de negócios e trocaram fofocas políticas. Então, um tanto hesitante, Stormgren tocou no assunto. À medida que seu visitante falava, o velho francês se reclinava na cadeira e suas sobrancelhas subiam cada vez mais, milímetro a milímetro, até quase se enroscarem na mecha de cabelos que lhe caía sobre a testa. Uma ou duas vezes pareceu a ponto de falar, mas acabou desistindo.

Quando Stormgren terminou, o cientista olhou, com nervosismo, em volta da sala.

– Acha que ele está ouvindo? – perguntou.

– Não creio que possa. Este lugar é, supostamente, blindado contra tudo, certo? Karellen não é mágico. Ele sabe onde estou, mas isso é tudo.

– Espero que esteja certo. Mas, além disso, não vai haver problema quando ele descobrir o que você está tentando fazer? Porque ele vai, você sabe.

– Vou aceitar o risco. Além do mais, nós nos entendemos muito bem.

O físico brincou com o lápis e ficou olhando para o nada por um momento.

– É um problema muito interessante. Gosto dele – disse, sem

afetação. Em seguida, meteu-se em uma gaveta e tirou dela um enorme bloco de notas, o maior que Stormgren já vira.

– Certo – disse, escrevinhando furiosamente. – Quero ter certeza de que tenho todos os fatos. Conte tudo o que puder sobre a sala em que vocês têm as reuniões. Não deixe nenhum detalhe de fora, por mais trivial que pareça.

Por fim, o francês, de testa franzida, estudou suas anotações.

– E isso é tudo o que pode me dizer?

– Sim.

Duval bufou, descontente.

– E a iluminação? Ou você fica sentado no escuro? E quanto à ventilação, o aquecimento...

Stormgren sorriu com a explosão típica.

– Todo o teto é luminoso e, pelo que sei, o ar vem pela tela do alto-falante. Não sei por onde sai. Talvez a corrente se inverta às vezes, mas nunca notei. Não há sinal de aquecedores, mas o lugar está sempre numa temperatura normal. Quanto à máquina que me leva à nave de Karellen, é tão sem graça quanto uma cabine de elevador.

Houve vários minutos de silêncio enquanto o físico enfeitava o bloco de notas com garranchos meticulosos e microscópicos. Ninguém poderia dizer que, por trás da testa ainda quase sem rugas, o melhor cérebro tecnológico do mundo trabalhava com a fria precisão que o tornara famoso.

Então Duval balançou a cabeça para si mesmo, satisfeito, inclinou-se para a frente e apontou o lápis para Stormgren.

– O que o faz pensar, Rikki – perguntou –, que a tela do visor de Karellen, como você a chama, é mesmo o que parece ser? Não lhe parece muito mais provável que a sua "tela de visor", na verdade, seja *nada mais complexo que um espelho de um lado só*?

Stormgren estava tão aborrecido consigo mesmo que ficou calado por um momento, reconstituindo o passado. Desde o início, jamais duvidara do que Karellen dizia... No entanto, agora que olhava para trás... quando o Supervisor lhe dissera que usava um sistema de televisão? Era uma simples suposição. Tudo não passava de um embuste psicológico, e ele fora completamente enganado. Tentou consolar-se com o pensamento de que, nas mesmas circunstâncias, até Duval teria caído na armadilha.

– Se você estiver correto – disse Stormgren –, tudo o que tenho a fazer é quebrar o vidro...

Duval deu um suspiro.

– Esses leigos em tecnologia! Acha que a tela é feita de algo que você possa quebrar sem explosivos? E, mesmo que conseguisse, qual a chance de Karellen respirar o mesmo ar que nós? Não seria uma maravilha, para vocês dois, se ele viver numa atmosfera de cloro?

Stormgren empalideceu.

– Bem, o que você sugere? – perguntou, um tanto exasperado.

– Quero pensar bem. Em primeiro lugar, temos que descobrir se a minha teoria está correta e, se estiver, descobrir algo sobre o material da tela. Vou pôr alguns dos meus melhores homens no trabalho. A propósito, imagino que você leve uma maleta quando se reúne com o Supervisor, certo? É essa mesma que você trouxe?

– Sim.

– É um tanto pequena. Você pode arrumar uma que tenha pelo menos dez centímetros de espessura, e passar a usá-la de agora em diante, para que ele se acostume a vê-la?

– Muito bem – disse Stormgren, soando duvidoso. – Quer que eu leve um aparelho de raios x escondido?

O físico deu um sorriso irônico.

– Não sei ainda, mas vamos pensar em algo. Você vai ficar sabendo daqui a um mês.

Deu uma pequena risada.

– Sabe o que tudo isso me faz lembrar?

– Sei – respondeu de pronto Stormgren. – A época em que você construía aparelhos de rádio clandestinos, durante a ocupação alemã.

Duval pareceu desapontado.

– Bem, acho que já *toquei* nesse assunto uma ou duas vezes.

Stormgren largou a pasta espessa, cheia de folhas datilografadas, com um suspiro de alívio.

– Graças a Deus que isso está resolvido, enfim! – disse ele. – É estranho pensar que estas centenas de páginas contêm o futuro da Europa.

Deixou a pasta cair dentro da maleta, cuja superfície estava a vinte centímetros do retângulo escuro da tela. De tempos em tempos seus dedos percorriam os fechos, em uma reação nervosa mais ou menos consciente, mas não tinha a intenção de apertar o interruptor oculto até que a reunião estivesse terminada. Havia a chance de que algo pudesse dar errado – embora Duval tivesse jurado que não havia como Karellen detectar algo, era impossível ter certeza.

– Agora, você disse que tinha novidades pra mim – prosseguiu Stormgren, com uma ansiedade mal dissimulada. – É sobre...

– Sim – disse Karellen. – Recebi a decisão do Comitê de Políticas algumas horas atrás, e estou autorizado a fazer uma importante declaração. Não creio que a Liga da Liberdade vá ficar muito satisfeita, mas deverá ajudar a reduzir a tensão. A propósito, não vamos gravar isso.

– Você me disse com frequência, Rikki, que não importa o quanto sejamos diferentes no aspecto físico, a raça humana logo se acostumará conosco. Isso mostra uma falta de imaginação de sua parte. Talvez fosse verdade no seu caso, mas não se esqueça de que a maior parte do mundo ainda é inculta por quaisquer padrões razoáveis, além de estar cheia de preconceitos e superstições, cuja erradicação poderá levar mais cem anos.

– Você há de concordar que conhecemos um pouco de psicologia humana. Sabemos, com bastante precisão, o que aconteceria se nos revelássemos ao mundo em seu atual estágio de desenvolvimento. Não posso entrar em detalhes, mesmo com você, de modo que precisa aceitar minha análise na base da confiança. Podemos, no entanto, fazer uma promessa definida, que deverá lhe dar alguma satisfação. *Em cinquenta anos, daqui a duas gerações, vamos descer de nossas naves e a humanidade finalmente verá como somos.*

Stormgren ficou em silêncio por algum tempo, absorvendo as palavras do Supervisor. Sentiu pouco da satisfação que a fala de Karellen teria lhe proporcionado no passado. De fato, ficou um pouco confuso com o sucesso parcial e, por um momento, sua firmeza de propósito vacilou. A verdade viria com a passagem do tempo, toda a conspiração era desnecessária e, quem sabe, insensata. Se ainda fosse adiante, seria apenas pelo motivo egoísta de que não estaria vivo em cinquenta anos.

Karellen devia ter percebido sua indecisão, pois prosseguiu:

– Sinto muito se isso o desaponta, mas pelo menos os problemas políticos do futuro próximo não serão de sua responsabilidade. Talvez você ainda ache que nossos temores são infundados, mas acredite quando digo que temos provas convincentes do perigo de qualquer outro curso.

Stormgren inclinou-se para a frente, respirando fundo.

– Eu sempre imaginei isso! Então já *foram* vistos pelo Homem!

– Eu não disse isso – respondeu Karellen, depois de uma pausa curta. – O seu mundo não é o único que supervisionamos.

Karellen não se livraria de Stormgren tão facilmente.

– Há muitas lendas que sugerem que a Terra foi visitada no passado por outras raças.

– Eu sei. Li o relatório da Divisão de Pesquisas Históricas. Faz a Terra parecer a encruzilhada do Universo.

– Pode ter havido visitas sobre as quais vocês não sabem nada – disse Stormgren, ainda jogando verde. – Mas, como vocês devem estar nos observando há milhares de anos, creio que isso seja bem improvável.

– Creio que seja – replicou Karellen, em seu tom menos solícito.

E, nesse momento, Stormgren tomou sua decisão.

– Karellen – disse ele, abrupto –, vou redigir a declaração e enviá-la para que a aprove. Mas me reservo o direito de continuar a infernizá-lo e, se vir alguma oportunidade, farei o possível para descobrir o seu segredo.

– Estou perfeitamente ciente disso – replicou o Supervisor, com uma ponta de riso.

– E não se importa?

– De modo algum. Embora trace os limites em bombas atômicas, gás venenoso ou qualquer outra coisa que possa abalar a nossa amizade.

Stormgren perguntou-se o que Karellen adivinhara, se é que adivinhara alguma coisa. Por trás dos gracejos do Supervisor, Stormgren reconhecera um tom de compreensão, quem sabe... e quem poderia dizer?... até de incentivo.

– Fico feliz de saber – replicou Stormgren, com a voz mais uniforme que conseguiu. Levantou-se, ao mesmo tempo em que fechava a maleta. Seu polegar deslizou ao longo da lingueta. – Vou redigir a declaração agora mesmo – repetiu –, e enviá-la ainda hoje pelo teletipo.

Enquanto falava, apertou o botão... e viu que todos os seus medos tinham sido infundados. Os sentidos de Karellen não eram mais sutis do que os do Homem. O Supervisor não podia ter detectado nada, pois não houve mudança alguma em sua voz enquanto se despedia e pronunciava o código que abria a porta da câmara.

Mesmo assim, Stormgren sentiu-se como um ladrão saindo de uma loja de departamentos sob o olhar do segurança, e deu um suspiro de alívio quando as portas da escotilha se fecharam às suas costas.

* * *

– Admito – disse Van Ryberg – que algumas das minhas teorias não deram muito certo. Mas me diga o que acha desta.

– Preciso mesmo? – suspirou Stormgren.

Pieter pareceu não ter notado.

– Na verdade, a ideia não é minha – disse ele, modesto. – Roubei de uma história de Chesterton. Suponha que os Senhores Supremos estão escondendo o fato de que não têm nada a esconder.

– Isso me soa um tanto complicado – disse Stormgren, com interesse.

– O que eu quero dizer é isto – prosseguiu Van Ryberg, ansioso. – *Eu* acho que, no aspecto físico, eles são seres humanos como nós. Concluíram que toleraríamos ser governados por criaturas que imaginamos ser... bem, alienígenas e superinteligentes. Mas sendo a raça humana como é, simplesmente não aceitaria ordens vindas de criaturas da mesma espécie.

– Bastante engenhosa, como todas as suas teorias – disse Stormgren. – Gostaria que você as enumerasse, para eu acompanhá-las. As objeções a esta...

Mas, neste momento, Alexander Wainwright foi introduzido na sala.

Stormgren perguntou-se o que ele estaria pensando. Perguntou-se, também, se Wainwright teria feito contato com os homens que o haviam sequestrado. Duvidava disso, pois acreditava que a postura de Wainwright contra a violência era totalmente sincera. Os extremistas em seu movimento haviam perdido toda a credibilidade, e levaria muito tempo para que o mundo voltasse a ouvir falar deles.

O líder da Liga da Liberdade ouviu com atenção, enquanto a minuta era lida. Stormgren esperava que ele apreciasse o gesto, que tinha sido ideia de Karellen. Ainda levaria doze horas para que o resto do mundo soubesse da promessa feita a seus netos.

– Cinquenta anos – disse Wainwright, refletindo. – É muito tempo para esperar.

– Não para Karellen nem para a raça humana – respondeu Stormgren, que só agora começava a se dar conta da elegância da solução dos Senhores Supremos. Dava a eles o espaço de manobra que acreditavam precisar, ao mesmo tempo em que minava os alicerces da Liga da Liberdade. Ele não imaginava que a Liga fosse capitular, mas sua posição ficaria seriamente enfraquecida.

Com certeza, Wainwright também se dava conta do fato, como também devia se dar conta de que Karellen o estaria observando, pois falou muito pouco, e saiu o mais cedo possível. Stormgren sabia que não voltaria a vê-lo durante seu mandato. A Liga da Liberdade ainda poderia ser um incômodo, mas seria um problema de seu sucessor.

Havia coisas que só o tempo poderia curar. Homens maus podiam ser destruídos, mas nada podia ser feito com homens bons, mas iludidos.

– Aqui está a sua maleta – disse Duval. – Parece nova em folha.

– Obrigado – respondeu Stormgren, inspecionando-a com atenção. – Agora, quem sabe você me conta o que foi que aconteceu, e o que vamos fazer depois.

O físico parecia mais interessado em seus próprios pensamentos.

– O que não consigo entender – disse Duval – é a facilidade com que escapamos. Pois se eu fosse Kar...

– Mas não é. Vá direto ao ponto, homem. O que descobrimos?

Duval empurrou para a frente um registro fotográfico que, para Stormgren, parecia o autógrafo de um terremoto moderado.

– Vê este pico?

– Sim. O que é?

– Apenas Karellen.

– Meu Deus! Tem certeza?

– É um bom palpite. Ele está sentado, ou em pé, ou seja lá o que for que eles façam, a cerca de dois metros do lado oposto da tela. Se a resolução fosse um pouco melhor, poderíamos até calcular o seu tamanho.

Os sentimentos de Stormgren dividiram-se ao contemplar a deflexão quase invisível no traço. Até agora, nunca existiram evidências de que Karellen sequer tivesse um corpo material. O indício ainda era indireto, mas ele o aceitava com poucas dúvidas.

A voz de Duval cortou seu devaneio.

– Compreenda – disse ele –, que não existe, de fato, algo como um vidro que só é transparente de um lado. A tela de Karellen, descobrimos ao analisar os resultados, transmite luz com cerca de cem vezes mais facilidade para um lado do que para o outro.

Com o ar de um mágico tirando do nada uma ninhada de coelhos, estendeu o braço para dentro da escrivaninha e tirou dali um objeto parecido com uma arma, com uma boca flexível em forma de sino. Fez Stormgren pensar em um bacamarte de borracha, e ele foi incapaz de imaginar o que seria.

Duval sorriu da perplexidade do outro.

– Não é tão perigoso quanto parece. Tudo o que você tem a fazer é forçar o bocal contra a tela e apertar o gatilho. Emite um feixe muito intenso, que dura dez segundos, e durante esse tempo vai poder girá-lo pela sala e ter uma boa visão. A luz toda vai atravessar a tela e iluminar maravilhosamente o seu amigo.

– Vai machucar Karellen?

– Não, se você apontar para baixo e depois fizer a varredura para cima. Isso dará a ele tempo para se adaptar. Presumo que tenha reflexos como os nossos, e não queremos cegá-lo.

Stormgren olhou para a arma, indeciso, e sentiu seu peso na mão. Nas últimas semanas, sua consciência o perseguira. Karellen sempre o tratara com uma afeição inegável, a despeito de sua ocasional franqueza devastadora. E, agora que seu tempo juntos chegava ao fim, Stormgren não desejava fazer nada que pudesse estragar esse relacionamento. Mas o Supervisor fora devidamente avisado, e Stormgren estava convencido de que, se a escolha fosse dele, Karellen teria, há muito, se mostrado. Agora, a decisão seria tomada por ele: quando sua última reunião chegasse ao fim, Stormgren olharia bem no rosto de Karellen.

Isso, é claro, se Karellen tivesse um.

O nervosismo que Stormgren havia sentido, no início, tinha passado há tempos. Praticamente só Karellen falava, tecendo as sentenças longas e intricadas de que tanto gostava. Algum tempo atrás isso havia impressionado Stormgren como o mais maravilhoso e, certamente, o mais inesperado dos talentos de Karellen. Agora já não lhe parecia assim tão esplêndido, pois sabia que, como ocorria com a maior parte das capacidades do Supervisor, tratava-se de puro poder intelectual, não de qualquer talento extraordinário.

Karellen tinha tempo de sobra para a composição literária quando desacelerava seus pensamentos até a velocidade da fala humana.

– Não se preocupe – disse ele – com a Liga da Liberdade. Ela esteve muito quieta durante o mês passado e, embora vá voltar à vida, não será mais uma ameaça. De fato, uma vez que é sempre valioso saber o que seus oponentes estão fazendo, a Liga é uma instituição muito útil. Caso algum dia passe por dificuldades financeiras, posso até ter que subsidiá-la.

Stormgren muitas vezes achava difícil saber quando Karellen estava brincando. Manteve o rosto impassível.

– Muito em breve a Liga perderá outro de seus argumentos mais fortes. Têm ocorrido muitas críticas, todas um tanto pueris, quanto à posição especial que você tem mantido nos últimos anos. Considerei-a muito valiosa no período inicial de minha administração, mas agora que o mundo está seguindo o curso que planejei, ela pode cessar. No futuro, todas as minhas tratativas com a Terra serão indiretas e o posto de Secretário-geral poderá se tornar novamente o que deveria ter sido originalmente.

– Durante os próximos cinquenta anos – continuou Karellen – haverá muitas crises, mas serão passageiras. Dentro de quase uma geração atingirei o ponto mais baixo de minha popularidade, pois planos que não poderão ser completamente explicados precisarão ser implementados a essa altura. É possível que haja, até mesmo, tentativas de me destruir. Mas o padrão do futuro é claro o bastante, e um dia todas essas dificuldades estarão esquecidas... mesmo por uma raça de memória tão longa quanto a sua.

As últimas palavras foram ditas com uma ênfase tão especial que Stormgren congelou de imediato na cadeira. Karellen nunca cometia lapsos involuntários de linguagem, e mesmo suas indiscrições eram calculadas com várias casas decimais de precisão. Mas não houve tempo para perguntas, que certamente não seriam respondidas, pois o Supervisor já mudava, novamente, de assunto.

– Você sempre me perguntou sobre os nossos planos de longo prazo – ele prosseguiu. – O estabelecimento do Estado Mundial é, naturalmente, apenas o primeiro passo. Você viverá para ver sua conclusão. Mas a mudança, quando vier, será tão imperceptível, que poucos se darão conta. Depois disso, haverá uma pausa de trinta anos, enquanto a nova geração atinge a maturidade. E então chegará o dia que prometemos. Sinto muito que você não vá estar presente.

Os olhos de Stormgren estavam abertos, mas seu olhar fixava-se bem além da barreira escura da tela. Olhava para o futuro, imaginando o dia que nunca veria.

– Nesse dia – prosseguiu Karellen –, a raça humana experimentará uma de suas raras descontinuidades psicológicas. Mas não haverá dano permanente. Os homens dessa época serão mais estáveis que os avós. Teremos sido sempre parte de suas vidas e, quando nos conhecerem, não vamos parecer tão... estranhos quanto seríamos para vocês.

Stormgren nunca vira Karellen em um estado de espírito tão contemplativo, mas isso não o surpreendeu. Acreditava que nunca tivera contato com mais do que umas poucas facetas da personalidade do Supervisor. O verdadeiro Karellen era desconhecido, e talvez fosse incompreensível para os seres humanos. E, mais uma vez, Stormgren teve a sensação de que os verdadeiros interesses do Supervisor estavam em outro lugar.

– E então haverá uma nova pausa, só que desta vez mais curta, pois o mundo estará ficando impaciente. Homens desejarão viajar às estrelas, ver os outros mundos do Universo e se juntar a nós em nosso trabalho. Pois este é apenas o início... nem um milésimo dos sóis da Galáxia já foram visitados pelas raças que conhecemos. Um dia, Rikki, seus descendentes, em suas próprias naves, levarão a civilização aos mundos que estiverem prontos para recebê-la... como estamos fazendo agora.

Karellen havia silenciado, e Stormgren teve a impressão de que era observado atentamente.

– Trata-se de uma grande visão – disse, suavemente. – Vocês a levam a todos os mundos?

– Sim – disse Karellen. – Todos que são capazes de compreendê-la.

Do nada, um pensamento estranhamente perturbador penetrou na mente de Stormgren.

– Suponha que, apesar de tudo, o seu experimento com a humanidade falhe? Conhecemos isso no nosso próprio relacionamento com outras raças. Claro que vocês também tiveram seus fracassos?

– Sim – disse Karellen, em uma voz baixa que Stormgren mal pôde ouvir. – Tivemos os nossos fracassos.

– E o que fazem, nesses casos?

– Aguardamos... e tentamos de novo.

Houve um silêncio que durou talvez dez segundos. Quando Karellen voltou a falar, suas palavras foram tão inesperadas que, por um momento, Stormgren não reagiu.

– Adeus, Rikki!

Karellen o havia passado para trás. Já devia ser tarde demais. A paralisia de Stormgren durou apenas um momento. Então, sacou a arma de luz e pressionou-a contra o vidro.

* * *

Teria sido uma mentira? O que ele havia *realmente* visto? Não mais, estava certo, do que Karellen pretendia. Ele tinha toda a certeza possível de que o Supervisor soubera de seu plano desde o início, e havia previsto cada momento.

Por qual outro motivo a cadeira enorme já estaria vazia quando o círculo de luz ardeu sobre ela? No mesmo momento ele começara a girar o feixe, mas já era tarde. A porta metálica, com o dobro da altura de um homem, fechava-se rapidamente quando ele a viu pela primeira vez – rapidamente, mas não rápido o bastante.

Karellen confiara nele, e não desejara que fosse para o longo entardecer de sua vida ainda atormentado por um mistério que jamais poderia resolver. Karellen não ousara desafiar o poder desconhecido acima dele (seria da mesma raça, também?), mas fizera todo o possível. Se houve desobediência, nunca poderiam provar.

Tivemos nossos fracassos.

Sim, Karellen, isso era verdade – e teria sido você a fracassar, antes da aurora da história humana? Mesmo em cinquenta anos, poderia você sobrepujar o poder de todos os mitos e lendas do mundo?

Ainda assim, Stormgren sabia que não haveria um segundo fracasso. Quando as duas raças se reencontrassem, os Senhores Supremos teriam conquistado a amizade e a confiança da humanidade, e nem mesmo o choque do reconhecimento poderia desfazer esse trabalho.

E Stormgren também sabia que a última coisa que veria, ao fechar os olhos para a vida, seria aquela porta que girava rapidamente, e a longa cauda negra que desaparecia por trás dela.

Uma cauda célebre e inesperadamente bela.

Uma cauda com ponta de flecha.

TIPOGRAFIA:
Minion [texto]
Minion Display [entretítulos]

PAPEL:
Pólen Natural 70 g/m² [miolo]
Cartão Supremo 250 g/m² [capa]

IMPRESSÃO:
Gráfica Paym [abril de 2025]
1ª edição: fevereiro de 2010 [2 reimpressões]
2ª edição: maio de 2015 [2 reimpressões]
3ª edição: outubro de 2019 [7 reimpressões]